NICHOLAS SPARKS

Né en 1965 dans le Nebraska, Nicholas Sparks a été représentant en produits pharmaceutiques, avant de s'imposer comme l'un des plus grands écrivains romantiques avec *Les pages de notre amour* (Robert Laffont, 1997) ou encore *Une bouteille à la mer* (Robert Laffont, 1999), adapté au cinéma en 1998 avec Paul Newman et Kevin Costner. Plus récemment, il a publié chez Robert Laffont *Comme avant* (2005) et *La raison du cœur* (2007). Son nouveau best-seller, *Premier regard*, est à paraître en juin 2008, toujours chez Robert Laffont.

Nicholas Sparks vit aujourd'hui avec sa femme et ses cinq enfants en Caroline du Nord.

LA RAISON DU CŒUR

NICHOLAS SPARKS

LA RAISON DU CŒUR

Traduit de l'américain par Francine Siety

ROBERT LAFFONT

Titre original :
TRUE BELIEVER

© Nicholas Sparks, 2005
Traduction française : Éditions Robert Laffont, S.A., Paris, 2007
ISBN 978-2-266-18274-4

Pour Rhett et Valerie Little,
des êtres merveilleux et de fabuleux amis

1.

Mêlé au public du studio de télévision, Jeremy Marsh se sentait particulièrement visible. Six hommes seulement, lui compris, figuraient parmi les spectateurs en cet après-midi de la mi-décembre. Vêtu de noir, comme de juste, il avait tout du New-Yorkais qu'il était, avec sa chevelure sombre et ondulée, ses yeux bleu pâle, et sa barbe naissante.

En observant l'invité sur scène, il s'arrangea pour scruter en même temps, furtivement, la blonde sexy, trois rangs plus haut. Sa profession de journaliste-reporter lui imposait souvent plusieurs tâches simultanées. Il était en quête d'un sujet à traiter, et cette blonde n'était qu'une des spectatrices ; mais il ne pouvait s'empêcher de constater, en observateur professionnel, qu'elle était charmante avec son dos-nu et son jean. D'un point de vue journalistique, cela va sans dire...

Il tenta de se concentrer à nouveau sur l'invité, un type ridicule. Sous les feux de la rampe, l'homme qui communiquait avec les esprits prenait un air inspiré, en prétendant entendre des voix d'outre-tombe. Il avait créé un climat de pseudo-intimité, comme s'il était le grand frère ou le meilleur ami de chaque spectateur ; et le public fasciné – y compris la jolie blonde et la femme à laquelle il s'adressait – semblait le voir comme un don du ciel.

Rien de plus naturel, se dit Jeremy. N'est-ce pas là qu'aboutissent, en effet, nos défunts bien-aimés ? L'esprit des morts se nimbe toujours d'une lueur céleste et d'une aura de sérénité. Il n'avait jamais entendu parler d'un médium en contact avec un ailleurs quelque peu brûlant. Un défunt bien-aimé n'est jamais censé avoir été rôti à la broche, ou avoir été plongé dans un chaudron d'huile bouillante. Mais Jeremy se savait cynique ; à vrai dire, le spectacle était d'assez bonne qualité : Timothy Clausen avait du bagout – beaucoup plus, en tout cas, que la plupart des charlatans sur lesquels il écrivait depuis des années.

— Je sais que c'est dur, dit Timothy au micro, mais Frank vous annonce que c'est le moment de lâcher prise.

La femme à laquelle il s'adressait avec tant d'empathie semblait sur le point de tomber en pâmoison. Frôlant la cinquantaine, elle portait une blouse à rayures vertes ; ses cheveux roux et frisés jaillissaient en torsades bouclées. Elle joignait si étroitement les mains sur sa poitrine que ses articulations blanchissaient sous la pression.

Clausen s'interrompit, une main sur le front, pour « communiquer avec l'au-delà », pour reprendre son vocabulaire. Silencieusement, les spectateurs se penchèrent en avant comme un seul homme. Tout le monde savait ce qui allait se passer : il s'agissait de la troisième spectatrice sélectionnée ce jour-là par Clausen – qui était, d'ailleurs, le seul invité de ce talk-show populaire.

— Vous souvenez-vous de sa lettre ? reprit-il. La lettre qu'il vous a écrite avant sa mort ?

La femme rousse parut suffoquer, et le technicien, à côté d'elle, rapprocha le micro pour que les téléspectateurs puissent l'entendre distinctement.

— Oui, mais comment pouvez-vous savoir ? balbutia-t-elle.

Clausen l'interrompit.

— Vous souvenez-vous du contenu de cette lettre ?

— Oui...

Clausen hocha la tête, comme s'il avait lui-même eu la missive sous les yeux.

— Il s'agissait de pardon, n'est-ce pas ?

Assise sur un canapé, la présentatrice du talk-show le plus populaire de l'après-midi regarda tour à tour Clausen et la femme d'un air béat : rien de tel que les médiums pour l'audimat.

Tandis que la rousse hochait la tête, son mascara se mit à dégouliner le long de ses joues. Les caméras zoomèrent sur son visage. La télévision au paroxysme de son intensité dramatique...

— Oui, mais comment pouvez-vous... ?

— Il parlait aussi de votre sœur, murmura Clausen. Pas uniquement de lui...

Regard sidéré de la rousse.

— Votre sœur Ellen...

La révélation arracha à la pauvre femme un gémissement rauque, et des larmes qui semblaient déclenchées par un système d'arrosage automatique. Clausen – bronzé et tiré à quatre épingles dans son costume sombre – continua à hocher du chef, comme les chiens à tête bringuebalante que certains automobilistes fixent sur leur tableau de bord. Le public dévisageait la femme en silence.

— Frank vous a laissé autre chose, n'est-ce pas ? Un souvenir du passé...

La femme pâlit sous les feux du studio.

Dans un coin du plateau, hors du champ visuel des spectateurs, le producteur de l'émission leva un doigt, qu'il fit virevolter à la manière d'un hélicoptère. La pause publicité approchait.

Clausen jeta un regard imperceptible dans cette direction ; mais personne, à part Jeremy, ne sembla s'étonner que la communication avec le monde des esprits s'harmonise si bien avec les pauses publicité.

— Une chose uniquement entre vous, ajouta Clausen. Une clef...

Sanglots redoublés de la femme rousse.

— Vous n'auriez jamais cru qu'il l'aurait gardée, n'est-ce pas ?

L'argument décisif, songea Jeremy. Clausen avait fait une nouvelle adepte.

— Elle vient de l'hôtel où vous avez passé votre lune de miel... Il l'a déposée là pour que vous vous souveniez, en la retrouvant, des moments heureux que vous avez vécus ensemble. Il ne veut pas que vous ayez du chagrin quand vous pensez à lui, parce qu'il vous aime.

— Ooohhhh ! s'écria la femme.

Ou quelque chose dans ce style. Peut-être un gémissement, interrompu presque aussitôt par des applaudissements enthousiastes. Le micro disparut en même temps, et les caméras cessèrent de zoomer. Son moment de gloire achevé, la spectatrice s'effondra au fond de son siège.

La présentatrice se releva aussitôt du canapé et fit face à la caméra.

— Souvenez-vous que tout ce que vous voyez est authentique. Aucune de ces personnes n'a déjà rencontré Timothy Clausen.

Elle adressa un sourire aux téléspectateurs.

— Nous vous retrouverons dans un moment pour un prochain contact avec l'au-delà.

D'autres applaudissements fusèrent, tandis que le talk-show s'interrompait pour la publicité. Jeremy se cala dans son fauteuil. En tant que journaliste-reporter, spécialiste du domaine scientifique, il avait fait carrière en écrivant sur ce genre d'individus. Il était habituellement satisfait de son travail, qu'il considérait comme un véritable service public, dans une profession assez spéciale pour que ses droits soient énoncés dans le Premier Amendement de la Constitution américaine.

À l'occasion de sa chronique régulière dans le *Scientific American*, il avait interviewé des lauréats du prix Nobel, et expliqué en termes simples les théories de Stephen Hawking et d'Einstein. Il avait eu le mérite de soulever, dans l'opinion publique, une lame de fond qui avait amené la FDA à retirer du marché un dangereux antidépresseur. Il avait abondamment écrit sur le projet Cassini et le miroir défaillant du télescope spatial Hubble. Enfin, il avait été l'un des premiers à dénoncer l'imposture de l'expérience de fusion à froid en Utah.

Malheureusement, sa chronique, en dépit de son impact, était peu rentable sur le plan financier. Comme il réglait la plupart de ses factures grâce à son travail pour d'autres magazines, il était toujours à l'affût d'événements susceptibles d'intéresser les rédacteurs en chef.

Son créneau s'étendait à tous les phénomènes paranormaux, et, au cours des quinze dernières années, il avait enquêté sur les spirites, devins, guérisseurs et autres médiums. Il avait débusqué des truquages, des canulars et des manipulations. Il avait visité des maisons hantées, recherché des êtres mystérieux et traqué les origines de légendes ancestrales. Sceptique par nature, il avait un talent rare, celui de mettre des concepts scientifiques sophistiqués à la portée du lecteur moyen, de sorte que des centaines de publications diffusaient ses articles à travers le monde. La démystification scientifique lui semblait une activité à la fois sérieuse et noble, même si le public n'appréciait pas toujours. Le courrier qu'il recevait était souvent truffé de termes insultants : « idiot », « crétin », et même « vendu », son favori...

Le journalisme d'investigation était finalement un travail ingrat.

Plongé dans ses pensées un peu amères, il observait le public qui bavardait allégrement, en se demandant quel serait le prochain spectateur sélectionné. Un rapide coup d'œil lui permit de noter que la blonde rectifiait son rouge à lèvres devant un miroir de poche.

Il savait déjà que les gens choisis par Clausen n'étaient pas censés être des complices, bien que son intervention ait été annoncée à l'avance et que le public se soit battu pour prendre des billets. Il y avait donc ici des personnes croyant en l'au-delà, et persuadées de la légitimité de Clausen. À moins de communiquer avec les esprits, aurait-il pu savoir tant de choses sur des inconnus ? Mais, comme tous les magiciens au numéro bien rodé, il n'était qu'un maître de l'illusion ; et, juste avant le spectacle, Jeremy avait non seulement découvert son secret, mais pris des photos lui permettant d'étayer sa future démonstration.

Descendre Clausen serait un beau coup. Ce type, un escroc à nul autre pareil, l'avait bien mérité !

Avec son pragmatisme habituel, Jeremy avait aussi conscience que ce genre d'histoire ne court pas les rues, et il souhaitait en profiter au maximum. Clausen jouissait d'une étonnante célébrité ; or la célébrité compte par-dessus tout en Amérique. Sans trop y croire, Jeremy se demandait ce qu'il adviendrait s'il était le prochain spectateur choisi par le médium. Il n'avait pas plus de chances d'être l'heureux élu que de gagner le grand prix à Santa Anita ; mais, quoi qu'il en soit, il tenait là un bon sujet. Quant au reste, le destin en déciderait...

À l'instant où la pause publicité s'achevait, il caressa un instant l'espoir irraisonné d'être sélectionné.

Et comme si Dieu lui-même n'était pas particulièrement impressionné par les dons de Clausen, c'est ce qui se produisit en effet.

Trois semaines plus tard, l'hiver avait fondu sur Manhattan. Un front venu du Canada faisait chuter la température aux alentours de zéro, et des volutes de vapeur, échappées des égouts, atterrissaient sur les trottoirs glacés. Personne ne semblait s'en formaliser. Les intrépides New-Yorkais, en principe indifférents aux phénomènes météorologiques, n'auraient à aucun prix gaspillé un vendredi soir. Ils travaillaient trop dur en semaine pour perdre une occasion de sortir, surtout quand il y avait un événement à célébrer.

Nate Johnson et Alvin Bernstein faisaient déjà la fête depuis une heure, avec une bonne dizaine d'amis ou de journalistes – certains du *Scientific American* – rassemblés en l'honneur de Jeremy. Ils passaient une soirée fort réjouissante : les journalistes sont généralement soucieux de leur budget, mais, en l'occurrence, Nate réglait l'addition...

Nate, l'agent de Jeremy, et Alvin, son meilleur ami qui était cameraman, lui avaient donné rendez-vous dans un bar branché de l'Upper West Side, pour célébrer son apparition dans l'émission *Primetime Live* de la chaîne ABC. La publicité pour *Primetime Live*, au cours de la semaine, avait misé sur Jeremy et promis que le journaliste scientifique ferait une révélation de la plus haute importance ; et les demandes d'interview pleuvaient sur le bureau de Nate. Dans l'après-midi, le magazine *People* l'avait appelé : une interview était prévue le lundi suivant, dans la matinée.

Le temps leur avait manqué pour organiser une rencontre dans un salon privé, mais personne n'y trouvait à redire. Avec son long bar de granite et son éclairage spectaculaire, ce lieu bondé était le paradis des *yuppies*.

Alors que les journalistes du *Scientific American* portaient de préférence des vestes de sport en tweed, aux poches renforcées, et discutaient de photons dans un coin de la salle, la majorité des clients semblait avoir fait un saut au bar après une longue journée de travail à Wall Street ou sur Madison Avenue. La veste de leur costume italien, jetée sur le dossier d'une chaise, et leur cravate Hermès dénouée, ils donnaient l'impression d'être venus pour faire scintiller leur Rolex en reluquant les femmes qui travaillaient dans l'édition ou la publicité ; affublées de jupes haute couture et de talons démesurés, elles dégustaient des Martini parfumés en faisant mine d'ignorer les mâles. Jeremy, pour sa part, avait l'œil sur une grande rousse, debout à l'extrémité du bar, qui semblait regarder de son côté. L'avait-elle reconnu grâce aux publicités télévisées, ou était-elle simplement en manque de compagnie ? Après avoir tourné la tête d'un air qui se voulait indifférent, elle le fixa un peu plus longuement. Il leva alors son verre.

— Attention, Jeremy ! gronda Nate en le poussant du coude. On te voit à la télé. C'est le moment de regarder, non ?

Jeremy oublia la rousse et se vit, assis face à Diane Sawyer, avec l'étrange impression d'être dans deux endroits simultanément. D'ailleurs, rien de ce qui s'était passé depuis trois semaines ne lui semblait réel, malgré des années d'expérience dans les médias.

Sur l'écran, Diane le présentait comme « le journaliste scientifique américain le plus renommé ». Non seulement tout s'était passé selon ses vœux, mais Nate discutait avec *Primetime Live* d'une participation régulière, avec un complément possible sur *Good Morning America*. Certains journalistes avaient beau dénigrer la télévision par rapport à d'autres médias plus sérieux, ils la considéraient secrètement comme une manne tombée du ciel – c'est-à-dire un moyen de gagner beaucoup d'argent. Malgré les félicitations de ses collègues, un parfum de jalousie flottait dans l'air, une sensation aussi étrangère à Jeremy qu'un voyage dans l'espace. Et pour cause, les journalistes de sa catégorie n'étaient pas exactement les chouchous des médias, du moins jusque-là.

— Elle a dit simplement que tu étais « renommé » ? s'étonna Alvin. Toi qui as écrit sur le Yéti et la légende de l'Atlantide...

— Chut ! fit Nate, les yeux rivés sur la télévision. J'essaie d'entendre. Ça pourrait être déterminant pour la carrière de Jeremy.

Nate, l'agent de Jeremy, était toujours à l'affût d'événements « déterminants pour sa carrière » ; il le fallait bien puisque, c'est connu, être journaliste indépendant n'est guère lucratif. Des années plus tôt, quand Nate débutait, Jeremy avait lancé un projet de livre. Depuis ils n'avaient jamais cessé de travailler ensemble et étaient devenus amis.

— Peu importe ! fit Alvin, refusant la moindre objection.

Cependant qu'apparaissaient sur l'écran, derrière Diane Sawyer et Jeremy, les derniers instants de la supercherie de Jeremy au talk-show de Clausen : il feignait de pleurer la mort prématurée de son frère, avec l'esprit duquel le mage prétendait communiquer.

— Il est avec moi, déclarait le médium. Il vous demande de lâcher prise, Thad.

Gros plan sur Jeremy, en invité de l'émission, défiguré par l'angoisse. Clausen hochait la tête, la compassion ou l'hypocrisie personnifiée, selon le point de vue, et ajoutait :

— Votre mère n'a jamais touché à sa chambre... la chambre que vous partagiez avec lui. Elle voulait la garder telle quelle, et vous deviez continuer à y dormir.

— Oui...

— Vous vous sentiez terrorisé dans cette pièce, et, dans un moment de colère, vous avez pris quelque chose qui lui appartenait... un objet très personnel, et vous l'avez enfoui dans le jardin derrière la maison.

— Oui, murmurait Jeremy, apparemment trop ému pour en dire plus.

— Son appareil dentaire...

— Oooooohhhhhhhh ! s'écriait Jeremy, les mains sur son visage.

— Il vous aime, et vous devez comprendre qu'il est en paix maintenant. Il ne vous en veut pas...

— Oooooohhhhhhhh ! répétait Jeremy, en grimaçant presque.

Au bar, Nate fixait l'écran en silence, mais Alvin leva son verre en riant.

— Cet homme mérite un Oscar !

— Assez impressionnant, non ? commenta Jeremy.

— Oh ! Du calme, vous deux ! Vous parlerez pendant la publicité, ordonna Nate sans dissimuler son irritation.

— Peu importe, fit Alvin. C'était sa formule favorite...

Sur *Primetime Live*, il y eut un fondu au noir, et la caméra zooma sur Diane Sawyer et Jeremy, toujours assis face à face.

— Pas un mot prononcé par Timothy Clausen n'était exact ? s'étonnait la présentatrice.

— Pas un mot ! Je ne m'appelle pas Thad, comme vous savez. Par ailleurs, j'ai effectivement cinq frères... tous vivants et en bonne santé.

Un stylo à la main, Diane semblait sur le point de prendre des notes.

— Alors, comment procède Clausen ?

— Eh bien, Diane...

Au bar, Alvin haussa son sourcil orné d'un piercing et se pencha vers Jeremy.

— Tu l'as appelée Diane tout court, comme si vous étiez *amis* ?

— Je t'en prie ! grogna Nate, de plus en plus exaspéré.

Sur l'écran, Jeremy poursuivait ses explications.

— Il s'agit d'une simple variante d'une technique utilisée par les types de son espèce depuis des siècles. Clausen ne manque pas de flair ; en outre, il est doué pour les allusions vagues et chargées d'émotion, quand il donne la réplique aux spectateurs.

— Oui, mais il m'a paru étonnamment précis. Avec vous, mais aussi avec les autres invités. Il citait des noms. Comment s'y prend-il ?

Haussement d'épaules de Jeremy.

— Il m'a entendu parler de mon frère Marcus avant l'émission. Je me suis inventé une vie imaginaire que j'ai clamée haut et fort.

— Comment vos paroles sont-elles parvenues aux oreilles de Clausen ?

— Les charlatans utilisent certains trucs... comme des micros ; et des « indicateurs » à leur solde circulent dans les rangs du public avant le show. En attendant de m'asseoir, j'ai fait en sorte de me déplacer parmi les invités et d'engager la conversation à plusieurs reprises, pour voir si quelqu'un manifesterait une attention particulière à mon égard. Évidemment, une personne s'est montrée fort intéressée...

Derrière Jeremy et Diane, la cassette vidéo faisait place à une photo agrandie, prise par Jeremy à l'aide d'un petit appareil caché dans sa montre – un jouet high-tech pour espions, qu'il avait acheté aux frais du *Scientific American*. Jeremy adorait les gadgets, surtout si d'autres en finançaient l'achat.

— Que voyons-nous ? s'enquit Diane.

— Cet homme, expliquait Jeremy, se mêlait au public du studio en se faisant passer pour un touriste venu de Peoria. J'ai pris sa photo pendant que nous parlions, juste avant l'émission. Zoomez un peu plus dessus, je vous prie.

L'image agrandie apparut sur l'écran, et Jeremy pointa un doigt vers elle.

— Voyez-vous le petit badge avec un drapeau américain, qu'il porte au revers de sa veste ? Ce n'est pas un simple ornement. Il s'agit en fait d'un émetteur miniature, diffusant vers un magnétophone situé dans les coulisses.

Diane fronça les sourcils.

— Qu'en savez-vous ?

— Je possède le même !

Jeremy sortit aussitôt de la poche de sa veste un badge apparemment identique, relié à un long fil de transmission.

— C'est un modèle fabriqué en Israël... (La voix de Jeremy commentait un gros plan du gadget.) J'ai entendu dire que la CIA l'utilise ; mais je ne peux pas l'affirmer, bien sûr. En tout cas, il s'agit d'une technologie d'avant-garde : ce petit micro a la capacité de capter des conversations qui se tiennent même à l'autre bout d'une pièce bondée et bruyante. Avec un système de filtrage adéquat, il parvient à les isoler.

Diane, apparemment fascinée, scruta l'objet.

— Êtes-vous certain qu'il s'agit réellement d'un micro, et non d'un simple badge ?

— Comme vous le savez, je m'intéresse depuis long-temps au passé de ce médium, et j'ai eu la possibilité d'obtenir d'autres photos, une semaine après l'émission.

Un nouveau cliché, un peu granuleux, apparut sur l'écran : l'homme au badge.

— Il a été pris en Floride, devant le bureau de Clausen. Notre homme, comme vous le voyez, entre dans la pièce. Il se nomme Rex Moore, et travaille pour Clausen depuis deux ans.

— Oh ! s'exclama Alvin.

Le reste de l'émission, qui tirait à sa fin, se perdit sous de bruyantes exclamations, envieuses ou non, peu importe. L'alcool gratuit avait eu un effet magique, et Jeremy eut droit finalement à un déluge de félicitations.

— Tu as été fantastique ! s'exclama Nate.

À quarante-trois ans, Nate était un petit homme trapu, à la calvitie naissante, généralement vêtu de costumes un peu trop étriqués. Néanmoins, il était l'énergie per-sonnifiée, et, comme la plupart des agents, vibrait d'un fervent optimisme.

— Merci, dit Jeremy, en vidant son verre de bière.

— Ce passage sur les écrans pourrait être détermi-nant pour ta carrière. Attends-toi à avoir bientôt une émission régulière à la télé ! Plus question de t'empoi-sonner la vie avec de foutus articles pour des magazi-nes ; plus question de guetter les histoires d'OVNI... J'ai toujours dit qu'avec ton look, tu étais fait pour la télé !

— C'est vrai, tu l'as toujours dit, admit Jeremy, les yeux au ciel comme s'il s'agissait d'un discours maintes fois entendu.

— J'en suis convaincu ! Les producteurs de *Prime-time Live* et *GMA* n'arrêtent pas de m'appeler : ils son-gent à te proposer une participation régulière à leur talk-show. Tu sais, la révélation de cette supercherie représente un grand pas en avant dans ta carrière de reporter...

— Je ne suis pas reporter, mais journaliste, nuance ! dit Jeremy en souriant.

— Peu importe ! (Nate fit mine de chasser une mouche.) Je te répète que tu as un look idéal pour la télé.

— Nate a raison, déclara Alvin en clignant les yeux. Autrement, pourquoi aurais-tu plus de succès que moi auprès des dames, alors que tu n'as aucune personnalité ?

Depuis des années, Alvin et Jeremy fréquentaient les bars ensemble, histoire de draguer de jolies femmes.

Jeremy rit de bon cœur. Alvin Bernstein, dont le nom évoquait un comptable à lunettes – portant comme ses collègues des chaussures Florsheim et un attaché-case pour aller au travail –, n'avait absolument pas cette dégaine. Adolescent, il avait vu Eddie Murphy dans son spectacle *Delirious*, et pris la décision de se vêtir de cuir comme lui. Sa garde-robe horrifiait son père, qui, lui, portait des chaussures Florsheim et un attaché-case... Par chance, le cuir allait bien avec ses tatouages, qu'Alvin considérait comme le reflet de son exceptionnel sens esthétique ; ils s'étalaient sur ses deux bras jusqu'au niveau des omoplates. L'ensemble était complété par de multiples piercings aux oreilles.

— As-tu toujours l'intention de descendre dans le Sud pour enquêter sur cette histoire de fantômes ? lança Nate.

Jeremy croyait presque entendre cliqueter les rouages de sa pensée.

— Je veux dire, reprit Nate, après ton interview pour *People*.

Jeremy chassa ses cheveux sombres de ses yeux et fit signe au barman de lui servir une autre bière.

— Probablement ! *Primetime* ou pas, j'ai toujours des factures à régler, et je compte utiliser l'histoire pour ma chronique.

— Tu me donnes de tes nouvelles, hein ! Ne me joue pas le même tour que lorsque tu opérais clandestinement auprès de je ne sais quelle secte...

Nate faisait allusion à un article de six mille mots qu'il avait rédigé pour *Vanity Fair*. En l'occurrence, il avait renoncé à tout contact avec le monde extérieur pendant trois mois.

— Je garderai le contact ! Ça n'a rien à voir. Je pense y aller d'ici une semaine. Des lumières mystérieuses dans un cimetière... Rien de sensationnel !

— Aurais-tu besoin d'un cameraman, par hasard ?

Jeremy dévisagea son ami.

— Pourquoi ? Tu as envie d'y aller ?

— Ouais, assez. Le Sud en hiver, une *belle* que je rencontrerais... à tes frais. Il paraît que les femmes de là-bas font tourner la tête des hommes ; au bon sens du terme. Un intermède un peu exotique...

— Tu n'es pas censé tourner pour *Law&Order*[1], la semaine prochaine ?

Malgré son allure bizarre, Alvin avait une excellente réputation et ses services étaient habituellement fort recherchés.

— C'est vrai, mais je serai libre dès la fin de la semaine. Et puis, si les projets de télévision dont parle Nate sont sérieux, il te faudra un film convenable sur ces étranges lumières.

— Au cas où il y en aurait réellement !

— Tu fais le travail préparatoire et tu me mets au courant. Je serai disponible.

— Même si les lueurs existent, c'est un sujet mineur. Personne ne s'y intéressera à la télé.

— Peut-être pas le mois dernier, mais après t'avoir vu à *Primetime Live*, ça les intéressera. Tu sais comment

---

1. *New York Police District,* série américaine.

sont les producteurs... Toujours à l'affût d'un scoop !
Si *GMA* est branché sur toi, *Today* ne tardera pas à
t'appeler, et *Dateline* viendra frapper à ta porte. Aucun
producteur ne voudra rester en rade. Rien de tel, pour
se faire virer, que d'expliquer aux dirigeants qu'on a
raté le coche. Crois-moi, je travaille à la télé et je
connais ce milieu...

— Il a raison, intervint Nate. Comme on ne sait
jamais ce qui va se passer, il ne faut pas se laisser
prendre au dépourvu... Tu as le vent en poupe, et un
bon film sur des apparitions lumineuses pourrait être le
truc idéal pour que *GMA* ou *Primetime* se décident !

Jeremy jeta un regard interrogateur à son agent.

— Sérieusement ? Mais c'est trois fois rien. J'ai
décidé de m'occuper du sujet parce que j'ai besoin
d'une pause après Clausen... qui m'a pris quatre mois
de ma vie.

— Tu vois le résultat ! fit Nate, une main sur l'épaule
de Jeremy. Ton histoire de fantômes n'est peut-être que
du vent... mais avec un film sensationnel et un bon commentaire, qui sait ce qu'en penseront les producteurs ?

Un moment silencieux, Jeremy haussa les épaules
avant de s'adresser à Alvin.

— Eh bien, je pars mardi. Tu pourrais venir vendredi
prochain. Je t'appelle à l'avance pour te donner les
détails.

Alvin but une gorgée de bière.

— Hourra ! Me voici en route pour le pays de la
bouillie de maïs et des *chitlins* [1]... Ma facture ne sera
pas trop salée, c'est promis.

— Connais-tu le Sud ? fit Jeremy en riant.

— Non, et toi ?

---

1. Plat d'intestins de porc, apprécié par les Noirs du sud des
États-Unis (*N.d.T.*).

— J'ai visité La Nouvelle-Orléans et Atlanta ; mais les villes se ressemblent toujours un peu. Là, nous allons plonger dans le Sud profond ; Boone Creek, un petit bled de Caroline du Nord... Tu devrais regarder son site Internet. On y voit des azalées et des cornouillers fleuris en avril, et une photo de leur célébrité locale... un dénommé Norwood Jefferson.

— Qui ?

— Un politicien... sénateur de Caroline du Nord de 1907 à 1916.

— Quel intérêt ?

— Aucun !

Jeremy, à cet instant, remarqua, un peu déçu, que la rousse assise au bar était partie.

— Où se trouve exactement ce bled ? reprit Alvin.

— Quelque part au bout du monde... Je logerai aux *Greenleaf Cottages*, que la Chambre de commerce décrit comme un lieu « rustique et panoramique, quoique moderne ». Ça promet, non ?

— Quelle aventure !

— Ne t'inquiète pas, tu seras là-bas comme un poisson dans l'eau.

— Tu crois ?

Jeremy contempla un instant les vêtements de cuir, les tatouages et les piercings de son ami.

— Bien sûr ! Je parie qu'ils t'adopteront tout de suite.

2.

Jeremy arriva en Caroline du Nord un mardi, peu après midi, le lendemain de son interview avec le magazine *People*. Il avait quitté New York par un temps gris, plombé, annonciateur de nouvelles chutes de neige. Un ciel bleu l'accueillit, qui donnait l'illusion que l'hiver était encore loin.

D'après la carte achetée au magasin de souvenirs de l'aéroport, Boone Creek se trouvait dans le comté de Pamlico – à cent cinquante kilomètres au sud-est de Raleigh, et, à en juger par la route, à un milliard de kilomètres du monde civilisé. Des deux côtés, la végétation était clairsemée et le paysage plat comme une crêpe ; de fines rangées de pins séparaient les fermes. Comme il y avait peu de circulation, il se contenta d'écraser l'accélérateur au plancher par pur ennui.

À vrai dire, il n'était pas vraiment à plaindre, du moins en tant qu'automobiliste. La légère vibration du volant, la puissance du moteur, et la sensation d'accélération sont censées accroître la production d'adrénaline, surtout chez les hommes. Il avait écrit naguère un article là-dessus. En ville, une voiture aurait été superflue et trop coûteuse pour lui. Ses moyens de transport habituels étaient donc les rames de métro bondées et les taxis où l'on risque à chaque instant le coup du lapin. Une circulation bruyante, trépidante, et que certains chauffeurs rendaient franchement périlleuse ; mais, New-Yorkais de naissance, il acceptait cet inconvénient... une nécessité incontournable, en somme.

Il eut une pensée pour son ex-femme. Maria aurait aimé cette balade. Les premières années de leur mariage, il leur arrivait de louer une voiture et de rouler vers la montagne ou la plage, parfois des heures durant. Elle travaillait au service marketing du magazine *Elle*, et ils s'étaient rencontrés lors d'une réception de publicitaires. Lorsqu'il lui avait donné rendez-vous au café du coin, il ne voyait pas encore en elle la femme de sa vie. Il craignait même d'avoir commis une erreur, car ils n'avaient apparemment aucun point commun. Elle était impétueuse et émotive ; mais quand il l'avait embrassée devant son appartement, il s'était senti conquis.

Il avait fini par apprécier sa fougue, son intuition infaillible sur les gens, et sa manière de l'accepter en bloc, sans porter de jugement sur ses bons et ses mauvais côtés. Un an plus tard, ils se mariaient à l'église, au milieu de leurs amis et des membres de leur famille.

À vingt-six ans, il n'était pas encore chroniqueur au *Scientific American* et commençait tout juste à se faire un nom. L'appartement qu'ils louaient à Brooklyn était donc un peu au-dessus de leurs moyens. Mais rien ne pouvait entamer son bonheur de jeune marié ; même s'il avait parfois senti que leur couple, en apparence solide, reposait sur une base précaire. Tandis que Maria travaillait en ville, lui était en quête de scoops, souvent lointains, qui l'obligeaient à s'absenter pendant des semaines. Au début, elle l'avait assuré qu'elle supporterait cette vie, mais elle avait dû s'apercevoir au cours de ses absences qu'elle n'y parvenait pas.

Juste après leur deuxième anniversaire de mariage, comme il se préparait à repartir en voyage, Maria s'était assise sur le lit à côté de lui. Les mains jointes, elle avait planté son regard brun dans le sien.

— Ça ne va pas..., avait-elle dit tout simplement.

Puis, après un silence :

— Tu n'es plus jamais à la maison. C'est invivable pour toi comme pour moi.

Au bord de la panique, il l'avait questionnée.

— Tu veux que nous nous séparions ?

— Non, mais tu pourrais trouver un emploi sur place, par exemple au *Times*... ou bien au *Post* ou au *Daily News*.

— C'est une question de temps. Un peu de patience !

— Tu disais la même chose il y a six mois. Ça ne changera jamais ! avait-elle conclu.

Rétrospectivement, Jeremy comprenait qu'il aurait dû prendre l'avertissement au sérieux, mais, à l'époque, il avait un article à écrire, au sujet de Los Alamos. Quand il l'avait embrassée, avant de partir, elle avait à peine souri. Dans l'avion, il s'était souvenu de son expression ; mais, au retour, elle était à nouveau sereine. Ils avaient passé le week-end au lit. C'est alors qu'elle avait exprimé le désir d'avoir un enfant, et, malgré sa fatigue, l'idée avait plu à Jeremy.

Il croyait au pardon de Maria. Pourtant, la cuirasse protectrice de leur couple avait été entamée, et des failles imperceptibles apparurent au cours des déplacements suivants. La cassure définitive se produisit un an plus tard, un mois après qu'un médecin de l'Upper East Side eut brisé leurs espoirs. Encore plus que ses voyages, ce verdict avait sonné le glas de leur relation.

— Je ne peux pas rester avec toi, lui avait-elle déclaré. Une partie de moi-même t'aimera toujours, mais je ne peux pas continuer à vivre ainsi. Je regrette...

Pas un mot de plus ! Dans ses moments de cafard, après le divorce, il s'était parfois demandé si elle l'avait réellement aimé. Ils auraient pu surmonter cette épreuve, pensait-il. Finalement, il avait cru comprendre ce qu'elle ressentait, et ne lui en tenait pas rigueur. Il lui parlait même de temps à autre au téléphone, mais n'avait pas pu se résoudre à assister à son mariage, trois ans plus tard, avec un avocat de Chappaqua.

Le divorce remontait à sept ans maintenant, et, à franchement parler, il n'avait pas éprouvé d'autre grand chagrin. Peu de gens pouvaient en dire autant. Il n'avait jamais été grièvement blessé, il menait une vie sociale active, il était sorti de l'enfance sans ces traumatismes psychologiques si courants chez tant d'adolescents. Ses frères et belles-sœurs, ses parents, et même ses grands-parents – nonagénaires tous les quatre – étaient en bonne santé. La famille vivait en parfaite entente. Au moins deux week-ends par mois, le clan, toujours croissant, se réunissait chez ses parents, qui habitaient encore la maison du Queens où il avait grandi. Il avait dix-sept neveux et nièces ; et s'il se sentait parfois mal à l'aise dans les réunions familiales – parmi ces gens heureusement mariés – ses frères et belles-sœurs le respectaient assez pour ne pas le sonder sur les raisons de son divorce.

D'ailleurs, il s'en était remis... globalement. Au cours de trajets en voiture, son cœur se serrait parfois à l'idée de ce qu'il aurait pu vivre ; mais c'était de plus en plus rare, et son divorce ne l'avait pas rendu amer à l'égard des femmes en général.

Quelques années plus tôt, il s'était intéressé à une étude sur la perception de la beauté : était-elle issue de normes culturelles ou du patrimoine génétique ? Dans le cadre de l'étude, on avait demandé à de jolies femmes, et à d'autres moins jolies, de tenir des nouveau-nés dans leurs bras, et on avait comparé le temps du « contact oculaire » pour les deux catégories. Une corrélation directe était apparue entre le regard et la beauté : les nouveau-nés fixaient plus longtemps les jolies femmes, ce qui suggérait que le sens de la beauté est instinctif. Les résultats avaient fait grand bruit dans *Newsweek* et le *Time*.

Il aurait voulu écrire un papier critique sur l'enquête. Si la beauté attire l'œil de prime abord – lui-même était aussi sensible que quiconque à la beauté d'un manne-quin –, il avait toujours pensé que l'intelligence et la passion ont beaucoup plus d'influence dans la durée. Ces caractéristiques n'apparaissent pas immédiatement et n'ont rien à voir avec l'esthétique. À court terme, l'aspect extérieur peut prévaloir, mais, à moyen et long terme, les normes culturelles – et les valeurs en rapport avec la famille – pèsent plus lourd. Son rédacteur en chef avait, hélas, jugé son point de vue trop subjectif ; il lui avait suggéré de rédiger un article sur l'usage immodéré des antibiotiques dans l'alimentation des poulets, et le développement potentiel de streptocoques responsables de la prochaine peste bubonique... Rien de plus naturel, car il était végétarien et avait une femme ravissante, mais aussi chaleureuse qu'un ciel d'hiver en Alaska.

Les rédacteurs en chef... presque tous des hypocrites, pensait-il depuis longtemps. Dans la plupart des profes-sions, les faux-culs ont tendance à être à la fois pas-sionnés et opportunistes – donc bien armés pour survivre. Par conséquent, non seulement ils répartissent les tâches, mais ils règlent les factures.

Comme l'avait suggéré Nate, il allait peut-être échap-per bientôt à ce racket. Pas totalement, certes. Alvin disait, sans doute à juste titre, que les producteurs de télévision ne sont guère différents des rédacteurs en chef, mais on gagne sa vie décemment à la télé. Il pourrait sélectionner ses projets, au lieu d'être continuellement en train de courir. Maria avait bien fait de s'insurger contre son excès de travail : quinze ans après, rien n'avait changé. Certes, ses articles étaient d'un autre niveau, et il les plaçait facilement grâce au réseau de relations qu'il s'était créé au fil des ans ; mais il avait toujours l'obligation d'être à l'affût de sujets originaux et inédits.

Il devait « produire », chaque année, une douzaine de chroniques pour le *Scientific American*, au moins une ou deux enquêtes majeures, et environ une quinzaine d'articles courts, souvent en rapport avec la saison. Noël approche ? C'est le moment d'écrire sur le *vrai* saint Nicolas, né en Turquie, devenu évêque de Myre, et connu pour sa générosité, son amour des enfants, sa bienveillance pour les marins. En été, pourquoi pas un article sur soit (a) le réchauffement du climat et l'augmentation évidente de la température au cours des cent dernières années, menaçant de transformer le territoire des États-Unis en un autre Sahara, soit (b) le risque que le réchauffement n'entraîne une période glaciaire faisant des États-Unis une autre toundra ? *Thanksgiving*, enfin, est l'occasion de révéler la vérité sur la vie des Pères pèlerins : à côté de leurs repas conviviaux avec les indigènes, ils avaient aussi à leur actif la chasse aux sorcières de Salem, les épidémies de petite vérole, et une fâcheuse tendance à l'inceste.

Les interviews de scientifiques renommés, ou les articles sur les divers satellites et les projets de la NASA, étaient généralement appréciés et faciles à placer en toute saison. De même que ceux concernant les drogues – légales et illégales –, le sexe, la prostitution, le jeu, l'alcool, les décisions de justice importantes, et surtout les phénomènes paranormaux, la plupart du domaine de l'escroquerie, comme dans le cas de Clausen.

Sa carrière de journaliste n'avait malheureusement rien à voir avec ses rêves de jeunesse. À Columbia – seul de sa fratrie à poursuivre des études universitaires, il était devenu le premier diplômé de la famille, ce qui faisait l'orgueil de sa mère –, il avait étudié la physique et la chimie, avec l'intention d'enseigner. Mais l'une de ses copines, qui travaillait pour le journal de la fac, l'avait persuadé d'écrire un texte, essentiellement à base de statistiques, sur les erreurs dans la notation des examens d'aptitude aux études universitaires. Comme l'article avait provoqué un certain nombre de manifestations estudiantines, il en avait conclu qu'il était doué pour l'écriture. Cependant, son plan de carrière n'avait pas varié jusqu'au jour où son père avait été escroqué de 40000 $ par un financier véreux, juste avant la remise de son diplôme.

La maison familiale en péril – son père avait travaillé comme chauffeur d'autobus pour les autorités portuaires jusqu'à sa retraite –, il avait été trop occupé à traquer l'escroc pour assister à la cérémonie de remise des diplômes. Tel un possédé, il fouinait dans les dossiers, interviewait les associés de cet individu, et rédigeait des notes détaillées.

Le procureur de New York avait, évidemment, d'autres escrocs dans sa ligne de mire que le petit arnaqueur minable. Jeremy avait donc vérifié deux fois ses sources, rassemblé ses notes, et écrit le premier article important de sa vie. Finalement, la maison familiale avait été sauvée et le *New York Magazine* avait publié sa prose. Le rédacteur en chef l'avait convaincu qu'une carrière académique ne le mènerait à rien ; puis lui avait suggéré, avec un subtil mélange de flatterie et d'éloquence, de faire un papier sur le Leffertex – un antidépresseur alors en phase III des tests cliniques, et sujet à de nombreuses spéculations dans les médias.

Il avait travaillé pendant deux mois sur le dossier, à ses frais, et le laboratoire pharmaceutique avait dû renoncer à obtenir une licence d'exploitation. Après quoi, au lieu de préparer une maîtrise à la fac, il était parti en Écosse rejoindre une équipe de scientifiques qui enquêtait sur le monstre du Loch Ness. Il avait alors assisté à la confession d'un célèbre chirurgien sur son lit de mort : le vieillard admettait avoir truqué – un dimanche, histoire de s'amuser avec un ami – une photo du monstre prise en 1933, laquelle avait accrédité la légende ! Le premier de ses articles à sensation ! Et la suite de son histoire était du même acabit.

Quinze ans après, où en était-il ? À trente-sept ans, il vivait en célibataire dans un studio minable de l'Upper West Side, et était en route pour Boone Creek, Caroline du Nord, pour expliquer l'apparition de mystérieuses lumières dans un cimetière.

Il hocha la tête, perplexe devant la tournure prise par son existence. Le rêve qu'il caressait n'avait pas changé, et il souhaitait se donner les moyens de le réaliser un jour ; mais il commençait à se demander si la télévision lui en fournirait l'occasion.

Une lettre reçue un mois plus tôt était à l'origine de ce déplacement à Boone Creek.

En la lisant, il avait d'abord pensé en tirer un bon sujet pour Halloween. Selon la manière dont il rédigerait son article, *Southern Living* et le *Reader's Digest* s'y intéresseraient peut-être pour leur numéro d'octobre ; ou bien *Harper's* et même le *New Yorker* s'il lui donnait un tour plus littéraire. Par ailleurs, si la ville en question voulait se faire mousser – comme Roswell, au Nouveau-Mexique lors de l'affaire des OVNI –, l'article trouverait sa place dans l'un des grands journaux du Sud, qui pourrait alors le distribuer sous licence.

Enfin, à condition de ne pas trop délayer, il pourrait l'utiliser pour sa chronique. Son rédacteur en chef du *Scientific American*, malgré le sérieux du magazine, souhaitait augmenter le nombre de ses abonnés. Il ne s'en cachait pas, or les lecteurs ont un faible pour les histoires de fantômes ! Il avait beau ergoter en scrutant du coin de l'œil la photo de sa femme et discuter longuement les mérites de ses articles, il ne laissait jamais passer ce genre d'anecdotes. Les rédacteurs en chef sont friands de sensationnel comme tout le monde, car ils savent que le lectorat est le moteur d'une publication, et que le sensationnel devient, hélas, vital pour les médias.

Par le passé, Jeremy avait enquêté sur sept histoires de fantômes, dont quatre avaient été l'objet de sa chronique d'octobre. Certaines étaient assez banales – des apparitions de spectres dont personne ne pouvait sérieusement attester la présence –, mais d'autres concernaient des esprits frappeurs, soupçonnés de malignité, qui déplaçaient des objets ou s'attaquaient à l'environnement. D'après les « spécialistes du paranormal » – une expression pour le moins contradictoire, se disait Jeremy –, les esprits frappeurs étaient généralement attirés par un individu plutôt que par un lieu. Dans les cas sur lesquels il avait enquêté, y compris ceux que les médias avaient abondamment cités, il avait découvert à chaque fois une escroquerie à l'origine des mystérieux événements.

Mais les lumières de Boone Creek semblaient différentes. Elles étaient assez prévisibles pour permettre à la ville d'organiser une « visite guidée des demeures historiques et du cimetière hanté », au cours de laquelle, promettait la brochure, les touristes verraient non seulement des maisons datant du milieu du XVIIIe siècle, mais, si le temps le permettait, « nos ancêtres tourmentés, dans leur marche nocturne entre deux mondes »...

La brochure, avec ses photos de la petite ville paisible et ses déclarations mélodramatiques, lui était parvenue en même temps qu'une lettre, dont il se souvint en conduisant.

Cher monsieur,

Je me nomme Doris McClellan, et j'ai lu, il y a deux ans, dans le Scientific American, *votre article sur l'esprit frappeur qui hante le manoir de Brenton, à Newport, Rhode Island. J'ai songé alors à vous écrire ; je ne sais pourquoi, je ne l'ai pas fait. Un simple oubli, sans doute, mais, étant donné la tournure que prennent les événements dans ma ville, j'estime qu'il est grand temps que je vous informe.*

Avez-vous entendu parler du cimetière de Boone Creek en Caroline du Nord ? Selon la légende, il serait hanté par les esprits d'anciens esclaves. En hiver – de janvier à la fin février –, des lueurs bleutées ont l'air de danser sur les pierres tombales quand le brouillard est dense. Les uns parlent de lumières stroboscopiques, les autres prétendent qu'elles ont la taille de balles de basket. Je les ai vues moi aussi, et elles me font penser à des disques scintillants.

Des gens de Duke University sont venus enquêter l'année dernière ; des météorologues ou des géologues, je ne sais plus exactement. Ils ont vu ces lumières et n'ont pas pu en expliquer l'origine ; le journal local a donc fait tout un plat de cette affaire. Si vous descendez jusqu'ici, vous pourrez peut-être trouver une explication au phénomène.

Au cas où vous souhaiteriez des précisions complémentaires, appelez-moi à Herbs, un restaurant de notre ville.

35

Le reste de la lettre lui suggérait de prendre contact pour avoir de plus amples informations. Il avait feuilleté ensuite la brochure éditée par la Société d'histoire locale. Après avoir lu une description des différentes demeures visibles au cours de la visite guidée, il avait parcouru les lignes sur le défilé et les danses paysannes du vendredi soir, et s'était surpris en train de froncer les sourcils devant l'annonce que, « pour la première fois, une visite du cimetière serait au programme de la visite du samedi ». Au dos de la brochure, entourés par des dessins faits à la main – lui sembla-t-il – de Casper le fantôme, figuraient des témoignages d'habitants, et un extrait d'un article publié dans la presse locale. Au centre, s'étalait la photo granuleuse d'une vive lumière, prise au cimetière, selon le commentaire du document.

Ce n'était pas exactement le Borely Rectory, une vaste demeure victorienne, sur la rive gauche de la Stour River, en Angleterre, la plus célèbre maison hantée de l'histoire, où apparaissaient des cavaliers sans tête, et où retentissaient d'étranges musiques d'orgue et des carillons. Mais il y avait, malgré tout, de quoi piquer la curiosité d'un journaliste.

Faute de trouver l'article mentionné dans la lettre, car il n'y avait pas d'archives sur le site web du journal local, il avait pris contact avec divers départements de l'université de Duke et fini par dénicher le projet de recherche original, réalisé par trois étudiants de troisième cycle. Il avait leur nom et leur numéro de téléphone mais avait jugé superflu de les appeler : leur étude ne comportait aucun des détails qu'il espérait trouver. Elle confirmait simplement l'existence des lumières et le fait que le matériel utilisé fonctionnait correctement. Comme il avait au moins appris, au cours des quinze dernières années, à ne se fier qu'à lui-même...

Tel est le secret honteux des journalistes qui écrivent pour des magazines. Ils prétendent se charger personnellement de leurs recherches dont ils ne réalisent en fait qu'une partie, mais se réfèrent, la plupart du temps, à des rumeurs et des demi-vérités. D'où leurs fréquentes lacunes, en général bénignes, mais parfois dramatiques. *Tous* les articles de *tous* les magazines comportent des inexactitudes. Jeremy avait donc écrit deux ans plus tôt un papier dans lequel il dénonçait les pratiques les moins louables de ses collègues.

Son rédacteur en chef s'était opposé à sa publication, et aucun autre magazine ne s'était enthousiasmé pour le texte... on peut comprendre aisément pourquoi...

En regardant les chênes défiler derrière les vitres, il se demandait si le moment était venu d'orienter différemment sa carrière. Il regretta soudain de ne pas s'être informé davantage sur cette histoire de fantômes. Et s'il n'y avait pas de lumières ? Si l'auteur de la lettre était une menteuse ? S'il n'y avait pas même l'ombre d'une légende lui permettant d'élaborer un article ? Il hocha la tête. À quoi bon s'inquiéter maintenant ? Il était arrivé, et Nate avait déjà commencé à passer des coups de fil aux quatre coins de New York.

Il avait embarqué dans son coffre le matériel indispensable pour la chasse aux fantômes selon *Ghost Busters for Real*[1], un ouvrage acheté un soir pour s'amuser, après avoir ingurgité pas mal de cocktails. Il avait en sa possession un Polaroid, une caméra 35 mm, quatre caméscopes et autant de trépieds, un magnétophone et des micros, un détecteur de micro-ondes, un détecteur

---

1. Chasseurs de fantôme pour vrai.

électromagnétique, des lunettes de vision nocturne, un ordinateur, et diverses broutilles.

Pas question de plaisanter avec l'équipement ! La chasse aux fantômes n'est pas une affaire d'amateurs !

Bien évidemment, son rédacteur en chef s'était plaint du coût de ses dernières acquisitions. La technologie progresse rapidement, et le matériel d'hier ne vaut guère mieux que des silex de l'âge de pierre, lui avait-il rappelé, en fantasmant sur le sac à dos muni d'un rayon laser utilisé par Bill Murray et Harold Ramis dans *SOS Fantômes*. Son patron, qui avait grimacé comme un lapin sous amphétamines avant de lui donner son accord pour les modestes achats, serait fou furieux si l'histoire des fantômes aboutissait sur un écran de télé et non dans sa chronique.

Souriant au souvenir de l'expression du pauvre homme, il passa d'une chaîne de radio à l'autre – rock, hip-hop, country, gospel – avant d'opter pour un talk-show local : deux pêcheurs de flets interviewés parlaient avec fougue de la nécessité d'abaisser la limite de poids à partir de laquelle le poisson pouvait être « capturé ». Le présentateur, passionné par la discussion, avait un accent terriblement nasillard. Les spots publicitaires annonçaient une exposition d'armes et de pièces de monnaie à la loge maçonnique de Grifton, et le dernier changement d'équipe aux courses de voitures du NAS-CAR.

La circulation s'intensifia à proximité de Greenville ; il prit une bretelle autour du campus de l'East Carolina University. Après avoir traversé les eaux saumâtres de la Pamlico River, il s'engagea sur une route de campagne de plus en plus étroite, serpentant entre des champs dénudés, d'épais fourrés et de rares fermes. Une demi-heure plus tard, il atteignait Boone Creek.

Après le premier et unique feu de croisement, la vitesse autorisée descendit à quarante kilomètres-heure. Jeremy ralentit et éprouva une certaine consternation en découvrant le paysage : une demi-douzaine de caravanes dispersées aux abords de la route, quelques voies transversales, et deux stations-service. Un panneau publicitaire pour les pneus Leroy surmontait une tour de ces dits objets usagés, qui aurait pu être considérée comme une menace d'incendie en d'autres lieux. Il traversa l'agglomération en une minute. Fin de la limitation de vitesse. Que faire, sinon se garer sur les bas-côtés ?

Soit la Chambre de commerce avait utilisé des photos d'une autre localité sur son site internet, soit il avait laissé passer quelque chose. Il jeta un coup d'œil sur la carte, puis dans le rétroviseur, pour s'assurer qu'il était bien à Boone Creek. Où étaient passées les rues paisibles bordées d'arbres, les azalées en fleur et les jolies femmes élégamment vêtues ?

Comme il cherchait à s'orienter, il aperçut un clocher blanc émergeant d'un bouquet d'arbres, et prit la décision de descendre par l'une des routes transversales qu'il avait aperçues. Après quelques virages, le paysage changea brusquement : il se trouvait dans une bourgade qui avait peut-être été charmante et pittoresque autrefois, mais qui sombrait maintenant dans la décrépitude. Les portails, ornés de pots de fleurs et de drapeaux américains, laissaient apparaître des crépis écaillés et de la moisissure sous les avant-toits des maisons. D'énormes magnolias ombrageaient les jardins, mais les massifs de rhododendrons soigneusement taillés ne parvenaient pas à dissimuler les fondations craquelées. Les gens semblaient plutôt accueillants : quelques couples âgés, en pull-over, assis dans des rocking-chairs sur leurs terrasses, lui adressèrent un salut.

Il comprit, au bout d'un certain nombre de saluts amicaux, qu'ils ne lui faisaient pas signe parce qu'ils croyaient le connaître, mais qu'ils accueillaient ainsi tous les automobilistes de passage.

Après avoir serpenté d'une route à l'autre, il arriva au bord de l'eau, et se souvint que l'agglomération s'était développée au confluent de Boone Creek et de la Pimlico River. En traversant le centre-ville, qui avait sûrement été autrefois un quartier d'affaires florissant, il constata que l'endroit avait de toute évidence perdu de sa superbe. Éparpillés parmi les espaces vacants et les fenêtres aux planches clouées, il aperçut deux boutiques d'antiquités, une gargote démodée, un bar appelé *Lookilu*, et un coiffeur. La plupart des commerces aux noms couleur locale semblaient en activité depuis des décennies, et sur le point de livrer une bataille perdue d'avance contre l'extinction. Le seul signe de modernité émanait de tee-shirts aux couleurs criardes – arborant des slogans du style *J'ai survécu aux fantômes de Boone Creek !* – exposés dans la vitrine de ce qui était probablement la version rurale d'un grand magasin du Sud.

Herbs, où travaillait Doris McClellan, était assez facilement repérable à l'autre extrémité du bloc. L'auberge était située dans une demeure victorienne du début du siècle, repeinte couleur pêche. Des voitures stationnaient devant et sur le côté, dans un petit parking gravillonné. On pouvait apercevoir des tables derrière les rideaux des fenêtres et sur la véranda. Chacune d'elles était occupée, Jeremy jugea donc préférable d'attendre que la foule se soit dispersée pour parler à Doris.

Il nota au passage l'emplacement de la Chambre de commerce, une bâtisse de brique très quelconque, en bordure de la ville. Il regagna ensuite la grand-route et alla se garer instinctivement devant la station-service.

Après avoir retiré ses lunettes de soleil, il baissa sa vitre. Le garagiste aux cheveux grisonnants portait un bleu de travail miteux et une casquette. Il se leva nonchalamment et s'approcha à pas lents, en mâchant du tabac, sembla-t-il à Jeremy.

— Vous désirez ?

Il avait un accent du Sud à couper au couteau, et des dents jaunies. D'après son badge, il se nommait Tully.

Jeremy lui demanda la direction du cimetière. Avant de lui répondre, Tully l'examina de la tête aux pieds.

— Qui est décédé ? demanda-t-il enfin.

— Pardon ?

— Vous allez à un enterrement, pas vrai ?

— Non, je voudrais simplement voir le cimetière.

— Pourtant, vous êtes habillé comme pour aller à un enterrement.

Jeremy portait une veste noire sur un pull noir à col roulé, un jean noir, et des chaussures noires Bruno Magli. Le garagiste avait certainement marqué un point...

— J'aime bien porter du noir..., lui expliqua-t-il. Quant à la direction du cimetière...

L'homme souleva le bord de sa casquette.

— J'ai horreur des enterrements ! Ça me rappelle que je devrais aller plus souvent à l'église pour faire le point avant qu'il ne soit trop tard. Et vous ?

Jeremy ne sut que répondre. Pas courant ce genre de question, surtout lorsqu'on vient demander son chemin.

— Pas spécialement, marmonna-t-il.

Tully sortit un chiffon de sa poche et se mit à essuyer ses mains enduites de graisse.

— J'parie que vous n'êtes pas d'ici. Vous avez un drôle d'accent.

— Je viens de New York.

— Une ville où j'ai jamais mis les pieds !

Le garagiste se tourna vers la Taurus.

— C'est votre voiture ?

— Non, une voiture de location... Et le cimetière ? Vous pouvez m'indiquer la direction ?

— Oui, j'suppose. Vous cherchez quel cimetière ?

— Celui de Cedar Creek.

Tully le dévisagea d'un air perplexe.

— Drôle d'idée ! Y a rien à voir... Vous trouverez des cimetières beaucoup mieux de l'autre côté de la ville.

— C'est celui-là qui m'intéresse.

— Un de vos ancêtres y est enterré ?

— Non.

— Vous seriez pas un de ces promoteurs du Nord ? Ça vous intéresserait de construire des lotissements ou bien un centre commercial par là-bas ?

— Absolument pas ! Je suis journaliste.

— Ma femme adore les centres commerciaux et les lotissements. Ça serait une bonne idée, après tout.

— Ah ! fit Jeremy, en se demandant combien de temps allait durer le malentendu. J'aimerais vous donner satisfaction, mais ce n'est pas mon domaine.

Tully se dirigea vers l'arrière de la voiture.

— Vous voulez de l'essence ?

— Non merci.

— Super ou ordinaire ? fit le garagiste, en dévissant déjà le bouchon.

— Ordinaire, je vous prie.

Après avoir actionné la pompe, l'homme retira sa casquette et se passa la main dans les cheveux.

— Si vous avez des problèmes de mécanique, n'hésitez pas à passer me voir ! Je peux réparer les deux sortes de voitures pour pas cher.

— Les deux ?

— Les étrangères et les américaines ! Qu'est-ce que vous croyez ?

L'homme hocha la tête comme s'il prenait Jeremy pour un débile.

— À propos, j'm'appelle Tully, et vous ?

— Jeremy Marsh.

— Vous êtes urologue ?

— Non, journaliste.

— On n'a pas un seul urologue dans notre ville ; il y en a seulement quelques-uns à Greenville.

— Ah bon ! Mais j'aimerais connaître le chemin menant à Cedar Creek...

Tully se frotta le nez et regarda la route avant de reprendre la parole.

— Vous verrez rien à c't'heure. Les fantômes ne sortent pas avant la nuit, si c'est ça qui vous intéresse.

— Vous avez entendu parler des fantômes ?

— Bien sûr ! Je les ai même vus de mes propres yeux. Mais si vous voulez un billet, allez à la Chambre de commerce.

— Un billet ?

— On n'entre pas chez les gens comme dans un moulin !

Il fallut un moment à Jeremy pour suivre la pensée de Tully.

— Vous parlez de la visite guidée des demeures historiques et du cimetière hanté, n'est-ce pas ?

Tully dévisagea Jeremy avec l'air de penser qu'il était l'esprit le plus obtus sur terre.

— Bien sûr que je vous parle de la visite guidée ! Qu'est-ce que vous croyez ?

— Je ne sais pas exactement, mais la direction du...

Tully hocha la tête d'un air soudain agacé et tendit un doigt vers la ville.

— Vous faites demi-tour vers le centre-ville, puis vous prenez la grand-route vers le nord, jusqu'au tournant, à environ cinq kilomètres de l'endroit où elle se termine en queue de poisson. Tournez vers l'ouest, continuez jusqu'à l'embranchement et suivez la route qui passe devant la maison de Wilson Tanner. Tournez encore une fois vers le nord, là où il y avait les épaves de voitures. Roulez tout droit un moment, et vous trouverez le cimetière.

— Bien, fit Jeremy.

— Vous êtes sûr d'avoir pigé ?

— L'embranchement, la maison de Wilson Tanner, les épaves de voitures... Merci de votre aide.

— Pas de problème, j'demande qu'à rendre service. Ça sera sept dollars et quarante-neuf cents.

— Vous prenez les cartes bancaires ?

— Non, j'ai horreur de ces trucs-là ! Le gouvernement n'a pas besoin de fourrer son nez dans mes affaires. C'est pas ses oignons.

— Effectivement, fit Jeremy en sortant son portefeuille, il paraît que le gouvernement a des espions partout.

Tully hocha la tête d'un air entendu.

— J'imagine que c'est encore pire pour vous autres médecins... À propos, ça me rappelle que...

Pendant les quinze minutes suivantes, Tully, intarissable, entretint Jeremy des caprices de la météo, des politiciens stupides, et du fait que Wyatt, le propriétaire de l'autre station-service, l'arnaquerait certainement s'il y prenait de l'essence, car il truquait en douce le calibrage des pompes. Mais Jeremy entendit surtout parler des problèmes de prostate de son interlocuteur, qui l'obligeaient à se lever au moins cinq fois par nuit pour « aller à la salle de bains ». Qu'en pensait-il, en tant qu'urologue ? Tully l'interrogea également sur le Viagra.

Quand le garagiste eut renouvelé deux fois sa chique, une voiture vint se garer de l'autre côté de la pompe, interrompant son flot de paroles. L'automobiliste souleva son capot. Tully se pencha aussitôt pour examiner le moteur, en sortit quelques fils, puis cracha et promit d'effectuer la réparation... à condition de garder la voiture une bonne semaine, car il était débordé. L'automobiliste semblait s'attendre à cette réponse, et les deux hommes entamèrent une conversation à propos de Mme Dungeness. Un opossum était entré dans sa cuisine la nuit précédente et avait mangé les fruits de son compotier...

Jeremy sauta sur l'occasion pour s'éclipser. Il s'arrêta au « grand magasin » où il acheta une carte et un paquet de vues de Boone Creek, avant de quitter l'agglomération par une route sinueuse. Il trouva miraculeusement le tournant et l'embranchement, mais manqua par malchance la maison de Wilson Tanner. En effectuant une marche arrière, il parvint enfin à un étroit sentier gravillonné, à demi caché par des arbres de chaque côté.

Il tourna et se faufila entre les ornières jusqu'au moment où la forêt se fit plus clairsemée. À sa droite, un panneau indiquait la proximité de Riker's Hill, « lieu d'une échauffourée pendant la Guerre civile ». Un instant plus tard, il se garait devant l'entrée principale du cimetière de Cedar Creek. Riker's Hill dominait le paysage. *Dominait* était un bien grand mot pour la colline, le paysage étant aussi plat que les flets dont il avait entendu parler à la radio.

Entouré de colonnes de brique et de grilles de fer forgé rouillé, le cimetière de Cedar Creek était niché dans un vallon, et donnait l'impression de s'enfoncer lentement. Le terrain était ombragé par des chênes couverts de mousse espagnole, et, au centre, par un imposant magnolia, dont les racines surgissaient du tronc et s'étalaient sur le sol comme des doigts arthritiques.

S'il avait été jadis un endroit paisible et harmonieux, le cimetière semblait maintenant à l'abandon. Le sentier, au-delà de l'entrée principale, était creusé de profondes ornières et tapissé de feuilles pourrissantes. Quelques plaques d'herbe paraissaient presque incongrues, et des tas de branches s'amoncelaient ici et là ; le terrain ondulé faisait penser à des vagues au bord de la mer. Un fouillis de ronces jaillissait entre les pierres tombales, brisées pour la plupart.

Tully disait vrai : il n'y avait pas grand-chose à voir. Mais, en matière de cimetière hanté, c'était la perfection. Un régal pour la télé ! Le lieu semblait conçu spécialement pour Hollywood...

Jeremy sortit de la voiture et étira ses jambes, avant de prendre la caméra dans le coffre. La bise glaciale n'avait pas l'âpreté des bises new-yorkaises ; il inspira profondément pour s'imprégner de l'odeur des pins et des plantes aromatiques. Des cumulus dérivaient dans le ciel, un faucon solitaire tournoyait au loin. La colline était plantée de pins, et dans les champs qui s'étendaient à ses pieds, il aperçut une grange à tabac abandonnée. Recouverte de *kudzu* grimpant, et dépouillée de la moitié de son toit d'aluminium, elle penchait sur le côté ; l'un de ses murs s'effondrait ; il suffirait d'un coup de vent un peu violent pour qu'elle bascule. À part cela, aucune trace de civilisation.

La porte d'entrée du cimetière grinça sur ses gonds rouillés. Il s'engagea sur le sentier. Les pierres tombales, de chaque côté, ne semblaient pas porter d'inscription ; il lui fallut un moment pour comprendre que les lettres gravées jadis avaient été effacées par les intempéries et le passage des ans. Les seules qu'il parvint à déchiffrer dataient de la fin du XVIIIe siècle. Plus haut, une crypte sans doute, envahie par les mauvaises herbes : le toit et les parois avaient cédé, et, à peine plus loin, un autre monument s'était écroulé sur le chemin.

D'autres cryptes et monuments en piteux état lui succédaient ; loin de soupçonner des actes de vandalisme, Jeremy y vit plutôt les signes d'une inévitable détérioration naturelle. Rien ne laissait supposer non plus que l'on avait enterré quelqu'un au cours des trente dernières années, dans ce cimetière apparemment abandonné.

Il s'arrêta à l'ombre du magnolia, en se demandant à quoi ressemblait le lieu par une nuit de brouillard. Probablement sinistre, ce qui permettait à l'imagination de vagabonder. Mais s'il y avait de mystérieuses lueurs, d'où provenaient-elles ? Les fantômes n'étaient probablement que la réverbération d'une certaine lumière à travers le prisme des gouttelettes d'eau en suspens dans le brouillard ; toutefois, il n'y avait pas le moindre réverbère à l'extérieur, et le cimetière n'était pas éclairé. Aucune habitation sur Riker's Hill ne pouvait provoquer le phénomène. Les phares des voitures étaient une explication possible, mais il n'y avait qu'une route à proximité et, en l'occurrence, les gens auraient fait le rapprochement depuis longtemps.

Il lui faudrait une bonne carte topographique de la région pour compléter celle qu'il venait d'acheter. La bibliothèque locale lui en procurerait peut-être une. En tout cas, il comptait y effectuer des recherches sur l'histoire du cimetière et de la ville tout entière. Quand il saurait à quel moment les lumières étaient apparues pour la première fois, il aurait une idée plus nette de leur origine. Évidemment, il devrait passer quelques soirées dans ce lieu lugubre, si le brouillard se montrait coopérant.

Pendant un moment, il fit le tour du terrain en prenant des photos. Il n'avait pas l'intention de les publier ; elles seraient un simple élément de comparaison, au cas où il trouverait des vues antérieures du cimetière. Il voulait savoir comment il s'était modifié au fil des ans, et avait intérêt à s'informer sur la date ou la cause des premiers dommages et leur évolution.

Il prit aussi une photo du magnolia, le plus grand qu'il ait jamais vu. Son tronc sombre était desséché, et les branches basses auraient fait sa joie et celle de ses frères, quand ils étaient enfants. À condition de ne pas être au milieu des morts...

Comme il survolait ses photos numériques pour s'assurer qu'elles étaient convenables, il distingua un mouvement du coin de l'œil.

Son regard se posa alors sur une jeune femme qui marchait vers lui. Vêtue d'un jean, de bottes, et d'un pull bleu pâle, assorti à son sac en toile, elle avait les cheveux châtains, dénoués sur ses épaules. Sa peau, légèrement ambrée, se passait de maquillage, mais il fut surtout sensible à la couleur de ses yeux : de loin, ils tiraient sur le violet.

L'inconnue avait certainement garé sa voiture derrière la sienne.

Il se demanda un instant si elle allait le prier de partir. Le cimetière était peut-être interdit désormais au public. À moins que sa visite ne fût une simple coïncidence.

Elle continua à s'approcher de lui.

Une coïncidence plutôt réjouissante, songea Jeremy. Il se redressa en glissant l'appareil photo dans son étui et sourit.

— Bonjour, mademoiselle !

La jeune fille ralentit légèrement le pas, comme si elle venait de remarquer sa présence. Une certaine curiosité se lisait sur son visage. Allait-elle s'arrêter ? Il crut l'entendre rire, tandis qu'elle le dépassait.

Haussant les sourcils d'un air intrigué, il la vit s'éloigner sans même se retourner.

— Hé ! appela-t-il, en esquissant un pas pour la suivre.

Au lieu de s'arrêter, elle tourna la tête vers lui, en marchant à reculons. Jeremy remarqua à nouveau son air inquisiteur.

— Ça ne se fait pas de dévisager les gens, lança-t-elle. Les femmes apprécient les hommes capables d'une certaine subtilité...

Elle se retourna, ajusta son sac de toile sur son épaule, et poursuivit son chemin. Jeremy, ébahi, l'entendit rire au loin. Pour une fois, il ne savait pas sur quel pied danser.

Bon, elle ne daignait pas s'intéresser à lui. C'était son droit ! Mais elle aurait pu, au moins, lui dire bonjour. L'arrogance des gens du Sud ? Une réelle lassitude, si tous les hommes cherchaient à la draguer ? À moins qu'elle n'ait pas apprécié d'être surprise en train de...

Mais que faisait-elle ?

Jeremy soupira : sa curiosité de journaliste lui compliquait la vie. De quoi se mêlait-il ? Et puis, il se trouvait dans un cimetière. Elle était probablement venue là pour honorer ses morts, selon l'usage.

Il fronça les sourcils, quelque chose clochait. Dans la plupart des cimetières, on a l'impression que quelqu'un vient tondre la pelouse de temps à autre ; or le cimetière de Cedar Creek ressemblait à San Francisco après le tremblement de terre de 1906. Il aurait pu emboîter le pas à la visiteuse pour voir ce qu'elle allait faire, mais il croyait savoir qu'épier une femme risque de la contrarier plus encore qu'un regard trop appuyé. Et, justement, elle n'avait pas apprécié son regard !

Jeremy évita de suivre des yeux la mystérieuse inconnue, tandis qu'elle disparaissait derrière les chênes, son sac en toile se balançant gracieusement au rythme de ses pas.

Alors seulement, il se souvint que les jolies filles n'étaient pas son problème. Il était venu pour travailler et son avenir était en jeu. Argent, célébrité, télévision, et tout le reste. Que faire dans ces conditions ? Maintenant qu'il avait vu le cimetière, il n'avait plus qu'à explorer les environs pour se mettre dans l'ambiance.

Il regagna sa voiture, satisfait de ne même pas avoir tourné la tête dans l'espoir qu'elle le suivrait des yeux. Il faut être deux pour jouer à ce jeu-là ; or elle n'avait pas manifesté d'intérêt.

Un coup d'œil dans le rétroviseur lui confirma son impression.

Après avoir démarré, il accéléra progressivement. Plus il s'éloignait du cimetière, plus il lui semblait facile de laisser l'image de l'inconnue se dissiper, pour se concentrer sur la tâche à accomplir. Sur la route, il chercha des yeux d'autres voies – gravillonnées ou pavées – croisant la sienne, ou bien des moulins à vent et des bâtisses à toit d'aluminium. Sa recherche fut vaine. Pas même une ferme en vue !

Il fit demi-tour, espérant trouver une route qui mènerait au sommet de Riker's Hill, avant de renoncer à contrecœur. En se rapprochant du cimetière, il se demanda à qui appartenaient les champs voisins et si Riker's Hill était un lieu public ou privé ; le centre des impôts du comté lui procurerait certainement des informations. Son regard aiguisé de journaliste lui permit aussi de constater que la voiture de l'inconnue avait disparu. Brève déception !

Sa montre indiquait un peu plus de deux heures : le rush du déjeuner, à *Herbs*, tirait probablement à sa fin. C'était le moment de parler à Doris, en espérant qu'elle pourrait lui apporter des informations, « ses lumières », sur le sujet qui le préoccupait.

Ses « lumières »... Il sourit sans conviction : qu'aurait pensé de ce jeu de mots, la jeune femme aperçue au cimetière ?

3.

Seules quelques tables de la véranda étaient encore occupées quand Jeremy arriva. Les conversations ralentirent et les yeux se braquèrent dans sa direction tandis qu'il gravissait les marches menant à la porte d'entrée. La mastication se poursuivit cependant ; il eut une pensée pour l'étrange regard que nous adressent les vaches quand nous nous approchons de la clôture d'un champ. Il hocha la tête et esquissa un salut, suivant ainsi l'exemple des personnes âgées qu'il avait aperçues.

Il retira ses lunettes de soleil, poussa la porte et entra. De petites tables carrées étaient disposées dans deux grandes pièces, de chaque côté d'un escalier. Les murs couleur pêche étaient rehaussés d'une frise blanche, donnant au tout une ambiance chaleureuse et rustique. Au fond, il aperçut la cuisine.

Il nota à nouveau l'expression bovine des clients, sur son passage. Les conversations s'interrompirent, des regards le fixèrent. Il lui suffit d'un hochement de tête et d'un signe de la main pour que les clients baissent les yeux et reprennent le cours de leurs discussions. Comme par magie !

Tripotant ses lunettes, il se demandait où pouvait bien être Doris, quand l'une des serveuses sortit de la cuisine. Une femme grande et mince, proche de la trentaine, au visage avenant.

— Asseyez-vous donc, lança-t-elle. Je suis à vous dans une minute !

Il s'installa confortablement près d'une fenêtre et attendit le retour de la serveuse. D'après son badge, elle se prénommait Rachel. Tous les employés de cette bourgade portaient-ils des badges ? Était-ce la coutume, comme le fait de saluer les gens de la tête et de la main ?

— Vous boirez quelque chose ?

— Vous faites des cappuccinos ?

— Non, je regrette. Nous servons simplement du café.

— Alors, un café ! dit Jeremy en souriant.

— Très bien. La carte est sur la table si vous voulez manger quelque chose.

— En fait, je souhaiterais savoir si Doris McClellan est ici.

Le visage de Rachel s'éclaira.

— Elle est au fond. Vous voulez que j'aille la chercher ?

— Si ça ne vous ennuie pas.

— Aucun problème, mon chou !

La serveuse disparut derrière les portes battantes de la cuisine. Quelques secondes après, surgit une femme d'une soixantaine d'années, d'un autre style : petite et boulotte, elle avait des cheveux blonds déjà blanchissants, et portait un tablier – sans badge – sur un chemisier à fleurs.

Elle vint se poster devant la table de Jeremy, et, les poings sur les hanches, ébaucha un sourire.

— Jeremy Marsh, je présume...

— Vous me reconnaissez ?

— Bien sûr ! Je vous ai vu sur *Primetime Live* vendredi dernier. Je parie que vous avez reçu ma lettre.

— Oui, merci...

— Et vous êtes venu pour écrire un article sur les fantômes ?

— J'en ai l'intention.

— Ma parole ! Vous auriez pu m'annoncer votre arrivée...

— J'aime bien les effets de surprise. Cela permet parfois d'obtenir de meilleures informations.

— Ma parole ! répéta Doris. (Une fois revenue de sa surprise elle dégagea une chaise.) Je prends un siège, si ça ne vous dérange pas. Je suppose que vous êtes ici pour me parler.

— Je ne voudrais pas vous poser des problèmes avec votre patronne si vous êtes au travail.

— Hé, Rachel, s'écria Doris en tournant la tête, crois-tu que la patronne verra un inconvénient si je m'assieds un moment ? Ce monsieur désire me parler.

Rachel passa la tête à travers les portes battantes. Jeremy vit qu'elle tenait une cafetière.

— À mon avis, la patronne n'y verra aucun inconvénient. Elle adore parler, surtout quand elle est en compagnie d'un bel homme.

— Vous voyez, fit Doris ; pas de problème.

Jeremy ébaucha un sourire.

— Ça m'a l'air agréable de travailler ici...

— Effectivement.

— Je parie que vous êtes la patronne !

— Tout juste ! répondit Doris, les yeux pétillants.

— Vous êtes à votre compte depuis longtemps ?

— Bientôt trente ans. La maison ouvre au petit déjeuner et à midi. Nous n'avons pas attendu que ça soit la mode pour servir une nourriture saine ; et nos omelettes sont les meilleures de ce côté-ci de Raleigh.

Doris se pencha vers Jeremy.

— Si vous avez faim, vous devriez goûter un de nos sandwiches pour votre déjeuner. Fraîcheur absolue, pain maison, fabrication du jour... Ça ne vous ferait pas de mal, et, à vous voir – elle hésita en le dévisageant un moment – le poulet-pesto vous irait parfaitement. Il est à base de jeunes pousses, de tomates, de concombres... J'ai mis au point moi-même la recette du pesto.

— Je ne suis pas affamé.

Rachel s'approcha avec deux tasses de café.

— C'est que j'ai une longue histoire à vous raconter, reprit Doris. Rien de tel que de causer pendant un bon repas...

Jeremy rendit les armes.

— Va pour un sandwich poulet-pesto !

— Tu peux nous apporter deux Albemarles, Rachel ? demanda Doris.

— Bien sûr ! Mais qui est ton ami ? ajouta la serveuse, en dévisageant Jeremy avec intérêt. C'est la première fois que je le vois ici.

— Je te présente Jeremy Marsh, un journaliste renommé, venu écrire un article sur notre belle ville, déclara Doris.

— Vraiment ?

— Oui, affirma Jeremy.

Rachel battit des paupières.

— Mon Dieu, j'avais cru que vous alliez à un enterrement !

Jeremy sursauta en entendant Rachel, et Doris rit de bon cœur.

— Tully est passé nous voir après vous avoir indiqué la direction du cimetière. Il devait se douter que j'avais un rapport quelconque avec votre visite, et il voulait en être sûr. Il nous a fait un compte rendu détaillé de votre conversation et Rachel n'a pas oublié ses commentaires.

— Ah, je vois !

— Il a dû vous soûler, non ?

— Un peu.

— Il n'y a pas plus bavard que lui ! Il parlerait à une boîte de chaussures à défaut d'un autre interlocuteur. Je me demande comment Bonnie, sa femme, a pu le supporter si longtemps. Elle est devenue sourde, il y a une douzaine d'années ; maintenant il parle à ses clients. Quand il s'y met, c'est plus long que de faire fondre des glaçons en hiver... Un jour, j'ai même dû le chasser d'ici. Pas moyen de travailler en sa présence.

Jeremy prit sa tasse de café.

— Sa femme est devenue sourde ?

— Je crois que Notre Seigneur a eu pitié de la pauvre femme.

Jeremy sourit avant d'avaler une gorgée de café.

— Pourquoi Tully s'est-il douté que vous m'aviez contacté ?

— Chaque fois qu'un événement inattendu survient, c'est moi qu'on blâme... Sans doute à cause de mes dons...

Jeremy regarda un instant Doris, qui souriait à son tour.

— Je parie que vous ne croyez pas à la télépathie, remarqua-t-elle.

— Pas spécialement.

— Moi non plus, en général, dit Doris en tirant sur son tablier. La plupart des médiums sont des escrocs, mais certaines personnes possèdent un vrai don.

— Alors, pouvez-vous lire dans mon esprit ?

— Ce n'est pas mon rayon ! J'ai une assez bonne intuition, mais pas comme ma mère qui lisait vraiment dans les pensées. On ne pouvait rien lui cacher ! Elle savait même à l'avance les cadeaux que j'allais lui faire pour son anniversaire, ce qui gâchait souvent mon plaisir. Moi, c'est différent : j'ai un don de divination. Je peux aussi connaître le sexe d'un enfant avant qu'il naisse.

— Je vois...

— Vous ne me croyez pas ?

— Si vous êtes devin, vous pouvez m'indiquer où je trouverai une source et où je dois creuser un puits.

— Bien sûr !

— Et si je vous demandais de faire un test, contrôlé scientifiquement, avec les méthodes les plus strictes...

— Vous pouvez me contrôler vous-même, et si vous m'équipez comme un arbre de Noël pour vous assurer que je ne triche pas, je ne ferai aucune objection.

— Je vois..., répéta Jeremy, en pensant à Uri Geller.

Geller était si confiant en ses pouvoirs de télékinésie qu'il était passé à la télévision britannique en 1973, en présence de scientifiques et du public d'un studio. Il avait posé une cuillère en équilibre sur son doigt et les deux côtés s'étaient incurvés devant les observateurs stupéfaits. Plus tard, on avait découvert qu'il avait tordu et retordu la cuillère à plusieurs reprises, avant le spectacle, de façon à « fatiguer » le métal.

— Vous pouvez me tester quand vous voudrez, et de la manière qui vous conviendra, fit Doris, qui avait apparemment deviné ses arrière-pensées. Mais ce n'est pas le motif de votre visite. Vous vouliez m'entendre parler des fantômes, non ?

— Certainement ! (« Elle va droit au but », se dit Jeremy avec soulagement.) Vous permettez que je vous enregistre ?

— Aucun problème.

Jeremy sortit son petit magnétophone de la poche de sa veste. Après l'avoir placé entre son interlocutrice et lui, il pressa un bouton. Doris avala une gorgée de café avant de se lancer.

— Bon, ça remonte aux années 1890 environ. À l'époque, la ségrégation battait son plein encore, et la plupart des Noirs vivaient en un lieu écarté appelé Watts

57

Landing. Il ne reste plus rien aujourd'hui du village, à cause de Hazel, mais...

— Pardon, vous avez parlé de Hazel ?

— Oui, le cyclone de 1954. Il a frappé la côte près de la frontière de Caroline du Nord. Presque tout Boone Creek s'est retrouvé sous l'eau, et le peu qui restait de Watts Landing a été dévasté.

— Effroyable, et puis ? Continuez, je vous en prie.

— Je vous disais qu'il ne reste plus rien du village aujourd'hui, mais, à la fin du XIXᵉ siècle, à peu près trois cents personnes vivaient là ; des descendants d'esclaves, arrivés en Caroline du Sud pendant la guerre d'agression du Nord, que vous autres Yankees appelez Guerre civile.

Doris adressa un clin d'œil à Jeremy, qui sourit.

— L'Union Pacific est donc venue construire des voies ferrées, destinées à transformer ce lieu en une région très cosmopolite. C'est du moins la promesse qui avait été faite... La ligne prévue passait en plein milieu du cimetière des Noirs ! À la tête de la communauté, il y avait alors

une femme appelée Hettie Doubilet ; elle venait de je ne sais quelle île des Caraïbes... Quand elle a su qu'ils allaient déterrer les cadavres pour les transférer ailleurs, elle a été si émue qu'elle a voulu demander au comté d'intervenir pour modifier le tracé de la voie ferrée. On ne l'a même pas laissée plaider sa cause !

Rachel arriva à cet instant avec les sandwiches et posa les deux assiettes sur la table.

— Goûtez-moi ça, dit Doris. Vous n'avez que la peau sur les os.

Jeremy croqua une bouchée du sandwich et haussa les sourcils.

Le visage de Doris s'illumina.

— Meilleur que ce que vous mangez à New York, n'est-ce pas ?

— Absolument ! Mes compliments au chef.

— Vous êtes un charmeur, monsieur Marsh.

Après avoir jeté un regard presque aguichant à Jeremy, Doris, qui avait sans aucun doute brisé des cœurs dans sa jeunesse, reprit tranquillement son récit.

— À l'époque, beaucoup de gens étaient racistes... Encore maintenant, mais ils deviennent heureusement minoritaires. Un homme du Nord, comme vous, me prend certainement pour une menteuse ; pourtant je dis vrai !

— Je vous crois.

— Ça m'étonnerait ! Les gens du Nord ne se rendent pas compte... mais c'est une autre histoire. Je reprends mon récit... Hettie Doubilet a donc été chargée d'une mission par les gens de sa communauté. Quand l'accès au bureau du maire lui a été refusé, elle aurait, selon la légende, lancé une malédiction contre les Blancs : si les tombes de ses ancêtres étaient profanées, les nôtres le seraient aussi. Les ancêtres des Noirs allaient errer à la recherche de la terre où ils avaient reposé depuis leur mort, sur leur chemin ils traverseraient Cedar Creek, et le cimetière serait finalement englouti. Bien sûr, personne ne lui a prêté attention ce jour-là.

Doris croqua une bouchée de son sandwich.

— Bref, les Noirs ont transporté les corps un à un dans un autre cimetière, la voie ferrée a été construite, et, peu après, comme l'avait prédit Hettie, le cimetière de Cedar Creek a commencé à se dégrader. Des détails d'abord. Quelques pierres tombales brisées, par exemple, comme si des vandales étaient passés par là. Les autorités croyaient que des gens à la solde de Hettie étaient coupables et elles ont posté des gardes à l'entrée du cimetière. Mais la présence des gardes n'a rien changé, et ça a même empiré d'année en année. Vous y êtes allé, n'est-ce pas ?

Jeremy acquiesça d'un signe de tête.

— Alors vous avez vu ce qui se passe ! On dirait que le terrain s'enfonce, comme l'avait prédit Hettie... En tout cas, les lumières ont commencé à apparaître quelques années après sa malédiction. Et les gens sont persuadés que ce sont les esprits errants des esclaves qui traversent le cimetière.

— Donc, le cimetière n'est plus utilisé ?

— On l'a abandonné pour de bon aux alentours de 1970 ; mais, déjà avant, les habitants de Boone Creek préféraient choisir des cimetières différents à cause de cette histoire. Le comté est maintenant propriétaire des lieux, mais ne l'entretient plus depuis une vingtaine d'années !

— Personne n'a cherché à savoir pourquoi le cimetière s'enfonce ?

— Je n'en suis pas sûre, mais il me semble que quelqu'un s'est penché sur le problème. Des tas de gens importants avaient leurs ancêtres enterrés là... Ils n'auraient pas supporté que la tombe de leur grand-père soit endommagée, et tenaient à avoir des explications. Je crois me souvenir que des personnes de Raleigh sont venues jeter un coup d'œil.

— Des étudiants de Duke ?

— Oh non ! Effectivement, des jeunes gens sont venus l'année dernière... Mais je parlais de l'époque où les dégâts ont commencé.

— Savez-vous ce qu'ils ont conclu ?

— Non, je regrette.

Doris s'interrompit, les yeux brillants de malice, puis reprit :

— Mais j'ai mon idée à ce sujet...

— À quoi pensez-vous ?

60

— À l'eau !

— L'eau ?

— Souvenez-vous que je suis devin. Je sais où il y a de l'eau, et je peux vous affirmer que le terrain s'enfonce parce qu'il y en a dessous. Sans l'ombre d'un doute !

— Je vois...

Doris éclata de rire.

— Vous êtes trop mignon, monsieur Marsh ! Savez-vous que votre visage devient particulièrement grave quand on vous apprend une chose que vous refusez de croire.

— Personne ne me l'avait encore dit.

— Eh bien, c'est frappant, et ça me plaît... Ma mère aurait été aux anges : elle aurait lu en vous comme dans un livre.

— Alors, dites-moi ce que je pense !

Doris parut hésiter.

— Je ne possède pas les mêmes dons que ma mère ; et puis, je ne voudrais pas vous effrayer.

— Mais si, effrayez-moi !

— Très bien.

Le regard de Doris s'attarda un moment sur Jeremy.

— Pensez à quelque chose que je ne peux absolument pas savoir, et souvenez-vous que je ne lis pas dans les esprits. J'ai parfois des intuitions, surtout s'il s'agit de sentiments très profonds...

— Seriez-vous en train de vous dérober ?

— Absolument pas !

Doris lui prit les mains.

— Vous permettez ?

— Bien sûr.

Doris serra l'une de ses mains entre les siennes.

— Soyez sérieux maintenant ! Pour l'instant vous vous moquez de moi.

— Bien... Je vais me concentrer.

Jeremy ferma les yeux et pensa à la raison pour laquelle Maria l'avait quitté. Doris resta longuement silencieuse : elle le regardait comme si elle cherchait à lui arracher quelques mots.

Il était habitué à ces expériences et se tut obstinément. Et Doris aussi – il l'avait bien eue ! –, puis elle sursauta brusquement – une réaction qui faisait partie du spectacle ! –, et lâcha ses mains.

Jeremy ouvrit les yeux.

— Alors ?

— Rien, fit Doris en le regardant bizarrement.

— Ah bon ! Les cartes sont restées muettes aujourd'hui ?

— Je vous ai dit que je ne suis pas télépathe.

Doris ébaucha un sourire presque navré.

— Mais je peux vous dire avec certitude que... vous n'avez pas d'enfant à naître.

Jeremy pouffa de rire.

— C'est pas moi qui vous dirai le contraire !

Doris sourit, baissa les yeux, et chercha à nouveau ses yeux.

— Je regrette de m'être prêtée à ce jeu ! C'est une erreur de ma part.

— Mais non...

— Si ! insista Doris, en reprenant sa main, qu'elle serra doucement. Je vous demande pardon.

Frappé par l'immense compassion qu'il lisait dans son regard, Jeremy eut alors le sentiment troublant que cette femme avait deviné plus de choses, sur son histoire personnelle, qu'elle ne s'y attendait.

La télépathie, les prémonitions et l'intuition résultent d'une simple interaction entre l'expérience, le bon sens, et le savoir accumulé. Les gens ont tendance à sous-estimer la quantité d'informations qu'ils engrangent au cours de leur vie ; et l'esprit humain est capable d'établir des corrélations instantanées entre ces informations.

Cependant, notre cerveau élimine la majorité des données qu'il reçoit, car, pour des raisons évidentes, il n'a pas besoin de tout retenir. Bien sûr, certaines personnes ont une meilleure mémoire que d'autres ; les tests permettent de s'en apercevoir, et on connaît les méthodes qui permettent de développer notre capacité à retenir les événements. Même les gens les moins bien entraînés se souviennent de 99,99 % de ce qui se passe dans leur vie. Le 0,01 % restant fait habituellement la différence.

Il s'agit parfois de l'aptitude à mémoriser des détails sans importance : il y a des individus qui excellent en tant que médecins, ou sont capables d'interpréter des données financières, comme certains milliardaires. Quelques-uns encore lisent dans l'esprit des gens – et cette aptitude innée à utiliser leurs souvenirs, leur bon sens et leur expérience pour en tirer des conclusions rapides et exactes nous frappe comme s'il s'agissait d'un pouvoir surnaturel.

Mais ce qu'avait fait Doris n'avait rien à voir. Elle *savait*, se dit Jeremy. Ce fut, du moins, sa première impression, avant de revenir à une explication logique de ce qui s'était passé.

En fait, rien ne s'était vraiment passé. Doris n'avait pas parlé ; mais la manière dont elle l'avait regardé lui avait suggéré qu'elle accédait au domaine de l'inconnaissable. Il s'agissait d'une impression personnelle, sans rapport avec la réalité objective.

La réponse appartenait à la science, et cette femme lui semblait, en tout cas, sympathique. Si elle croyait en ses dons, c'était son droit. Elle s'attribuait probablement un pouvoir surnaturel...

Elle sembla à nouveau deviner ce qu'il pensait.

— Eh bien, avez-vous décidé qu'il ne faut pas me prendre au sérieux ?

— Pas exactement, répondit, songeur, Jeremy.

Elle prit son sandwich.

— Si nous profitions de ce bon repas pour causer un peu ? Y a-t-il des choses que vous souhaiteriez savoir ?

— Parlez-moi de Boone Creek.

— À quoi vous intéressez-vous ?

— À tout ce vous voudrez ! Comme je vais rester quelques jours ici, j'ai intérêt à être un peu informé.

Ils passèrent une demi-heure à discuter de faits sans grande importance, du point de vue de Jeremy. Plus encore que Tully, Doris était au courant de la plupart des potins de la ville. Aucun rapport avec ses dons supposés – elle en convint elle-même – mais parce que les ragots vont bon train dans une petite bourgade.

Doris était un moulin à paroles. Il apprit qui fréquentait qui, et avec qui il était pénible de travailler, et pourquoi. Que le pasteur de l'église pentecôtiste locale avait une liaison avec l'une de ses paroissiennes ; et surtout, insista Doris, qu'il ne devait à aucun prix s'adresser à Trevor's Towing pour faire remorquer sa voiture, au cas où elle tomberait en panne, car Trevor était ivre du matin au soir.

— Un vrai danger public, déclara Doris. Tout le monde le sait, mais sous prétexte qu'il est le fils du shérif, personne ne réagit. Je parie que ça ne vous étonne pas... Et le shérif Wanner a lui aussi des problèmes... avec ses dettes de jeu.

— Je vois, fit Jeremy, comme s'il n'ignorait rien de la vie secrète de la ville.

Un silence plana ; il en profita pour consulter sa montre.

— Il est temps que vous partiez ? fit Doris.

Jeremy arrêta son magnétophone, qu'il glissa dans la poche de sa veste.

— Effectivement... Je voudrais passer à la bibliothèque avant la fermeture, pour voir ce que je peux trouver.

— En tout cas vous êtes mon invité ! Ce n'est pas fréquent qu'un homme célèbre nous rende visite.

— Une brève apparition à *Primetime* n'est pas un gage de célébrité.

— Je sais. C'est à votre chronique que je pensais.

— Vous la lisez ?

— Tous les mois ! Mon mari – Dieu ait son âme – adorait ce magazine. Après sa mort, ça m'aurait fendu le cœur d'annuler son abonnement. J'ai commencé ma lecture là où il s'était arrêté... Vous êtes quelqu'un d'assez futé.

— Merci.

Doris se leva et escorta son hôte vers la porte.

Les derniers clients, en petit nombre à cette heure, levèrent les yeux pour les observer : ils n'avaient pas perdu un mot de la conversation. Dès que Doris et Jeremy eurent franchi le seuil, ils se mirent à chuchoter, car le sujet ne manquait pas de sel.

— Elle a dit qu'il passait à la télé ?

— Je crois l'avoir vu à un talk-show.

— Il n'est sûrement pas médecin, déclara un troisième larron. Il parlait d'un article, dans un magazine...

— Je me demande comment Doris le connaît. Pas vous ?

— Du moins, il paraît assez sympathique...

— Il a l'air un peu dans les nuages, observa Rachel.

Jeremy et Doris s'étaient arrêtés sous le porche, sans se rendre compte de l'émoi qu'ils avaient provoqué.

— Vous séjournez sans doute à *Greenleaf*, lança Doris.

Jeremy acquiesça d'un signe de tête.

— Savez-vous y aller ? C'est plutôt dans l'arrière-pays.

— J'ai une carte. (Jeremy voulait donner l'impression qu'il avait tout prévu.) Je trouverai mon chemin ; mais

comment fait-on pour aller à la bibliothèque ?

Doris tendit un doigt pour lui indiquer la direction.

— Juste au coin de la rue. Vous voyez la bâtisse en brique, avec des stores bleus ?

— Je vois...

— Il vous suffit de prendre à gauche et de dépasser le prochain feu rouge. Au niveau de la première rue après le feu, tournez à droite ; la bibliothèque est à l'angle, en haut. Une grande bâtisse blanche... C'était la Middleton House, qui appartenait à Horace Middleton, avant que le comté l'achète.

— On n'a pas construit une nouvelle bibliothèque ?

— Nous sommes une petite bourgade, monsieur Marsh. D'ailleurs, comme vous verrez, la place ne manque pas.

Jeremy lui tendit la main.

— Vous avez été formidable, et le déjeuner était délicieux.

— J'ai fait de mon mieux.

— Me permettez-vous de revenir vous interroger ? Il me semble que vous êtes au courant de tant de choses.

— N'hésitez pas à me rendre visite quand vous voudrez ! Je suis à votre disposition... Mais je vous prie de ne pas nous faire passer pour une bande de rustres dans vos articles. Nous aimons cet endroit, et moi la première.

— Je n'écris que la vérité.

— Je sais. Sinon, je n'aurais pas pris contact avec vous. Votre visage m'inspire confiance, et je suis certaine que ferez taire cette légende une fois pour toutes.

Jeremy haussa les sourcils.

— Vous ne croyez pas aux fantômes de Cedar Creek ?

— Bien sûr que non ! Je sais qu'il n'y a pas d'esprits là-bas. Ça fait des années que je le répète, mais personne ne m'écoute.

La remarque piqua la curiosité de Jeremy.

— Alors, pourquoi m'avez-vous incité à venir ?

— Parce que les gens n'y comprennent rien... Ils continueront à se raconter des histoires tant qu'on ne leur aura pas donné une explication. Depuis la publication de l'article au sujet des étudiants de Duke, le maire fait un raffut terrible, et des touristes viennent de partout pour voir les lumières ! Honnêtement, ça crée beaucoup de problèmes : le cimetière tombe déjà en miettes, et les dégâts s'aggravent de jour en jour.

Doris fit une pause et reprit son récit.

— Évidemment, le shérif ne lève pas le petit doigt quand des gamins vont traîner là-bas ou quand des étrangers piétinent le cimetière ! Le maire et lui ne cherchent qu'à attirer des curieux, et presque tout le monde, à part moi, pense que c'est une bonne idée de faire de la pub pour ces fantômes. Depuis que l'usine de textiles et la mine ont fermé, la ville s'éteint, et ils doivent s'imaginer qu'ils vont la faire renaître de ses cendres.

Jeremy, perplexe, réfléchit aux paroles de Doris : ce qu'elle venait de lui raconter semblait parfaitement logique, et pourtant...

— Vous rendez-vous compte, dit-il, que votre nouvelle version diffère de celle de votre lettre ?

— Absolument pas ! protesta Doris. Je vous informais de la présence de ces mystérieuses lumières qui sont liées à d'anciennes légendes. Je vous disais que le bruit court qu'il s'agit de fantômes et que les étudiants de Duke n'ont pas pu trouver d'explication plausible.

La pure vérité ! Relisez ma lettre si vous ne me croyez pas, monsieur Marsh. J'ai certainement des défauts, mais je ne mens jamais...

— Alors, pourquoi souhaitez-vous que je jette le discrédit sur cette histoire ?

La réponse de Doris fusa, comme si c'était l'évidence même.

— Parce que ce n'est pas bien ! Les gens passent leur temps à déambuler dans le cimetière, des touristes viennent camper à proximité... Nous devons respecter les défunts, même s'ils sont enterrés dans un lieu abandonné. Les morts ont le droit de reposer en paix. Ce jumelage avec la visite guidée des demeures historiques est vraiment choquant, à mon avis ; mais je prêche dans le désert.

— Vous me permettez d'être franc avec vous ? fit Jeremy, les mains fourrées dans ses poches.

Doris hocha du chef et, lui, se mit à se balancer d'un pied sur l'autre.

— Si votre mère était télépathe, si vous pouvez détecter les sources et deviner le sexe des bébés, je suppose que...

La phrase de Jeremy resta en suspens et Doris le transperça du regard.

— Vous voulez dire que je devrais être la première à croire aux fantômes ?

— Exactement !

— Eh bien, je crois aux fantômes, mais je ne pense pas qu'il y en ait à Cedar Creek !

— Pourquoi ?

— Je ne sens pas la présence d'esprits dans ce cimetière.

— Vous avez donc ce pouvoir aussi ?

Doris haussa les épaules et un silence plana.

— Vous me permettez d'être franche à mon tour ?

— Bien sûr !

— Un jour, monsieur Marsh, vous découvrirez quelque chose que la science n'expliquera pas. Quand cela se produira, votre vie changera d'une manière que vous ne pouvez pas pour l'instant imaginer.

— Serait-ce une prophétie ?

— Oui, c'en est une.

Doris s'interrompit et regarda Jeremy dans les yeux.

— Je tiens à vous dire que j'ai été enchantée de déjeuner avec vous. C'est pas si souvent que j'ai la compagnie d'un jeune homme aussi charmant ! Je me sens presque rajeunir...

— J'ai passé un excellent moment...

Jeremy se retourna et vit que les nuages s'étaient amoncelés pendant son repas. Sans paraître menaçant, le ciel gris annonçait l'hiver. Il remonta son col en se dirigeant vers sa voiture.

— Monsieur Marsh ? appela Doris, derrière lui.

— Oui ?

— Dites bonjour à Lex de ma part.

— Lex ?

— Oui, Lexie. C'est la personne à qui il faudra vous adresser à la bibliothèque.

— Je n'y manquerai pas, fit Jeremy en souriant.

4.

La bibliothèque, une imposante bâtisse gothique, différait totalement des constructions du centre-ville. Elle
semblait avoir été arrachée aux montagnes de Roumanie
et déposée à Boone Creek par quelque illuminé..., songea Jeremy.

Elle occupait presque tout le bloc, s'ornait de hautes
fenêtres étroites et d'une porte en bois arquée, pourvue
de deux énormes heurtoirs ; le premier étage était coiffé
d'un toit à forte pente. Edgar Allan Poe aurait adoré ce
côté « maison hantée ». La municipalité avait pourtant
fait son possible pour rendre la bibliothèque accueil-
lante : la façade de brique – probablement dans les tons
rouges à l'origine – était peinte en blanc, des volets
noirs encadraient les fenêtres, des parterres de pensées
bordaient l'allée et entouraient le mât du drapeau. Un
panneau gravé en lettres dorées souhaitait la bienvenue
aux visiteurs, mais l'ensemble sonnait bizarrement faux.
Jeremy eut brusquement l'impression d'aller rendre
visite à un gosse de riche dans son élégante maison de
grès brun, et d'être accueilli par un maître d'hôtel muni
de ballons gonflables et d'un pistolet à eau.

Le vestibule était gaiement éclairé et peint en jaune
pâle. Le bâtiment paraissait du moins cohérent dans ses
contradictions : la partie allongée d'un bureau en L
s'étendait vers l'arrière du bâtiment où Jeremy aperçut

une grande pièce vitrée, destinée aux enfants. À gauche se trouvaient les toilettes, et à droite, derrière un autre panneau vitré, était installée apparemment la salle centrale. Il adressa un salut et un signe de la main à une femme d'un certain âge assise derrière le bureau. Elle lui rendit son salut en souriant, avant de replonger dans sa lecture ; il poussa alors les lourdes portes de verre menant à la grande salle, fier de s'être déjà initié à l'agencement des lieux.

La pièce lui réservait une profonde déception : sous les vives lumières fluorescentes, il n'y avait que six étagères de livres, relativement serrées, dans un espace à peine plus grand que son studio. Il aperçut sur un côté deux ordinateurs démodés, et plus à droite, un petit coin doté de sièges, avec une modeste collection de périodiques. Quatre petites tables étaient dispersées à travers la salle, mais il ne vit que trois personnes déambuler parmi les rayonnages, dont un homme âgé, muni d'un appareil auditif, qui entassait des livres sur les rayons.

Persuadé d'avoir acheté plus de livres au cours de sa vie que n'en contenait la bibliothèque, Jeremy s'approcha du bureau des prêts. Il ne fut guère surpris de n'y trouver personne, mais il décida d'attendre Lex. C'était probablement l'homme à cheveux blancs qu'il venait d'entrevoir.

Il consulta sa montre une première fois ; puis une deuxième, deux minutes après. Comme deux minutes s'étaient encore écoulées, il se racla la gorge ; le vieil homme le remarqua enfin. Il lui adressa un signe de tête pour lui faire comprendre qu'il avait besoin d'aide, mais au lieu de s'approcher, l'étrange individu lui rendit son salut, et repartit vers ses piles de livres, sans se presser. L'efficacité des gens du Sud était légendaire, se souvint Jeremy.

Dans le petit bureau encombré du premier étage de la bibliothèque, elle regarda par la fenêtre. Doris lui avait annoncé son arrivée dès qu'il l'avait quittée, après le déjeuner. Un homme en noir, venu de New York pour écrire un article sur les fantômes du cimetière...

Elle hocha la tête. Il risquait fort d'écouter Doris, qui se montrait très persuasive quand elle avait une idée en tête ; sans se soucier le moins du monde des répercussions possibles de ses projets ! Elle-même avait lu certains écrits de ce M. Marsh, et savait exactement comment il procédait : il prouverait non seulement qu'il n'y avait pas le moindre fantôme – ce dont elle avait la certitude –, mais il ne s'arrêterait pas là. Il ferait parler les gens en jouant de son charme, et dès qu'ils se seraient épanchés, il déformerait leurs paroles à sa guise. Une fois son travail de sape terminé et retranscrit dans un article un peu méprisant, les habitants de Boone Creek s'accuseraient mutuellement d'être crédules, stupides et superstitieux.

Cette visite ne lui disait rien de bon !

Elle ferma les yeux en tordant d'un air absent ses mèches sombres entre les doigts. Pourtant elle non plus n'aimait pas que les gens envahissent le cimetière. Doris avait raison : c'était un manque de respect vis-à-vis des morts. Depuis la visite des étudiants de Duke et la publication de cet article dans le journal local, la situation ne faisait qu'empirer. Comment en était-on arrivé là ? Les lumières existaient depuis des décennies, et tout le monde le savait mais on n'en parlait guère jusqu'à présent ! De temps à autre, des gamins ou des gens qui avaient bu un coup de trop au *Lookilu* allaient y jeter un coup d'œil. Mais maintenant toutes ces chopes et ces cartes postales de mauvais goût ! Et la visite guidée des demeures historiques !

Elle avait du mal à comprendre les véritables raisons de cet engouement. Était-il nécessaire de développer le tourisme dans la région ? Bien sûr, gagner de l'argent n'était pas sans intérêt, mais les habitants de Boone Creek ne rêvaient pas de s'enrichir. En tout cas, la majorité d'entre eux. Même s'il y avait quelques individus désireux de s'en mettre plein les poches, le maire en particulier. Elle était convaincue, cependant, que la plupart de ses concitoyens vivaient à Boone Creek pour les mêmes raisons qu'elle. Rien n'égalait son émotion lorsque le soleil couchant transformait la Pamlico River en ruban d'or, elle avait confiance en ses voisins, et les gens du coin laissaient leurs enfants jouer dehors le soir sans s'inquiéter. Dans un monde de plus en plus frénétique, Boone Creek n'avait jamais été tenté de se mettre au goût du jour ; et c'est ce qui faisait son charme.

C'était d'ailleurs pour ce calme qu'elle avait décidé d'y rester. Elle aimait tout dans la bourgade : l'odeur de pins et de sel par les petits matins de printemps, les soirées d'été étouffantes qui faisaient scintiller sa peau, le flamboiement des feuilles en automne. Mais, surtout, elle aimait les gens, elle leur parlait, et ne pouvait s'imaginer vivant loin d'eux. Évidemment, ses amis ne partageaient pas obligatoirement son point de vue. Certaines de ses copines n'étaient jamais réapparues après leurs études universitaires. Elle aussi s'était éloignée quelque temps, mais avec l'intention de revenir ; une bonne chose, car la santé de Doris la préoccupait depuis deux ans. En réalité, elle avait toujours su qu'elle serait bibliothécaire comme sa mère, et qu'elle ferait en sorte que la ville soit fière de sa bibliothèque.

Son travail n'était pas très prestigieux, ni lucratif ; mais, une fois passées les premières impressions un peu décevantes, on s'apercevait que la bibliothèque n'avait cessé de progresser. Le rez-de-chaussée se limitait aux romans contemporains, l'étage supérieur proposait des œuvres

classiques romanesques ou non, d'autres titres d'auteurs contemporains, et des collections de valeur. M. Marsh n'avait sans doute pas remarqué que la bibliothèque s'étendait sur deux étages, puisque l'escalier était à l'arrière du bâtiment, près de la salle des enfants. Une bibliothèque installée dans une demeure ancienne ne favorise guère la circulation du public ; mais, malgré cet inconvénient majeur, elle appréciait le lieu.

Son bureau, généralement calme, était situé au premier, à côté de la partie de la bibliothèque qu'elle préférait. La petite pièce voisine contenait les livres rares qu'elle avait rassemblés grâce aux ventes aux enchères, aux vide-greniers, aux donations, et à de fréquentes visites aux bouquinistes et marchands de livres de Caroline du Nord – un projet initialement lancé par sa mère.

Elle avait constitué aussi une collection de manuscrits et de cartes parfois antérieurs à la Guerre civile. Ses recherches la passionnaient, et elle était toujours en quête de quelque pièce rare. Pour arriver à ses fins, elle n'hésitait pas à utiliser la séduction, la ruse, et ne reculait pas devant de simples supplications. Sinon, elle abordait le problème sous l'angle des déductions fiscales – et comme elle entretenait de bonnes relations avec tous les avocats fiscalistes du Sud –, elle recevait parfois des dons avant que les autres lieux ne soient informés. La bibliothèque ne disposait pas de ressources comparables à celles de Duke, de Wake Forest, ou de l'université de Caroline du Nord, mais était de toute évidence, au regard de son petit volume, l'une de meilleures de l'État, et peut-être de tout le pays...

Elle la voyait effectivement comme *sa bibliothèque*, de même que Boone Creek était *sa ville*. Or, pour l'instant, un étranger l'attendait – un étranger sur le point d'écrire un article qui pourrait faire du tort à *ses* concitoyens.

D'ailleurs elle l'avait vu arriver en voiture et se diriger vers l'entrée principale : il avait exactement le look du citadin content de lui et persuadé d'avoir déjà tout compris. Un type qui trouvait sûrement la vie beaucoup plus excitante et gratifiante en ville ! Quelques années auparavant, elle s'était entichée d'un homme dans son genre ; elle espérait ne jamais retomber dans un tel piège.

Un cardinal, couleur de feu, se percha sur le rebord de la fenêtre. Elle l'observa pour se changer les idées et soupira. Bon, c'était le moment d'aller parler à « M. Marsh de New York ». Il l'attendait ! Il était venu jusqu'à Boone Creek, et les principes de l'hospitalité, ainsi que ses fonctions de bibliothécaire, exigeaient qu'elle l'aide à trouver ce qu'il cherchait. Et puis, elle pourrait ainsi le tenir à l'œil et filtrer les informations, de façon à lui faire prendre conscience, qui sait, des bons côtés de la vie provinciale.

Elle sourit en se disant qu'elle allait manipuler M. Marsh. Indéniablement un beau garçon, même s'il ne lui inspirait aucune confiance.

Jeremy Marsh avait un air maussade.

Il faisait les cent pas dans l'une des travées, en jetant un coup d'œil aux titres d'auteurs contemporains, et fronçait de temps en temps les sourcils, comme étonné de ne trouver aucune œuvre de Dickens, Chaucer, ou Austen. Elle se dit – mais c'était une simple hypothèse, car elle ne le connaissait absolument pas – que s'il l'interrogeait sur cette lacune et qu'elle répondait « Qui ? », il se contenterait de la dévisager en silence, comme au cimetière quand leurs chemins s'étaient croisés. Les hommes sont tellement prévisibles...

Elle tira sur son pull, retardant encore le moment de se diriger vers lui. Elle devait rester professionnelle avant tout !

— Vous me cherchez sans doute, déclara-t-elle, avec un sourire pincé.

Jeremy, d'abord surpris par le son de sa voix, lui sourit à son tour dès qu'il l'eut reconnue. Son sourire était assez sympathique : orné d'une charmante fossette, mais un peu trop étudié pour compenser l'aplomb qu'elle lisait dans ses yeux.

— Lex ? s'étonna-t-il.

— Lex est l'abréviation de Lexie. Lexie Darnell... Doris m'appelle toujours Lex.

— Vous êtes la bibliothécaire ?

— Oui j'essaie, quand je ne traîne pas dans les cimetières, en ignorant le regard trop indiscret des hommes.

— Ma parole ! lança Jeremy, en essayant d'imiter l'accent traînant de Doris.

La bibliothécaire passa devant lui pour redresser quelques livres qu'il avait examinés sur l'une des étagères.

— Votre accent sonne faux, monsieur Marsh. On dirait que vous articulez des lettres pour une grille de mots croisés...

— Ah oui ? fit-il, en riant de bon cœur, sans paraître vexé par le ton acide de la remarque.

— Absolument !

Lex continua à redresser les livres.

— Et maintenant, dites-moi ce que vous attendez de moi. Je suppose que vous cherchez des informations sur le cimetière.

— Ma réputation me précède.

— Doris m'a annoncé votre visite.

— J'aurais dû m'en douter ! Une femme intéressante...

76

— C'est ma grand-mère.

Jeremy haussa les sourcils et se retint d'imiter l'accent de Doris.

— Vous a-t-elle parlé de notre merveilleux déjeuner ?

— Je ne lui ai posé aucune question.

Lex glissa une mèche de cheveux derrière son oreille. Elle venait de remarquer que la fossette du journaliste était de celles qui donnent aux petits enfants l'envie d'y glisser un doigt ; mais cela lui était bien égal, naturellement. Quand elle eut fini d'arranger les livres, elle s'adressa à lui d'un ton posé :

— Je vous avoue que je suis assez occupée en ce moment. Un tas de paperasserie à terminer d'ici ce soir... Quel type de renseignements cherchez-vous ?

— Tout ce qui pourrait m'éclairer sur l'histoire du cimetière et de la ville. Quand sont apparues ces lumières ?

A-t-on déjà étudié le phénomène par le passé ? Y a-t-il des légendes qui s'y rapportent ? Je m'intéresse aux cartes anciennes, aux informations sur Riker's Hill, à la topographie des lieux, aux récits historiques...

Jeremy s'interrompit pour observer à nouveau les yeux violets, si particuliers. Cette jeune femme qui l'avait fui était maintenant à côté de lui. Pas sans intérêt non plus...

— Je suis quand même sidéré, fit-il, un coude sur l'étagère. Je vous ai croisée au cimetière et je vous retrouve à la bibliothèque. Or, c'est la lettre de votre grand-mère qui m'a attiré ici. Quelle coïncidence !

— Franchement, je n'ai pas tellement réfléchi à la question.

Jeremy ne se laissa pas démonter : il se laissait rarement démonter, surtout quand sa curiosité était en éveil.

— Comme je ne suis pas d'ici, vous pourriez m'indiquer les endroits où l'on peut se détendre. Où aller, par exemple, prendre un café ou grignoter quelque chose ? Peut-être plus tard, après votre travail...

Lexie, décontenancée, battit des paupières.

— Si je ne m'abuse, vous m'invitez à sortir avec vous ?

— Seulement si vous êtes disponible !

— Je crains de ne pouvoir accepter. Merci quand même.

Lexie soutint le regard de Jeremy, qui finit par lever les deux mains d'un air désinvolte.

— Ne m'en voulez pas d'avoir tenté ma chance...

(Son sourire s'accompagna d'une de ses éblouissantes fossettes.) Pourrions-nous nous occuper dès maintenant des recherches, si vous n'êtes pas trop occupée par cette paperasse ? Sinon, je reviendrai demain...

— Par quoi souhaitez-vous commencer ?

— J'aimerais lire le fameux article, paru dans le journal local, car je n'ai pas encore eu l'occasion de le consulter. L'auriez-vous par hasard à proximité ?

Lexie hocha la tête.

— Il est probablement sur microfilm. Nous répertorions le journal depuis quelques années ; je devrais donc le retrouver sans difficulté.

— Parfait ! Et les informations globales sur Boone Creek ?

— C'est au même endroit.

Ne sachant où aller, Jeremy promena un moment son regard autour de lui. Lexie se dirigea vers le hall d'entrée.

— Par ici, monsieur Marsh. Vous trouverez ce que vous cherchez là-haut.

— Il y a un étage ?

Elle se tourna pour lui répondre.

— Suivez-moi ! Je vais vous guider.

Jeremy pressa le pas pour la rattraper.

— Me permettez-vous de vous poser une question ?

— Bien sûr ! fit-elle, imperturbable, en poussant la porte.

— Pourquoi étiez-vous au cimetière aujourd'hui ?

Elle le dévisagea sans rien dire.

— Je m'interrogeais, reprit Jeremy, parce que j'ai l'impression que peu de gens s'y rendent actuellement...

Le silence de Lexie attisa l'intérêt de Jeremy, qui finit par se sentir mal à l'aise.

— Avez-vous l'intention de rester muette ? demanda-t-il, au bout d'un moment.

Elle sourit, en lui adressant un clin d'œil inattendu, avant d'entrer dans la pièce.

— Je vous ai permis de me poser une question, monsieur Marsh ; mais je ne me suis pas engagée à vous répondre.

Il continua à la suivre, les yeux rivés sur elle. Un sacré numéro ! Non seulement cette jolie fille ne manquait ni d'assurance ni de charme, mais elle avait refusé son invitation.

Alvin avait raison. Il y avait peut-être chez les *belles* du Sud de quoi faire tourner la tête d'un homme.

Après avoir traversé le hall et dépassé la salle de lecture des enfants, Lexie le mena à l'étage supérieur.

Arrivé à destination, il fit un tour d'horizon. « Ma parole ! » aurait dit Doris.

Il y avait dans cet endroit plus que des étagères branlantes, chargées de livres. Beaucoup plus ! Une atmosphère quelque peu « gothique » de bibliothèque privée avec en prime une odeur de poussière. Avec ses lambris de chêne, son plancher couleur acajou, et ses rideaux bordeaux, la pièce contrastait étrangement avec le rez-de-chaussée. Des sièges bien rembourrés et des imitations de lampes Tiffany étaient placés dans les coins. Le mur du fond s'ornait d'une cheminée de pierre, surmontée d'une peinture, et les fenêtres, étroites, laissaient pénétrer juste ce qu'il faut de lumière pour donner une impression d'intimité.

— Je commence à comprendre, fit Jeremy. En bas, les amuse-gueules ; ici le plat principal !

— La plupart de nos visiteurs réguliers viennent pour des publications récentes, j'ai donc installé le rez-de-chaussée à leur intention. Une petite salle, car nous y avions nos bureaux, avant de remanier les lieux.

— Où sont maintenant les bureaux ?

— Là-bas, dit-elle, un doigt pointé vers la dernière étagère. À côté de la pièce réservée aux ouvrages rares.

— Oh ! Impressionnant...

— Venez avec moi, si vous voulez. Je vais vous faire visiter l'étage et vous donner quelques précisions.

Ils déambulèrent pendant quelques minutes parmi les rayonnages, en bavardant. Horace Middleton, un capitaine, avait fait bâtir la demeure en 1874, après s'être enrichi dans le commerce du bois et du tabac, apprit Jeremy. Il la destinait à sa femme et à ses sept enfants, mais ils n'avaient jamais vécu là : peu de temps avant l'achèvement de la construction, sa femme était morte, et il avait décidé de s'installer à Wilmington. La maison, vide pendant plusieurs années, avait été occupée ensuite par une autre famille jusqu'aux environs de 1850, puis vendue à la Société d'histoire, qui l'avait cédée après au comté pour y installer une bibliothèque.

Jeremy écoutait attentivement Lexie, qui marchait à pas lents, en s'interrompant de temps à autre pour lui montrer ses livres favoris. Il ne tarda pas à s'apercevoir qu'elle avait une culture nettement plus étendue que la sienne, surtout dans le domaine classique ; ce qui, après

80

réflexion, lui sembla logique. Devient-on bibliothécaire sans être passionné par la lecture ?

Comme si elle avait deviné sa pensée, elle s'arrêta pour lui désigner une inscription sur un panneau.

— Je suppose que cette section est plus dans vos cordes, monsieur Marsh...

SURNATUREL/SORCELLERIE, lut-il. Il ralentit sans s'arrêter, mais remarqua au passage certains titres, dont l'un concernant les prophéties de Michel de Nostredame. Nostradamus – comme on l'appelle habituellement – a publié, en 1555, des prophéties fort vagues, dans un livre intitulé *Centuries astrologiques*, le premier des dix ouvrages écrits au cours de sa vie. Une cinquantaine de ses mille prophéties sont encore citées aujourd'hui, soit un taux de succès (dérisoire) de 5 %.

— Si vous le souhaitez, je pourrais vous donner quelques conseils, fit Jeremy, les poings au fond de ses poches.

— J'avoue humblement que votre aide me serait utile.

— Avez-vous lu par hasard ces ouvrages ?

— Non. Franchement, ça ne me passionne pas. Je me contente de les feuilleter quand ils arrivent. Je regarde les illustrations et je parcours les conclusions, rien de plus.

— À mon avis, c'est amplement suffisant.

— Vous savez, il y a des gens ici qui s'indignent que je puisse accepter à la bibliothèque ce genre de livres – surtout ceux sur la sorcellerie. Ils auraient, paraît-il, une mauvaise influence sur les jeunes !

— Des sornettes, effectivement.

— Peut-être, mais vous ne m'avez pas comprise. Ils voudraient que je les supprime, sous prétexte qu'il est possible réellement d'attirer le mal. Les gamins risqueraient, après les avoir lus, de déchaîner Satan contre notre ville !

Jeremy hocha la tête.

— La jeunesse serait impressionnable dans la « Bible Belt [1] »...

— Ne répétez surtout pas mes paroles, je vous en prie. Tout cela doit rester entre nous.

Jeremy leva les doigts.

— Sur mon honneur de scout !

Ils déambulèrent un moment en silence. Le soleil hivernal filtrait avec peine à travers les nuages. Lexie s'arrêta pour allumer quelques lampes ; une lueur jaunâtre enveloppa la pièce. Comme elle se penchait, Jeremy respira une bouffée de son parfum fleuri.

— Qui est-ce ? fit-il en désignant d'un air absent le portrait, au-dessus de la cheminée.

— Ma mère.

Lexie laissa échapper un profond soupir, sous le regard interrogateur de Jeremy.

— Après l'incendie de l'ancienne bibliothèque, en 1964, ma mère a consacré son énergie à rechercher un bâtiment et à créer une nouvelle collection. Elle n'avait que vingt-deux ans, mais elle a passé des années à quémander des fonds auprès des autorités locales et nationales. Elle organisait des ventes de gâteaux et allait frapper à la porte des entreprises de la région pour récupérer quelques chèques. Elle y a mis le temps, mais elle est arrivée à ses fins !

Tandis que la jeune femme parlait, les yeux de Jeremy se déplaçaient, allant du portrait accroché au mur au visage de Lexie. Une certaine ressemblance, surtout au niveau des yeux, aurait dû le frapper, songea-t-il. Cette teinte violette l'avait impressionné dès le début, mais il avait remarqué, de plus près, que les yeux de Lexie étaient teintés de bleu autour de l'iris. La

1. États su Sud des États-Unis, profondément religieux (*N.d.T.*).

82

couleur de la bonté... Le peintre avait tenté de saisir l'insolite nuance, et pourtant le portrait était loin de refléter la réalité.

Quand Lexie eut achevé son récit, elle glissa une mèche rebelle derrière son oreille. Un geste qui lui était familier, et trahissait peut-être sa nervosité. S'il la troublait, c'était bon signe, supposa Jeremy.

Il s'éclaircit la voix.

— Votre mère a l'air d'être une femme étonnante. Je serais enchanté de la rencontrer.

Le sourire de Lexie vacilla, hésitant, semblait-il, à en dire plus.

— Trêve de bavardages, murmura-t-elle enfin. Vous êtes ici pour travailler et je vous en empêche ! (Elle lui indiqua d'un signe de tête la pièce aux livres rares.) Il est temps que je vous montre l'endroit où vous serez confiné pendant quelques jours.

— Si longtemps ?

— Vous cherchez des références historiques et cet article, non ? N'allez pas croire que tout est répertorié ! Vous aurez de petites recherches fastidieuses à effectuer.

— Il y a tant de livres que ça ?

— Il n'y a pas que les livres, bien qu'un grand nombre de nos ouvrages puisse vous intéresser. Je pense que les journaux intimes seront aussi une excellente source d'informations... Je me suis efforcée de rassembler les documents écrits par des gens de la région, et nous possédons maintenant une importante collection. Certains journaux intimes remontent au XVIIᵉ siècle.

— Auriez-vous par hasard celui d'Hettie Doubilet ?

— Non, mais plusieurs journaux ont été tenus par d'anciens habitants de Watts Landing. Un autre a été rédigé par un homme qui se considérait comme un historien amateur. Vous n'êtes pas autorisé à les emprunter, et il vous faudra du temps pour les parcourir ici. Ils sont difficilement lisibles...

— Je meurs d'impatience ! Rien ne me passionne plus que les recherches fastidieuses...

— Vous vous en tirerez magnifiquement, j'en suis sûre.

— Magnifiquement ! Je suis doué pour toutes sortes de choses...

— Je n'en doute pas, monsieur Marsh.

— Jeremy. Appelez-moi Jeremy.

Lexie haussa un sourcil.

— Je me demande si c'est une bonne idée.

— Une excellente idée, je vous assure !

— Votre offre me tente, et je suis vraiment très flattée... Pourtant, je ne vous connais pas assez pour vous croire, monsieur Marsh.

Jeremy, amusé, se dit qu'il avait déjà rencontré ce genre de personnalité. Mais les femmes qui jouent de leur esprit pour tenir les hommes à distance ont souvent un côté agressif, alors que Lexie était délicieusement naturelle... L'accent peut-être ? Cet accent chantant aurait pu convaincre sans peine un chat de nager dans une rivière.

Il appréciait son accent, son esprit, ses yeux fabuleux, et même sa manière de porter un jean. Mais ce n'était pas tout. Qu'y avait-il d'autre ? D'autant plus qu'il la connaissait à peine : s'il avait été longuement question des livres et de sa mère, elle l'avait laissé dans l'ignorance à son sujet.

Alors qu'il avait entrepris le voyage pour écrire un article, il se rendit compte avec un pincement au cœur qu'il aurait préféré passer les heures suivantes en compagnie de Lexie. Il aurait voulu marcher avec elle dans les rues de Boone Creek, ou, mieux encore, dîner en sa compagnie dans un petit restaurant romantique et discret, où ils pourraient faire plus amplement connaissance. Il la trouvait mystérieuse. Et le mystère l'attirait, parce qu'il provoque toujours des surprises ; et, tandis qu'il la suivait dans la pièce réservée aux livres rares, il se surprit à penser que son séjour dans le Sud devenait de plus en plus intéressant.

Ladite pièce était exiguë – sans doute une ancienne chambre à coucher – et traversée par une cloison peu élevée. Les murs étaient peints en beige pâle, surmontés d'une frise blanche ; les parquets rayés et sans tapis. Des étagères grimpaient le long des murs, et, dans un coin, un casier vitré – comme un coffre au trésor – contenait une télévision, un magnétoscope et sans doute des vidéos sur l'histoire de la Caroline du Nord. Face à la porte, un antique bureau à cylindre trônait devant une fenêtre. Une petite table, avec un appareil à microfilms, se trouvait juste à la droite de Jeremy. Lexie s'en approcha et ouvrit le tiroir inférieur ; elle sortit une boîte en carton.

Après l'avoir posée sur le bureau, elle fouilla dans les plaques transparentes. Penchée au-dessus de lui, elle mit ensuite l'appareil en marche et glissa la plaque à l'intérieur, de manière à la centrer correctement. Il respira à nouveau une bouffée de son parfum, et, une seconde après, l'article qu'il cherchait apparut.

— Vous pouvez commencer, dit-elle. Je vais faire quelques recherches pour voir si je vous trouve d'autres documents.

— Vous avez été très rapide !

— Je n'ai eu aucun mal, car je me souvenais de la date de cet article.

— Impressionnant !

— Pas tant que ça. Il s'agit de la date de mon anniversaire.

— Vingt-six ans ?

— À peu près... Voyons maintenant ce que je peux trouver !

Elle fit demi-tour et se dirigea vers les portes battantes.

— Vingt-cinq ? lança-t-il.

— Bien joué, monsieur Marsh, mais je ne joue pas !

Jeremy se mit à rire : une semaine vraiment intéressante s'annonçait.

Il se plongea dans l'article qu'il avait sous les yeux. Le texte était axé sur la recherche du sensationnel, avec une pointe d'arrogance pour suggérer que les habitants de Boone Creek avaient toujours su qu'il se passait des faits étranges dans leur ville.

La lecture du papier ne lui apprit pas grand-chose.

L'auteur se référait à la légende originelle, dans des termes proches de ceux de Doris, avec des variations mais mineures. D'après l'article, Hettie, originaire de Louisiane et non des Caraïbes, avait rendu visite à des fonctionnaires du comté et non au maire. Elle était censée avoir lancé sa malédiction depuis les marches de l'hôtel de ville, déclenchant une émeute. À la suite de quoi elle avait été incarcérée. Le lendemain matin, quand les gardes étaient venus la libérer, elle s'était évaporée. Par la suite, le shérif n'avait pas cherché à l'arrêter, de peur que sa malédiction ne s'étende à sa propre famille. Toutes les légendes sont ainsi : à mesure qu'elles se diffusent, elles subissent de légères altérations, destinées à les rendre plus frappantes. Mais l'anecdote sur la disparition de Hettie ne manquait pas de piquant. Il tâcherait de savoir si elle avait été arrêtée et si elle s'était réellement échappée.

Il tourna la tête : Lexie n'était pas dans son champ visuel. Absorbé à nouveau par sa tâche, il songea à compléter les informations données par Doris sur Boone

Creek ; il déplaça donc le support en verre du microfilm pour faire apparaître d'autres articles. Une semaine de nouvelles s'étalait sur quatre pages – le journal paraissait le mardi – et il ne tarda pas à apprendre ce que la ville avait à offrir. Fascinant, pourvu qu'on se désintéresse totalement des événements du reste du monde ! Il était question d'un jeune homme qui avait peint la façade de l'immeuble des anciens combattants pour devenir Eagle Scout[1] ; de l'ouverture d'une nouvelle teinturerie sur Main Street ; et d'une réunion de la municipalité au sujet de l'installation éventuelle d'un « stop » sur Leary Point Road. Deux jours de suite, la page de couverture était consacrée à un accident de la route au cours duquel deux habitants de la ville avait été légèrement blessés.

Il se cala dans son siège.

La bourgade était donc telle qu'il l'avait imaginée : paisible et somnolente, comme tant d'autres. Elle survivait par la force de l'habitude, et disparaîtrait dans les prochaines décennies, à mesure que la population prendrait de l'âge. Aucun avenir, c'était clair, à longue échéance...

— Vous vous passionnez pour notre charmante ville ?

Surpris de ne pas avoir entendu Lexie arriver derrière lui et étrangement ému par la situation critique de Boone Creek, Jeremy sursauta.

— Exactement ! Je reconnais que cet Eagle Scout est quelqu'un...

— Jimmie Tilson... Oui, un type formidable. Bon joueur de basket également... Il a perdu son père l'année dernière, mais il continue à faire du bénévolat en ville,

---

1. Grade le plus élevé chez les scouts américains (*N.d.T.*).

et travaille à temps partiel pour *Pete's Pizza*. Nous sommes fiers de lui.

— Je n'en doute pas !

Lexie, sceptique, posa une pile de livres sur la table.

— Eh bien, je pense que cela vous suffira dans un premier temps.

Il parcourut une dizaine de titres.

— Ce sont des livres d'histoire générale ! Vous m'aviez conseillé, il me semble, de lire surtout des journaux intimes.

— En effet, mais vous pourriez vous informer d'abord sur la période concernée.

— Oui, admit-il, après un instant d'hésitation.

Elle tirailla la manche de son pull d'un air absent.

— J'ai trouvé un livre d'histoires de fantômes qui devrait vous intéresser. Il y a un chapitre au sujet de Cedar Creek.

— Génial !

— Je vous laisse vous mettre au travail et je reviens dans un moment, au cas où vous auriez besoin de quoi que ce soit.

— Vous ne restez pas avec moi ?

— Non. Je vous rappelle que j'ai pas mal de travail. Vous pouvez vous installer ici ou à l'une des tables de la salle principale. Mais j'apprécierais que les livres restent sur place : aucun d'eux ne peut être emprunté.

— Je ne me serais pas permis...

— Maintenant, je vous prie de m'excuser, monsieur Marsh. Souvenez-vous que la bibliothèque ouvre jusqu'à sept heures, mais que la pièce réservée aux livres rares ferme à cinq heures.

— Même pour vos amis ?

— Mes amis peuvent rester aussi longtemps qu'ils le souhaitent.

— Alors, nous nous retrouverons à sept heures ?

— Non, monsieur Marsh ; à cinq heures.

— Demain, vous me permettrez peut-être de rester un peu plus longtemps.

Elle haussa les sourcils sans répondre et fit deux pas en direction de la porte.

— Lexie ?

— Oui ? dit-elle en se retournant.

— J'ai beaucoup apprécié votre aide.

— Rien de plus naturel, murmura-t-elle, avant de lui décocher, par mégarde, un délicieux sourire.

Jeremy passa les heures suivantes à s'informer sur Boone Creek. Il parcourut les livres un à un, en s'attardant sur les photos et en lisant attentivement les passages qui lui semblaient importants.

La plupart des informations concernaient le lointain passé de la ville ; il prit des notes qui ne tardèrent pas à couvrir plusieurs pages de son bloc posé à côté de lui. Mais comment savoir précisément, à ce stade, ce dont il aurait besoin ?

Son expérience lui avait appris que la meilleure approche consistait à se fonder sur des faits indiscutables... Mais quelles étaient ses certitudes ? Le cimetière avait existé pendant un siècle sans qu'il soit fait mention des mystérieuses lumières ; apparues environ cent ans plus tôt, elles n'étaient visibles que par temps de brouillard. Beaucoup de gens les avaient vues, et elles n'étaient pas, en principe, une simple fiction. Enfin, le cimetière s'enfonçait progressivement.

Deux heures après, il n'en savait guère davantage. Comme la plupart des mystères, il s'agissait d'un puzzle formé de pièces disparates. La légende – que Hettie ait ou non maudit la ville – tentait en fait de réunir les éléments en un ensemble cohérent. Mais puisqu'elle manquait d'exactitude, cela signifiait que certains faits avaient été négligés ou ignorés. Lexie avait donc raison : il devait tout lire pour que rien ne lui échappe.

La tâche n'était pas pour lui déplaire, car la quête de la vérité est souvent plus passionnante que la rédaction des conclusions ; il se prit donc au jeu.

Boone Creek, l'une des plus anciennes villes de l'État, fondée en 1729, n'avait été pendant longtemps qu'un petit village commerçant, au confluent de deux cours d'eau : la Pamlico River et Boone Creek. À la fin du siècle, le village était devenu un modeste port du réseau fluvial intérieur ; puis l'usage des bateaux à vapeur, à partir de 1850, avait stimulé sa croissance. Vers la fin du XIXe siècle, le boom des chemins de fer avait atteint la Caroline du Nord, les forêts avaient été exploitées, ainsi que de nombreuses carrières. La ville, en tant que porte d'entrée des Outer Banks, avait connu un nouvel essor ; puis elle avait eu tendance à se développer en même temps que l'économie régionale. Mais la population du comté s'était stabilisée à partir de 1930, et ensuite avait réellement décru, d'après le dernier recensement. Ce qui ne surprit pas vraiment Jeremy.

Il lut, par ailleurs, un récit concernant le cimetière, dans le livre d'histoires de fantômes. Selon cette version, si Hettie avait maudit le cimetière, ce n'était pas à la suite du déterrement des cadavres. Elle avait refusé, semble-t-il, de céder sa place, sur le trottoir, à la femme d'un dignitaire qui arrivait en sens inverse. Comme elle passait pour une sorte de guide spirituel à Watts Landing, elle n'avait pas été arrêtée ; les individus les plus racistes de la ville avaient pris à ce moment-là l'affaire en main et saccagé une partie du cimetière noir. Furieuse, Hettie avait alors maudit le cimetière de Cedar Creek et juré que ses ancêtres le hanteraient jusqu'au jour où il serait englouti sous terre.

Calé dans son fauteuil, Jeremy se mit à réfléchir. Trois versions différentes pour une seule légende. Que fallait-il en déduire ?

A. J. Morrison, l'auteur de l'ouvrage, avait ajouté un post-scriptum en italique, affirmant que le cimetière de Cedar Creek commençait déjà à s'enfoncer. D'une cinquantaine de centimètres environ, d'après les mesures effectuées ! Il ne proposait aucune explication.

Le livre datait de 1954. Or d'après ce qu'avait constaté Jeremy, le cimetière avait dû s'enfoncer d'au moins quatre-vingt-dix centimètres supplémentaires depuis. Il chercherait à se procurer des évaluations datant de cette période, et, si possible, de plus récentes.

Malgré sa concentration, il ne pouvait s'empêcher de jeter un coup d'œil de temps en temps derrière son épaule, pour guetter le retour de Lexie.

De l'autre côté de la ville, sur le *fairway* du quatorzième *tee*, le maire, un téléphone portable plaqué contre l'oreille, essayait d'entendre son interlocuteur malgré le bourdonnement des parasites. La réception était défectueuse dans cette partie du comté ; il se demanda s'il pourrait l'améliorer en levant son club au-dessus de sa tête.

— Il était à Herbs ? Aujourd'hui, à l'heure du déjeuner ? Tu as bien dit *Primetime Live* ?

Il hocha la tête, feignant d'ignorer que son partenaire au golf – sous prétexte de voir où avait abouti son dernier coup – venait de déloger du pied la balle cachée derrière un arbre.

— Je l'ai trouvée ! s'écria-t-il, et il se prépara à jouer.

Ce type avait cette fâcheuse manie, ce qui ne dérangeait pas le maire outre mesure, car il ne se privait pas d'en faire autant. Sinon, comment aurait-il pu maintenir son handicap ?

La balle atterrit à nouveau derrière les arbres.

— Misère ! lança le partenaire.

Plongé dans sa conversation téléphonique, le maire l'ignora.

— Très intéressant... (Son esprit s'emballait déjà.)

— Tu as bien fait de m'appeler. Au revoir, et bonne continuation !

Il referma le téléphone tandis que son coéquipier approchait.

— J'espère que j'ai bien visé, ce coup-ci.

— À ta place, je ne m'inquiéterais pas trop, fit le maire, en songeant au brillant avenir de la ville. Tu finiras sûrement par y arriver.

— Qui était au téléphone ?

— Le Destin, annonça-t-il. Et peut-être notre salut, si nous manœuvrons habilement...

Le soleil disparaissait derrière les cimes des arbres et les ombres s'allongeaient de l'autre côté de la fenêtre, quand Lexie passa la tête dans l'embrasure de la porte.

— Ça s'est bien passé ?

Jeremy se retourna en souriant, puis recula son fauteuil et passa une main dans ses cheveux.

— Oui, j'ai appris des tas de choses.

— Vous avez trouvé la réponse magique ?

— Non, mais je sens que j'approche...

Lexie entra dans la pièce.

— Bonne nouvelle ! Je vous rappelle que je ferme en principe vers cinq heures, pour m'occuper des gens qui arrivent après leur travail.

Jeremy se leva.

— Aucun problème ! Je commence à me sentir un peu las ; la journée a été longue.

— Vous revenez demain matin ?

— J'en ai l'intention. Pourquoi ?

— D'habitude, je range tout sur les étagères, chaque jour.

— Pourriez-vous laisser la pile telle quelle pour l'instant ? J'ai l'intention de parcourir à nouveau la plupart de ces livres.

Lexie prit le temps de réfléchir.

— Je n'y vois pas d'inconvénient, mais si vous n'arrivez pas aux aurores, je regretterai de vous avoir fait confiance.

Jeremy hocha du chef solennellement.

— Je ne vais pas vous poser un lapin ; ce n'est pas mon genre.

Elle roula des yeux éberlués : ce type avait de la suite dans les idées...

— Je parie que c'est ce que vous dites en général aux femmes, monsieur Marsh.

Indigné, il s'appuya au bureau.

— Oh non ! Je suis un homme très timide, un véritable ermite. Je sors peu...

Lexie haussa les épaules.

— Vous êtes un journaliste new-yorkais... donc un homme à femmes !

— Vous êtes contrariée ?

— Non.

— Très bien. Vous savez, les premières impressions sont souvent trompeuses.

— Je m'en suis immédiatement rendu compte !

— Vraiment ?

— Oui, quand je vous ai rencontré au cimetière, j'ai cru que vous alliez à un enterrement.

5.

Un quart d'heure plus tard, après avoir emprunté une route goudronnée qui se prolongeait par une voie gravillonnée (les gravillons étaient vraiment appréciés dans la région...), Jeremy se garait au milieu d'un marécage, face au panneau peint à la main des *Greenleaf Cottages*.

Il se jura de ne plus jamais se fier aux promesses de la Chambre de commerce locale.

« Moderne » n'était pas le mot approprié ; il ne l'aurait même pas été trente ans auparavant. En tout et pour tout six petits bungalows le long de la rivière ; peinture écaillée, murs en planches, toit en zinc. On y accédait par des sentiers partant du bungalow central qui faisait office de bureau d'accueil. « Rustique » convenait mieux, vu la présence probable de moustiques et d'alligators, qui n'éveillaient nullement son enthousiasme. Quelle idée de séjourner ici !

Il hésitait même à se présenter à la réception – car il avait aperçu d'autres hôtels assez accueillants en passant à Washington, à environ quarante minutes de Boone Creek – quand il entendit un vrombissement de moteur sur la route. Une Cadillac marron arrivait en bondissant sur les nids-de-poule. Contre toute attente, elle alla se garer juste à côté de sa voiture, en projetant des graviers autour d'elle.

Un homme corpulent, au crâne dégarni, ouvrit la portière d'un air excité. Vêtu d'un pantalon en polyester vert et d'un pull bleu à col roulé, il donnait l'impression de s'être habillé à la va-vite.

— Monsieur Marsh ?

Il s'approcha précipitamment.

— Je suis bien content de vous rencontrer avant que vous vous présentiez à l'accueil ! Je tenais à vous dire que nous sommes enchantés de votre visite.

Hors d'haleine, il serra la main de Jeremy.

— Suis-je censé vous connaître ? fit celui-ci.

L'homme éclata de rire.

— Je suis Tom Gherkin, le maire. *Gherkin* comme cornichon en anglais, mais appelez-moi Tom. Permettez-moi d'abord de vous souhaiter la bienvenue dans notre charmante ville. J'espère que vous me pardonnerez mon apparence négligée... J'aurais préféré vous recevoir à mon bureau, mais je suis venu directement du terrain de golf dès que j'ai appris votre arrivée.

Jeremy, encore sous l'effet de la surprise, l'observa de la tête aux pieds. L'accoutrement de l'homme se justifiait au moins par cette histoire de golf.

— Vous êtes le maire ?

— Depuis 1994 ; c'est une sorte de tradition familiale. Mon père, Owen Gherkin, a été maire pendant vingt-quatre ans. Faut dire qu'il se passionnait pour notre ville ! Il connaissait Boone Creek sur le bout des doigts ! Évidemment, le poste de maire est à mi-temps chez nous ; un poste plutôt honorifique. À vrai dire, je suis avant tout un homme d'affaires : le grand magasin et la station de radio du centre-ville m'appartiennent. Vous aimez les vieux airs ?

— Bien sûr !

— Je m'en doutais ! Au premier coup d'œil, je me suis dit : voilà un homme qui apprécie la bonne musique. Je supporte difficilement les chansons à la mode d'aujourd'hui ; elles me donnent des maux de tête. La musique devrait apaiser l'âme, n'est-ce pas ?

— Certainement...

— On se comprend. Comment vous dire notre joie que vous soyez venu écrire un article sur notre jolie ville ? C'est exactement ce qu'il nous faut. Rien de tel que les bonnes histoires de fantômes ! Les gens d'ici sont vraiment en émoi... D'abord les étudiants de Duke, puis la presse locale, et maintenant un journaliste new-yorkais... La rumeur se propage. Que souhaiter de mieux ? La semaine dernière, nous avons justement reçu un appel d'un groupe de l'Alabama, qui se propose de venir en week-end pour la visite guidée des demeures historiques.

Jeremy tenta de calmer son interlocuteur.

— Comment avez-vous appris mon arrivée ?

Le maire posa une main amicale sur son épaule, et ils se dirigèrent vers le bureau.

— La nouvelle s'est répandue comme une traînée de poudre, monsieur Marsh. C'est ainsi chez nous, depuis toujours. Ça fait partie du charme de la ville... Mais il y a aussi la beauté de la nature ; nous sommes le paradis des pêcheurs et des chasseurs de canards, vous savez. Des gens viennent de partout – et même des célébrités – pour séjourner à *Greenleaf*. Vous serez aux anges dans votre paisible bungalow, en pleine nature... Quand vous aurez entendu les oiseaux et les grillons chanter pendant la nuit, vous verrez d'un autre œil vos hôtels new-yorkais.

— Probablement, admit Jeremy, diplomate.

— Et il ne faudrait pas vous inquiéter pour les serpents...

— Les serpents ?

— Je suis sûr que vous en avez entendu parler, mais souvenez-vous que l'incident de l'année dernière n'est qu'un malentendu. Certaines personnes n'ont pas une once de bon sens. Je vous garantis que vous n'avez rien à craindre ! D'ailleurs ils ne sortent pas avant l'été, en principe.

Mais n'allez quand même pas fouiller les broussailles pour en dénicher un. Les serpents de marais peuvent être méchants.

— Hum ! fit Jeremy, ne sachant comment réagir à la vision évoquée par Gherkin. (Il détestait les serpents plus encore que les moustiques et les alligators.) Je me disais que...

Le maire l'interrompit d'un soupir bruyant, et promena son regard alentour, pour mettre l'accent sur les merveilles de l'environnement.

— Dites-moi donc, Jeremy ; si vous me permettez de vous appeler Jeremy...

— Je n'y vois aucun inconvénient.

— Très aimable à vous ! Oui, vraiment... Je me demandais, Jeremy, si votre reportage sur nous pourrait déboucher sur un talk-show à la télé.

— Aucune idée !

— Parce qu'on leur déroulerait le tapis rouge. Histoire de montrer en quoi consiste l'hospitalité des gens du Sud ! Nous les logerions à *Greenleaf*, à nos frais, et ils auraient une sacrée histoire à raconter. Encore mieux que la vôtre sur *Primetime*. Ici, c'est du solide !

— Je vous rappelle que je suis avant tout un chroniqueur scientifique. En principe, je n'ai rien à voir avec la télé.

— Oui, oui, fit Gherkin, en clignant les yeux d'un air incrédule. Faites votre travail, et on verra bien ce que ça donnera.

— Je vous parle sérieusement.

Nouveau clignement d'yeux du maire.

— Bien sûr !

Jeremy ne sut comment le dissuader – d'autant plus qu'il avait peut-être raison. Le maire poussait maintenant la porte du pseudo-bureau d'accueil.

L'édifice, aux murs de bois comme ceux d'une cabane en rondins, n'avait sans doute pas été rénové depuis un siècle. Derrière la table chancelante, un achigan à grande bouche était fixé au mur ; à chaque coin de la pièce, le long des parois, sur le classeur et même sur le bureau, trônaient

des animaux empaillés : castors, lapins, écureuils, opossums, sconses, ainsi qu'un blaireau. Bizarrement, ils donnaient l'impression de se débattre après avoir été pris au piège. Ils montraient les dents, le corps arc-bouté, toutes griffes dehors.

Jeremy, médusé par le spectacle, ne put retenir un tressaillement en apercevant un ours dans un coin. À l'instar des autres bêtes, il tendait les pattes pour passer à l'attaque. Ce lieu était un Muséum d'histoire naturelle, transformé en décor de film d'horreur !

Un homme corpulent et barbu était assis au bureau, les pieds surélevés, devant une télévision. Des lignes verticales apparaissaient régulièrement sur l'écran et brouillaient l'image.

Debout, le colosse dominait Jeremy de sa haute taille. Vêtu d'une salopette et d'une chemise écossaise, il mesurait au moins deux mètres et sa carrure était plus large que celle de l'ours empaillé.

Il désigna son bloc-notes à Jeremy, sans un sourire. Manifestement, il n'avait qu'une envie : lui arracher les bras et les utiliser pour le tabasser, avant de l'aligner le long du mur avec les animaux empaillés.

— Ne vous laissez pas impressionner, fit le maire en riant. Jed n'est pas causant avec les étrangers. Remplissez le formulaire, et il ne vous restera qu'à vous installer dans votre petit coin de paradis.

Jeremy, hébété, dévisageait Jed, en se disant qu'il n'avait jamais vu de sa vie un individu aussi effrayant.

— Il est non seulement propriétaire de *Greenleaf* et membre du conseil municipal, mais aussi le taxidermiste de notre ville, reprit Gherkin. Son travail est exceptionnel, pas vrai ?

— Exceptionnel, articula Jeremy avec un sourire forcé.

— Si vous allez à la chasse, rapportez votre trophée à Jed, vous serez satisfait.

— Je tâcherai de m'en souvenir.

Le visage du maire s'éclaira.

— Vous chassez, n'est-ce pas ?

— Pas trop...

— Nous essaierons d'y remédier pendant votre séjour. Je vous ai déjà signalé que la chasse aux canards est spectaculaire.

Jed frappa le bloc-notes de son doigt épais.

— C'est pas le moment de chercher à intimider ce garçon ! Tu as affaire à un journaliste new-yorkais, alors traite-le bien, lança Gherkin.

Puis il reporta son attention sur Jeremy.

— Je tenais à vous informer que notre ville sera heureuse de vous offrir votre séjour ici.

— Ce n'est pas nécessaire...

— Plus un mot !

Le ton sans réplique de Gherkin s'accompagna d'un clin d'œil à son interlocuteur.

— La décision a déjà été prise en haut lieu ; c'est-à-dire par *moi* ! Rien de plus naturel, quand nous recevons un invité de marque.

— Eh bien, merci.

Jeremy sortit son stylo afin de remplir le formulaire d'inscription. Sentant le regard de Jed peser sur lui, il se demanda avec appréhension ce qui se passerait s'il renonçait à rester.

— Vous ai-je dit que c'est un honneur pour nous de vous recevoir à Boone Creek ? chuchota le maire à son oreille.

De l'autre côté de la ville, dans un bungalow blanc à volets bleus, Doris faisait sauter du bacon, des oignons et de l'ail, tandis qu'une casserole de pâtes chauffait sur un brûleur voisin. Lexie coupait des tomates et des carottes en dé, au-dessus de l'évier, et les rinçait au fur et à mesure. En sortant de la bibliothèque, elle était passée chez sa grand-mère, comme elle le faisait plusieurs fois par semaine. Les vieilles habitudes ont la vie dure, dit-on.

Sur le bord de la fenêtre, une radio diffusait un air de jazz. En dehors des banalités qui s'échangent couramment en famille, elles n'avaient guère bavardé. Doris avait eu une longue journée de travail ; depuis sa crise cardiaque, il y a deux ans, elle était devenue plus sensible à la fatigue, même si elle refusait de l'admettre. Lexie, quant à elle, n'avait aucune envie de parler de Jeremy Marsh à Doris, qui avait toujours manifesté un vif intérêt pour sa vie intime. Un sujet brûlant qu'elle évitait, dans la mesure du possible !

Sa grand-mère n'était pas animée de mauvaises intentions : elle avait simplement du mal à admettre qu'une femme, passé la trentaine, ne soit pas encore « rangée », et il lui arrivait fréquemment de se demander à voix haute ce qu'attendait Lexie pour convoler. Doris était une femme intelligente mais appartenait à autre génération : mariée à vingt ans, elle avait vécu près de quarante-quatre ans avec un homme qu'elle adorait, décédé trois ans plus tôt. Lexie, que ses grands-parents avaient élevée, pouvait résumer en une formule simple le vœu de sa grand-mère : il était temps que sa petite-fille rencontre un charmant jeune homme, l'épouse, s'installe dans une maison à clôture blanche, et ait des bébés.

Le point de vue de Doris n'avait rien d'inattendu, se disait Lexie, et, à vrai dire, il lui arrivait de rêver d'une telle vie. En théorie, du moins, car elle tenait à dénicher un homme qui l'inspirerait et qu'elle serait fière d'appeler son mari. Sur ce point, elle différait de sa grand-mère, pour qui un être respectable, exerçant un bon métier, était ce qu'une femme pouvait souhaiter de mieux. Autrefois, ces qualités répondaient peut-être à l'idéal d'une jeune fille ; mais elle avait décidé de ne pas se contenter d'un compagnon gentil et sérieux qui exercerait une profession honorable.

Peut-être manquait-elle de réalisme, mais elle souhaitait éprouver une véritable passion. Quels que soient la gentillesse et le sérieux d'un homme, elle aurait l'impression de faire un mariage de raison si elle n'éprouvait pas ce sentiment. Pas question pour elle de renoncer à son idéal et de commettre une double trahison ! Il lui fallait un mari sensible et bon, mais capable aussi de l'envoûter. Quelqu'un qui lui masserait les pieds après une longue journée à la bibliothèque, tout en la stimulant sur le plan intellectuel. Un romantique, enfin, qui lui offrirait parfois des fleurs, comme ça, sans raison.

Était-ce trop en demander ?

Selon *Glamour*, *Ladies' Home Journal* et *Good Housekeeping* – magazines qu'elle recevait à la bibliothèque –, elle était, effectivement, particulièrement exigeante. Les articles insistaient généralement sur l'obligation, pour l'épouse, de faire perdurer l'excitation d'un couple. Mais, dans un couple, les *deux* partenaires ne sont-ils pas responsables du plaisir de l'autre ?

C'était, en fait, le problème de la plupart des personnes mariées qu'elle connaissait. Un équilibre subtil s'installe quand les deux sont comblés. Et si chacun se conforme à la volonté de l'autre, il n'y a pas de problème grave. Tout se complique lorsqu'on ne pense qu'à soi. Le mari décide un beau jour qu'il a besoin de plus d'excitation sexuelle et va chercher son bonheur ailleurs ; la femme décide qu'elle est en manque de sentiment, et finit par faire exactement comme son mari. Pour qu'un mariage – ou n'importe quelle association – soit satisfaisant, il faut que chacun subordonne ses exigences à celles de l'autre. Aussi longtemps que les deux partenaires jouent le jeu, l'harmonie existe.

Mais est-ce possible s'il n'y a pas de passion dans un couple ? Lexie en doutait. Doris, elle, avait une réponse : « Crois-moi, ma chérie, disait-elle à sa petite-fille, tout se tasse au bout de quelques années... » Lexie avait pourtant l'impression que ses grands-parents avaient connu une relation très enviable. Son grand-père était d'un tempérament profondément romantique : jusqu'à la fin de ses jours, elle l'avait vu ouvrir la portière de la voiture pour Doris, et lui tenir la main quand ils marchaient dans la rue. Fidèle et attentionné, il adorait manifestement sa femme et déclarait volontiers qu'il avait eu une chance extraordinaire de la rencontrer. Après son décès, Doris avait failli craquer. D'abord une crise cardiaque, puis l'aggravation de son arthrite ; ils semblaient destinés à ne jamais se séparer. À la lumière des conseils de Doris, fallait-il en déduire que c'était une question de chance ? Ou bien qu'elle avait su immédiatement qu'il était l'homme de sa vie ?

Lexie se demanda soudain pourquoi elle pensait au mariage une fois de plus.

Sans doute parce qu'elle était dans la maison où sa grand-mère l'avait élevée après la mort de ses parents. Cuisiner avec Doris lui procurait un certain réconfort. Enfant, elle s'imaginait qu'elle vivrait un jour dans une maison identique – avec des murs en planches, un toit de zinc sur lequel la pluie martèlerait comme nulle part ailleurs, des fenêtres à l'ancienne mode, dont le cadre serait si souvent repeint qu'on les ouvrirait avec peine.

Elle vivait effectivement dans une maison de ce genre, ou presque. À première vue les deux constructions se ressemblaient à s'y méprendre, d'autant plus qu'elles dataient de la même époque. Mais elle n'avait jamais pu retrouver sous ce nouveau toit les odeurs de son enfance. Les ragoûts du dimanche, le parfum des draps séchés au soleil, la légère odeur de renfermé du fauteuil dans lequel son grand-père s'était reposé pendant des années. Ces senteurs évoquaient de longues décennies de vie paisible, et, chaque fois qu'elle poussait la porte de Doris, ses souvenirs la submergeaient.

Elle s'était imaginé qu'elle serait déjà mère de famille à l'âge qu'elle avait maintenant, mais le sort en avait décidé autrement. Deux fois, elle avait été sur le point de sauter le pas : d'abord avec Avery, qu'elle avait connu à la fac, puis avec un jeune homme de Chicago, venu rendre visite pendant l'été à un cousin de Boone Creek. En vrai grand seigneur de la Renaissance, parlant quatre langues, il avait passé un an à la London School of Economics, et payé ses études grâce à une bourse de base-ball. Elle avait cédé au charme exotique de M. Renaissance, persuadée qu'il resterait à Boone Creek, où il ne tarderait pas à se plaire autant qu'elle. Mais, un dimanche matin, il était reparti à Chicago, sans même prendre la peine de lui dire au revoir.

Et ensuite ? Pas grand-chose, en fait. Quelques amourettes de six mois maximum, dont elle se souvenait à peine. L'une avec un médecin de la région, l'autre avec un avocat. Ses deux soupirants l'avaient demandée en mariage, mais elle n'avait pas ressenti la béatitude ou l'émerveillement – peu importe le terme ! – qui vous donne l'intuition que le but est atteint.

Ces dernières années, les rencontres avaient été plus rares et plus espacées, à l'exception de sa relation avec Rodney Hopper, un shérif adjoint de Boone Creek. Ils étaient sortis ensemble une bonne douzaine de fois, à l'occasion de fêtes de bienfaisance locales. Rodney était aussi un enfant du pays. Petits, ils avaient partagé le même jeu de bascule, derrière l'église épiscopalienne. Et depuis il avait toujours eu le béguin pour elle ; à plusieurs reprises, il lui avait proposé de venir prendre un verre au *Lookilu*. Devait-elle ou non accepter de sortir régulièrement avec lui ? Il y avait un *mais*, car Rodney s'intéressait un peu trop à la pêche, à la chasse, et à l'athlétisme ; les livres et la politique mondiale n'étaient pas vraiment son problème. Elle le considérait comme un gentil garçon et un bon mari potentiel – mais plutôt pour une autre.

Alors, que faire ?

Chez Doris, à qui elle rendait visite trois fois par semaine, elle s'attendait aux inévitables questions sur sa vie amoureuse.

— Que penses-tu de lui ? demanda justement sa grand-mère.

Elle lui sourit avec une fausse candeur.

— De qui ?

— De Jeremy Marsh ! À qui penses-tu, à part lui ?

— Je ne sais pas... Ta question m'a surprise...

— Arrête de te dérober ! J'ai appris qu'il avait passé plusieurs heures à la bibliothèque.

Lexie haussa les épaules.

— Il a l'air bien gentil. Je l'ai aidé à trouver des livres pour ses recherches, c'est tout.

— Tu ne lui as pas parlé ?

— Mais si, nous avons parlé, puisqu'il est resté un moment à la bibliothèque.

Lexie s'en tint là et Doris soupira.

— Moi, je l'ai trouvé sympathique... Un parfait gentleman.

— Parfait ! approuva Lexie.

— Tu manques de conviction.

— Que veux-tu que je te dise de plus ?

— Eh bien, a-t-il été charmé par ta personnalité éblouissante ?

— Quelle importance ? Il ne passe que quelques jours ici.

— Je t'ai déjà raconté comment j'ai rencontré ton grand-père ?

— Souvent, fit Lexie, qui connaissait l'histoire par cœur.

Son grand-père avait rencontré Doris dans un train roulant en direction de Baltimore. Il venait de Grifton et allait passer un entretien pour un emploi qu'il finirait par refuser, car il avait choisi de rester avec elle.

— Tu sais donc qu'on fait des rencontres au moment où l'on s'y attend le moins.

— C'est ce que tu me dis toujours !

— Je te le dis parce que tu as besoin de l'entendre !

— Ne t'inquiète pas pour moi, fit Lexie, en déposant le saladier sur la table. Je suis heureuse, j'aime mon travail, je suis entourée d'amis ; j'ai le temps de lire, de me promener, de faire ce qui me plaît...

— Et tu oublies que tu as le bonheur de m'avoir !

— Comment pourrais-je l'oublier ?

Doris pouffa de rire et se remit à faire frire son bacon, puis un silence plana dans la cuisine ; Lexie soupira, soulagée. Le moment le plus dur était passé : Doris n'avait pas été trop insistante, et elles pouvaient maintenant dîner en paix.

— Je l'ai trouvé très beau garçon..., reprit Doris.

Lexie saisit en silence deux assiettes et des couverts, avant de s'approcher de la table. Elle faisait mine de ne pas avoir entendu sa grand-mère.

— Et je tiens à ajouter qu'il n'est pas du tout comme tu l'imagines, ajouta Doris. Il y a beaucoup de choses que tu ne peux pas savoir...

Son intonation frappa Lexie. Une intonation qu'elle avait entendue plus d'une fois – par exemple quand Doris l'avait dissuadée de sortir avec une bande de copains du lycée, ou quand elle lui avait déconseillé ce voyage à Miami, quelques années auparavant. Il se trouve que ses copains avaient eu un accident de voiture, que des émeutes avaient endommagé l'hôtel de Miami où elle comptait descendre.

Doris avait, dans certaines situations, un sixième sens hérité de sa mère, en moins aigu. Elle donnait rarement des précisions, mais Lexie était persuadée qu'elle ne se trompait pas.

Sans se rendre compte le moins du monde que les conversations téléphoniques allaient bon train à son sujet, Jeremy, allongé sous les couvertures, regardait les actualités locales, en attendant les prévisions de la météo. Pourquoi n'avait-il pas changé d'hôtel, alors qu'il avait songé à le faire ? S'il avait osé partir, il ne se serait pas retrouvé au milieu des œuvres de Jed, qui lui donnaient la chair de poule.

Cet homme disposait certainement de beaucoup de temps libre.

Mais aussi d'un bon nombre de balles, ou de plombs, ou de l'avant d'un pick-up, ou d'un quelconque engin qui lui permettait de tuer ces créatures. Il y avait, dans la chambre de Jeremy, douze animaux empaillés destinés à lui tenir compagnie. Des représentants de toute la faune de Caroline du Nord, à l'exception d'un ours ! Jed en aurait certainement ajouté un si l'occasion s'était présentée.

Cela dit, la chambre n'était pas trop déplaisante, à condition de ne pas compter sur une connexion rapide avec Internet, de ne pas vouloir réchauffer l'atmosphère sans allumer un feu dans la cheminée, de ne pas avoir besoin de s'adresser au room service, de ne pas regarder la télévision câblée, et de ne pas composer un numéro de téléphone sur l'appareil à pièces... Depuis combien de temps n'avait-il pas vu ce type d'appareil ? Dix ans ? Même sa propre mère avait un poste de téléphone moderne.

Jed n'en avait pas fait autant ! Le brave homme avait manifestement des idées très personnelles sur la manière de recevoir ses hôtes.

Le côté positif de la chambre était la véranda qui donnait sur la rivière, avec son rocking-chair. Tenté de s'y asseoir un moment, Jeremy se souvint des serpents. À quel genre de malentendu avait fait allusion Gherkin ? Une histoire qui ne lui disait rien de bon... Il aurait dû s'informer davantage et demander un peu de bois de chauffage pour la cheminée. Il faisait affreusement froid dans la pièce, mais il avait la cruelle certitude que Jed ne répondrait pas au téléphone s'il cherchait à le joindre dans son bureau. De toute façon, cet individu l'effrayait.

L'homme de la météo apparut soudain sur l'écran. Jeremy s'obligea à sauter du lit pour amplifier le son. Après avoir réglé l'appareil en frissonnant, il se réfugia à nouveau sous les couvertures.

Une séquence de publicité succéda brusquement à la météo.

Il avait l'intention de se rendre au cimetière, si l'on annonçait du brouillard. Sinon, il continuerait à se reposer de sa longue journée. Parti d'un monde moderne, il se retrouvait plongé une cinquantaine d'années en arrière, allongé sur une couverture glacée, au seuil d'un cimetière hanté. Une expérience unique en son genre !

Et puis, il y avait Lexie. Peu lui importait son nom de famille. Lexie était une femme mystérieuse. Elle avait flirté avec lui, puis avait hésité.

Sa manière de l'appeler « monsieur Marsh »... Le fait de prétendre l'avoir jugé au premier regard... Et l'allusion à un enterrement...

Bien sûr qu'elle cherchait à le séduire !

L'homme de la météo réapparut : moins de vingt-cinq ans, jeune diplômé, et occupant visiblement depuis peu de temps son emploi. Un débutant enthousiaste, certainement compétent, qui ne bafouillait pas. Jeremy renonça aussitôt à sortir de sa chambre. Le ciel resterait clair pendant toute la soirée, et aucun brouillard n'était prévisible pour le lendemain non plus.

Tant pis, il attendrait !

6.

Le lendemain matin, après une douche prise sous un filet d'eau tiède, Jeremy enfila un jean, un pull et un blouson de cuir pour se rendre à Herbs, apparemment le meilleur endroit pour un petit déjeuner en ville. Au comptoir, Gherkin, le maire, conversait avec deux hommes en costume, tandis que Rachel s'affairait entre les tables. Jed, assis de l'autre côté de la salle, ressemblait à une montagne vue de dos. À l'une des tables centrales, avec trois compères, Tully tenait le crachoir comme de bien entendu.

Quand Jeremy se fraya un chemin entre les tables, plusieurs personnes lui adressèrent un signe de tête ou un bonjour de la main, et le maire leva sa tasse de café pour le saluer.

— Bonjour, monsieur Marsh ! Vous vous préparez à dire tout le bien possible de notre ville ?

— Ça va de soi ! claironna Rachel.

— J'espère que vous avez trouvé le cimetière. (Tully se pencha vers ses compagnons de table :) C'est le médecin dont je vous parlais...

Jeremy salua à la ronde, évitant de se laisser coincer dans une conversation. Il n'avait jamais été du matin, et avait mal dormi. Le froid et la mort, sans compter les serpents dont il avait rêvé toute la nuit !

Il s'assit dans un box en angle, et Rachel, empressée, s'approcha avec une cafetière.

— Pas d'enterrement aujourd'hui ?

— Non, j'ai décidé de m'habiller d'une manière plus décontractée.

— Un café, mon chou ?

— Volontiers.

Elle emplit la tasse à ras bord.

— Vous voulez notre spécialité ? Les gens l'adorent.

— Qu'est-ce que c'est ?

— L'omelette Caroline.

— D'accord !

Jeremy n'avait aucune idée de ce qu'était l'omelette Caroline, mais il se sentait affamé.

— Avec du gruau de maïs et des biscuits..., précisa Rachel.

— Pourquoi pas ?

— Je reviens dans cinq minutes, mon chou.

Il but son café à petites gorgées, en lisant attentivement les quatre pages du journal de la veille. Y compris la « une » au sujet d'une certaine Judy Roberts, qui venait de fêter son centième anniversaire : un événement vécu de nos jours par 1,1 % de la population. L'article était accompagné d'une photo de l'équipe de la maison de santé, avec un gâteau surmonté d'une unique bougie, et la centenaire – apparemment comateuse – en arrière-plan.

Derrière la vitre, il aperçut un distributeur automatique de journaux avec *USA Today*. Regrettant d'avoir acheté le journal local, il cherchait quelques pièces de monnaie dans sa poche quand le shérif adjoint, en uniforme, prit place en face de lui.

L'homme semblait à la fois furieux et redoutable : ses biceps gonflaient ses manches de chemise, et il portait des lunettes à verres miroitants, passées de mode depuis... une vingtaine d'années. Une main sur l'étui de son revolver, l'autre promenant un cure-dents dans sa bouche, il dévisageait Jeremy sans un mot, ce qui lui laissait le temps d'observer son propre reflet dans ses lunettes.

— Que puis-je faire pour vous ? demanda finalement le journaliste.

Le cure-dents se déplaça latéralement. Jeremy, réellement désarçonné, replia son journal.

— Jeremy Marsh ? fit le shérif adjoint.

— En effet...

— Je m'en doutais.

Au-dessus de la poche de son interlocuteur, Jeremy aperçut une plaque de métal brillante, gravée du nom du shérif. Encore un badge !

— Vous êtes le shérif Hopper, n'est-ce pas ?

— Non, le shérif *adjoint*.

— Aurais-je commis une infraction ?

— Je l'ignore ; qu'en pensez-vous ?

— Il me semble que non.

Le shérif adjoint déplaça son cure-dents.

— Vous comptez rester longtemps ici ?

— Environ une semaine. Je suis venu écrire un article...

Hopper l'interrompit.

— Je connais les raisons de votre visite ! Quand des étrangers ont l'intention de séjourner un moment chez nous, je préfère les rencontrer.

L'insistance avec laquelle il avait prononcé le mot « étranger » donna à Jeremy la sensation d'être un criminel en puissance.

— Ah ! glissa-t-il d'un ton neutre, de peur de s'attirer une plus grande animosité.

111

— Il paraît que vous avez l'intention de passer un certain temps à la bibliothèque.

— Eh bien... il se peut que...

— Hum ! grommela le shérif adjoint.

Histoire de gagner quelques instants, Jeremy prit sa tasse et avala une gorgée de café.

— Je vous répète que je suis désolé... mais je ne comprends pas de quoi il s'agit.

— Hum ! grommela Hopper à nouveau.

— Arrêtez de tracasser notre invité, Rodney ! gronda le maire du bout de la salle. Monsieur est un visiteur de marque, venu faire un peu de battage autour de notre folklore local.

Le shérif adjoint continua à transpercer Jeremy d'un regard furibond.

— Je tenais simplement à faire sa connaissance, monsieur le maire.

— Laissez-le au moins prendre son petit déjeuner en paix.

Sur ces mots, Gherkin s'approcha de la table du journaliste.

— Venez donc, mon cher. Il y a deux personnes à qui je souhaiterais vous présenter.

Hopper fronça les sourcils, tandis que Jeremy se levait pour rejoindre le maire qui le présenta au notaire du comté, un homme au visage émacié, et au médecin corpulent de la clinique locale. Tous deux semblèrent le jauger comme l'avait fait Hopper : ils réservaient leur jugement...

Cependant, le maire dissertait sur l'intérêt de la visite du journaliste pour la ville. Penché vers ses deux compagnons de table, il leur jeta un regard entendu, en chuchotant que « ça pourrait même aller jusqu'à *Primetime Live...* ».

— Sans blague ? fit le notaire squelettique.

Jeremy se balança d'un pied sur l'autre.

— J'essayais justement, hier, d'expliquer au maire que...

Gherkin lui assena une claque dans le dos.

— Génial ! On va parler de nous à la télé...

Quelques hochements de tête solennels suivirent sa déclaration.

— À propos de notre ville, ajouta brusquement le maire, j'aimerais vous inviter ce soir à un petit dîner entre amis... Sans façons, bien sûr ; je voudrais vous donner l'occasion de rencontrer certains de mes concitoyens.

— Ce n'est pas nécessaire..., tenta d'objecter Jeremy.

— Rien de plus naturel ! Je vous signale que plusieurs de mes invités ont vu de leurs propres yeux ces fantômes. Vous pourrez écouter leurs témoignages, mais, attention, les histoires qu'ils vous raconteront risquent de vous donner des cauchemars !

Le notaire et le médecin attendaient, sur le qui-vive, la réaction de Jeremy, qui parut perplexe.

— Nous nous retrouverons vers sept heures, se hâta de conclure Gherkin.

— Eh bien... entendu, acquiesça Jeremy. Où aura lieu le dîner ?

— Je vous le préciserai en temps voulu. Vous serez à la bibliothèque, je suppose.

— Probablement.

— J'en déduis que vous connaissez déjà notre chère bibliothécaire, Mlle Lexie.

— C'est exact.

— Pas n'importe qui, hein ?

— Elle m'a bien aidé, se contenta de répondre Jeremy, irrité par l'intonation vaguement égrillarde du maire.

Le notaire et le médecin sourirent sans en dire plus : Rachel, une assiette à la main, se faufilait entre eux.

Elle poussa Jeremy du coude.

— Mon chou, votre petit déjeuner vous attend !

Le maire adressa un signe d'adieu à Jeremy, qui suivit la serveuse jusqu'à sa table. Hopper, le shérif adjoint, s'était éclipsé, grâce au ciel, quand il se glissa sur sa chaise.

— Vous allez vous régaler, fit Rachel. Je leur ai demandé de se surpasser, parce que vous venez de New York... une ville que j'adore !

— Vous y êtes allée ?

— Non, mais j'en rêve. Ça doit être si... extraordinaire, si grandiose...

— Vous devriez y faire un tour. C'est unique au monde.

Rachel fit la coquette.

— Monsieur Marsh... s'agirait-il d'une invitation ?

Malgré l'air abasourdi de Jeremy, elle se mit à le taquiner.

— Vous savez, je pourrais bien vous prendre au mot ! Et je serais ravie de vous faire visiter le cimetière un de ces soirs. Mon service ici se termine généralement avant trois heures.

— Je m'en souviendrai, répondit Jeremy d'un air absent.

Pendant la vingtaine de minutes que dura son repas, Rachel revint une dizaine de fois remplir sa tasse à ras bord, avec un sourire insistant.

Jeremy en regagnant sa voiture tentait de se remettre d'un petit déjeuner qu'il aurait souhaité paisible.

Hopper, le shérif adjoint. Gherkin, le maire. Tully. Rachel. Jed... Une petite bourgade américaine était plus qu'il ne lui en fallait, le matin au saut du lit !

Le lendemain, il se contenterait d'avaler une tasse de café n'importe où. Prendre son petit déjeuner à *Herbs* n'était vraiment pas l'idéal, dommage car la nourriture y était savoureuse. Encore meilleure qu'il ne l'avait supposé ! Et d'une étonnante fraîcheur ! Les divers ingrédients semblaient avoir été achetés à la ferme le matin même.

Mais où irait-il prendre son café ? Sûrement pas à la station-service de Tully, dans l'hypothèse où il aurait là-bas un distributeur de café. Pas question de se laisser coincer par un tel bavard, alors qu'il avait d'autres chats à fouetter !

Voilà qu'il commençait à raisonner comme un habitant du coin. Tout en marchant vers sa voiture, il hocha la tête et sortit la clef de sa poche. Au moins, l'épisode « petit déjeuner » était terminé...

Il consulta sa montre. Bientôt neuf heures, c'était donc le moment.

Lexie jeta un coup d'œil par la fenêtre de son bureau à l'instant exact où Jeremy Marsh se garait dans le parking de la bibliothèque.

Jeremy Marsh, un homme qui continuait à s'insinuer dans ses pensées alors qu'elle était en plein travail. Il avait cherché, apparemment, à s'habiller de manière plus détendue, pour passer inaperçu ; et il avait à peu près réussi son coup.

Assez ! Elle avait du travail... Les étagères de son bureau croulaient sous les livres, empilés horizontalement et verticalement. Un classeur gris acier était placé dans un coin ; elle disposait aussi d'un bureau et d'un siège très fonctionnel. Pas d'éléments décoratifs dans ce lieu, faute d'espace, mais des dossiers partout, y compris sous la fenêtre et sur une chaise. Sur la table s'accumulaient des piles de chemises imposantes qui contenaient ce qu'elle jugeait urgent.

Elle devait établir le budget avant la fin du mois, et parcourir les catalogues d'éditeurs pour passer sa commande hebdomadaire. Choisir également un conférencier pour le déjeuner des « Amis de la bibliothèque » en avril, et préparer la visite guidée des demeures historiques – dont faisait partie la bibliothèque.

Elle avait à peine le temps de respirer – malgré la présence de deux employées – car elle avait appris à déléguer le moins possible. Les employées étaient parfaites pour conseiller des ouvrages récents ou aider les étudiants à effectuer des recherches ; mais la dernière fois qu'elle en avait chargé une des commandes, elle s'était retrouvée avec six titres concernant les orchidées... fleurs favorites de ladite personne.

Assise devant l'ordinateur, elle cherchait vainement à organiser son emploi du temps. Plus elle s'acharnait, plus son esprit se focalisait sur Jeremy Marsh. Elle ne voulait pas penser à lui, mais Doris en avait dit juste assez pour piquer sa curiosité.

Il n'est pas du tout comme tu l'imagines.

Que sous-entendait-elle ? La veille au soir, sa grand-mère était restée muette comme une carpe quand elle l'avait interrogée. Pas la moindre allusion à sa vie privée ou à la personnalité de Jeremy Marsh. Elles avaient, en fait, tourné autour du pot : le train-train quotidien, les derniers potins sur les gens qu'elles connaissaient, la visite guidée des demeures historiques organisée le week-end suivant : une dizaine de demeures – en principe les mêmes chaque année – ainsi que quatre églises et la bibliothèque.

En écoutant Doris bavarder, Lexie repensait à ce « Il n'est pas du tout comme tu l'imagines ».

Comment l'interpréter ? Jeremy n'était pas un New-Yorkais typique ? Un séducteur ? Un coureur de jupons ? Quelqu'un qui tournerait leur ville en ridicule après son départ ? Un journaliste sans égard pour autrui, quand il avait décidé d'écrire un article ?

Mais pourquoi se mettre martel en tête ? Il n'était là que pour quelques jours, et tout rentrerait dans l'ordre ensuite.

Le matin, elle avait entendu les premières rumeurs. À la boulangerie, où elle s'était arrêtée pour acheter un muffin, deux femmes parlaient de lui : il allait rendre leur ville célèbre... une bonne chose pour le commerce local. Elles l'avaient assaillie de questions sur le journaliste, et se demandaient s'il trouverait ou non la source des mystérieuses lumières.

Certains habitants de Boone Creek croyaient aux fantômes ; d'autres non. Pour le maire, l'enquête de Jeremy était une sorte de pari : s'il ne découvrait pas l'origine du phénomène, les affaires de la ville allaient prospérer. Il comptait d'ailleurs sur cette heureuse issue, parce que très peu de gens, à part lui, savaient ce qu'*il* savait.

On s'intéressait au mystère depuis des années, bien avant les étudiants de Duke. Mis à part l'historien local – qui semblait s'être forgé une opinion plausible, selon Lexie – deux groupes et des personnes extérieures s'étaient penchés sans succès sur le problème. Gherkin, le maire, avait d'ailleurs invité les étudiants de Duke à visiter le cimetière dans l'espoir qu'ils ne trouveraient pas la clef de l'énigme. Évidemment, la fréquentation touristique s'était accrue depuis.

Lexie aurait pu le signaler, la veille, à M. Marsh. Comme il ne l'avait pas questionnée, elle s'était abstenue d'y faire allusion, trop occupée à repousser ses avances et à lui faire comprendre qu'il ne l'intéressait pas. Oui, il cherchait à la séduire... et il ne manquait pas de charme ; mais elle n'avait pas l'intention de céder à ses émotions. Elle avait même éprouvé un soulagement après son départ de la bibliothèque.

Puis ensuite, il y avait eu cette remarque absurde de Doris qui l'incitait, d'une certaine façon, à mieux le connaître. Et Doris n'aurait rien dit, à moins d'avoir une certitude absolue... Pour une raison ou une autre, elle avait décelé quelque chose de particulier en Jeremy.

Lexie exécrait parfois les prémonitions de sa grand-mère.

Certes, rien ne l'obligeait à écouter Doris – qui lui avait déjà fait le coup du visiteur étranger – et à tomber dans le panneau une fois de plus ! Mais malgré ses bonnes résolutions, l'arrivée de Jeremy la déstabilisait un peu.

Le grincement de la porte de son bureau l'arracha à ses cogitations.

— Bonjour ! fit Jeremy en passant la tête dans l'embrasure. J'ai cru apercevoir de la lumière.

Lexie pivota sur son siège et remarqua son blouson, posé sur l'épaule.

Elle le salua poliment.

— J'essayais de me mettre à jour...

— Savez-vous où je peux ranger mon blouson ? demanda-t-il en lui tendant son vêtement. Il n'y a pas beaucoup de place dans la pièce réservée aux ouvrages rares.

— Donnez-le-moi !

Lexie l'accrocha derrière la porte, à côté de sa veste.

Jeremy laissa traîner son regard autour de lui.

— Je suis donc au poste de commandement, d'où partent les décisions stratégiques ?

— C'est ça ! Mon bureau n'est pas très spacieux, mais j'ai une place suffisante pour travailler.

Jeremy désigna d'un geste les piles de papier posées devant Lexie.

— J'apprécie votre système de classement. Chez moi, j'ai exactement le même.

Lexie ébaucha un sourire tandis qu'il s'approchait de la fenêtre.

— Jolie vue ! En direct sur la maison voisine et sur le parking...

— Vous avez l'air à cran, ce matin.

— Il y a de quoi ! J'ai dormi dans une chambre glacée, pleine de cadavres d'animaux. Disons plutôt que j'ai à peine fermé l'œil de la nuit, avec ces bruits bizarres qui viennent des bois.

— Je me demandais si *Greenleaf* serait à votre goût. C'est assez rustique, paraît-il.

— Le mot « rustique » ne rend pas vraiment justice à l'endroit... Et, ce matin, la moitié de la ville a pris le petit déjeuner avec moi.

— Je parie que vous êtes allé à *Herbs*.

— Oui, j'ai constaté que vous n'y étiez pas.

— Non, il y a trop de monde. J'aime commencer ma journée au calme.

— Vous auriez dû me prévenir.

— Il vous suffisait de me questionner !

Lexie fit signe au journaliste de la suivre jusqu'à la pièce réservée aux livres rares. Elle le sentait moins tendu, malgré sa lassitude, mais ce n'était pas une raison pour lui faire confiance.

— Connaissez-vous par hasard un dénommé Hopper, shérif adjoint ?

— Rodney ?

— Oui, je suppose. Qu'est-ce qu'il a dans la tête ? Il semblait assez contrarié par ma présence ici.

— Il est inoffensif !

— Je n'ai pas eu cette impression.

Lexie haussa les épaules.

— Il a dû apprendre que vous aviez passé un moment à la bibliothèque. Rodney se montre volontiers protecteur à mon égard depuis des années...

— C'est une confidence que vous me faites ?

— Peut-être...

— Merci ! répliqua Jeremy, en haussant un sourcil.

— De rien. Faites en sorte que je n'aie pas à regretter ma franchise.

Elle entra la première dans la pièce et alluma.

— J'ai réfléchi à votre projet ! Il y a quelque chose que vous devriez savoir.

— De quoi s'agit-il ?

Lexie évoqua les deux précédentes enquêtes sur le cimetière.

— Si vous m'accordez une minute, je peux vous les procurer, reprit-elle.

— Volontiers ; mais pourquoi ne m'avez-vous rien dit hier ?

Lexie sourit en silence.

— Il me suffisait de vous questionner ? suggéra Jeremy.

— Je suis une simple bibliothécaire et je n'ai pas l'habitude de lire dans les pensées des autres.

— Contrairement à votre grand-mère ! Elle a un don de divination, n'est-ce pas ?

— Elle peut même connaître le sexe des bébés avant leur naissance.

— Oui, paraît-il.

Les yeux de Lexie lancèrent des éclairs de colère.

— C'est la pure vérité, Jeremy ! Que vous le croyiez ou non.

— Vous venez de m'appeler Jeremy ?

— N'en faites pas une histoire ! Si j'ai bonne mémoire, *vous* me l'avez demandé hier.

— C'est exact, *Lexie*.

— Assez !

Tout en parlant, elle soutint le regard de Jeremy un peu plus longtemps que d'habitude, ce qu'il apprécia tout particulièrement.

7.

Jeremy passa la matinée penché sur une pile de livres et sur les deux articles trouvés par Lexie.

Le premier, écrit en 1958 par un professeur de l'université de Caroline du Nord, et publié par le *Journal of the South*, semblait avoir été rédigé en écho à la légende racontée par A. J. Morrison. Le papier présentait quelques extraits, résumait la légende, et évoquait la visite du professeur au cimetière. Au cours de quatre soirées, il avait aperçu les lumières, et avait tenté d'en trouver l'origine : il avait compté les maisons environnantes – dix-huit à moins d'un kilomètre et demi du cimetière, pas une seule sur Riker's Hill – et noté le nombre de voitures passant dans les deux minutes suivant l'apparition des lumières. Deux fois, l'intervalle avait été inférieur à une minute, mais, dans deux autres cas, aucune voiture n'était passée ; ce qui semblait éliminer l'hypothèse que les phares soient l'explication des « fantômes ».

Le second article était à peine plus instructif. Publié en 1969 dans *Coastal Carolina*, un petit magazine disparu en 1980, il constatait l'affaissement du cimetière et les dommages consécutifs. L'auteur évoquait aussi la légende et la proximité de Riker's Hill. Bien qu'il n'ait pas vu les lumières – il avait effectué sa visite au cours de l'été – il se référait abondamment à des récits de témoins, et proposait quelques explications auxquelles Jeremy avait déjà songé.

Première supposition : un pourrissement de la végétation, provoquant parfois des flammes et des vapeurs connues sous le nom de « gaz des marais ». Une thèse plausible dans une région côtière comme celle-ci, pensait Jeremy, mais dont il doutait car les lumières apparaissaient par des nuit froides et brumeuses.

Il était question aussi de « lumières sismiques », des charges électriques de l'atmosphère, provoquées par le déplacement et l'écrasement de roches en profondeur sous la croûte terrestre. Les phares des voitures étaient aussi évoqués, ainsi que la réfraction de la lumière des étoiles, et la *foxlight*, lueur diffusée par des champignons sur certains bois pourrissants. Les algues pouvaient également devenir phosphorescentes, signalait l'article. L'auteur évoquait même la possibilité du phénomène *Novaya Zemlya* : l'apparition de clartés dues au contact de rayons lumineux avec des couches adjacentes de l'atmosphère à des températures différentes. Ultime scénario : un « feu de Saint-Elme » provoqué par des décharges électriques émanant d'objets acérés au cours des orages.

D'après l'auteur, toutes ces hypothèses étaient donc envisageables.

Malgré leurs conclusions insuffisantes, les deux articles aidèrent Jeremy à mettre de l'ordre dans ses pensées. Les mystérieuses lumières lui semblaient étroitement liées à la topographie... La colline, derrière le cimetière, était le seul relief élevé des environs, et l'affaissement du terrain rendait le brouillard encore plus dense ; ce qui entraînait une réfraction ou une réflexion de la lumière à cet endroit-là.

Il lui suffisait donc de découvrir la source, et, à cette fin, la date de la toute première manifestation du phénomène. Une date précise, grâce à laquelle il saurait ce qui se passait en ville à l'époque. Si le moment coïncidait avec un changement important – nouvelles constructions, installation d'une usine, par exemple – il serait presque au bout de ses peines. Par ailleurs, voir les lumières de ses propres yeux lui simplifierait la tâche. Au cas où elles apparaîtraient à minuit, alors qu'aucune voiture ne passait, il devrait étudier de près les environs : l'emplacement de maisons aux fenêtres éclairées, la proximité de la route, et même la circulation fluviale – à condition que les bateaux soient d'une taille suffisante.

Après avoir parcouru la pile de livres une seconde fois, il prit encore quelques notes à propos des changements survenus à Boone Creek au fil des ans, et spécialement au début du XXe siècle.

D'heure en heure, la liste s'allongeait. Il y avait eu, de 1914 à 1917, un mini boom de la construction, qui expliquait l'extension de la ville vers le nord. Le petit port s'était développé en 1910, en 1916, et à nouveau en 1922, en même temps que l'exploitation des carrières et des mines de phosphore. Le chemin de fer avait fait son apparition en 1898, complété par de nouveaux embranchements dans différents coins du comté jusqu'en 1912. Un pont sur chevalets enjambait la Pamlico River depuis 1904, et, de 1908 à 1915, trois importantes usines s'étaient implantées : une usine de textiles, une mine de phosphore, et une fabrique de papier. Seule l'usine de papier était en activité : l'usine de textiles avait fermé quatre ans plus tôt et la mine en 1987, ce qui permettait d'éliminer deux possibilités.

Il vérifia encore les données et regroupa les livres afin que Lexie puisse les ranger sur les étagères. Après s'être étiré, il jeta un coup d'œil à la pendule, puis à la porte ouverte derrière lui. Midi approchait, mais, en fin de compte, il n'avait pas perdu son temps.

Lexie n'était pas revenue le voir. Son côté imprévisible l'amusait, et – sait-on jamais ? – si elle avait habité New York ou ses environs, des choses intéressantes auraient pu se passer entre eux...

Soudain, elle poussa la porte.

— Quoi de neuf ici ?

— Ça va, fit Jeremy en se retournant.

— J'étais sur le point d'aller déjeuner en vitesse. (Elle enfila sa veste.) Voulez-vous que je vous rapporte quelque chose ?

— Vous allez à *Herbs* ?

— Non. Vous avez vu le monde qu'il y a le matin... Imaginez à midi ! Mais je peux vous acheter un plat préparé en revenant.

— Que diriez-vous de m'emmener déjeuner ? suggéra Jeremy, après une brève hésitation. J'ai besoin de me dégourdir les jambes, après être resté assis toute la matinée. J'aimerais assez changer d'air. Vous pourriez même me faire visiter un peu les environs... si vous voulez bien.

Lexie faillit refuser, mais les paroles de Doris lui revinrent à l'esprit. Elle s'entendit murmurer à contrecœur :

— D'accord, mais je n'ai qu'une heure devant moi. Je ne sais pas si je pourrai vous être très utile...

Apparemment aussi surpris qu'elle, il se leva et la suivit.

— Votre aide me sera précieuse ! J'ai besoin de combler mes lacunes et de comprendre ce qui se passe dans votre...

— Dans votre bled ?

— Je n'ai pas parlé d'un bled ! C'est vous qui employez ce mot.

— Il reflète votre pensée ! J'aime ma ville.

— Évidemment... Sinon, pourquoi y vivre ?

— Parce que ça n'a rien à voir avec New York.

— Y êtes-vous allée ?

— J'ai vécu à Manhattan. La 69e Ouest...

Jeremy faillit trébucher.

— À quelques blocs de l'endroit où j'habite !

— Le monde est petit, non ?

Jeremy dut presser le pas pour atteindre l'escalier en même temps que Lexie.

— Vous vous moquez de moi ?

— Pas du tout ! J'ai vécu là près d'un an, avec mon copain. Il travaillait pour Morgan Stanley, pendant que j'étais stagiaire à la bibliothèque de l'université de New York.

— J'ai du mal à le croire...

— À croire quoi ? Que j'ai habité New York et que je n'y suis pas restée ? Que j'habitais près de chez vous ? Ou que je vivais avec mon copain ?

— Les trois... Ou rien de cela... Je ne sais pas... admit Jeremy.

La bibliothécaire d'une petite ville du bout du monde avait donc vécu dans son quartier.

— Vous êtes tous les mêmes ! fit Lexie, frappée par son expression.

— Pourquoi ?

— Parce que les New-Yorkais s'imaginent qu'aucune ville au monde ne présente un intérêt comparable à la leur.

— En effet, rien au monde n'égale New York !

Elle le foudroya du regard, et il se contenta de hausser les épaules avec une fausse candeur.

— Écoutez, je veux dire que... *Greenleaf Cottages* n'est pas comparable au *Four Seasons* ou au *Plaza*. Je suppose que vous pouvez l'admettre...

Frémissante de colère, Lexie se mit à marcher de plus en plus vite. Sa grand-mère s'était totalement trompée, cette fois-ci.

— Vous savez bien que j'ai raison ! insista Jeremy.

Ils atteignaient la porte principale de la bibliothèque, qu'il ouvrit pour la laisser passer. Derrière eux, la préposée à l'accueil les observait attentivement ; Lexie préféra garder le silence.

— Les gens ne vivent pas à l'hôtel, lança-t-elle, aussitôt sortie. Ils forment une communauté. Chez nous, les habitants se connaissent et se sentent solidaires. Ils peuvent laisser leurs enfants jouer dehors le soir, sans la moindre inquiétude.

Jeremy leva les mains.

— Vous ne m'avez pas compris ! J'apprécie la vie en communauté. Quand j'étais gosse, je connaissais les voisins, parce qu'ils vivaient là depuis des années. Je suppose que certains y sont encore, et je reconnais qu'il est important, pour des parents, de savoir ce que font leurs enfants et qui ils fréquentent. Je me souviens que les familles d'à côté me tenaient à l'œil quand je sortais de chez moi... Mais j'estime qu'on peut trouver la même chose à New York, dans certains quartiers ! Là où j'habite, il y a surtout de jeunes arrivistes aux dents longues. Par contre, si vous allez à Park Slope sur Brooklyn, ou à Astoria sur Queens, vous verrez des enfants déambuler dans les parcs et jouer au basket ou au foot, exactement comme ici.

— Vous avez donc réfléchi à ces questions ?

Lexie regretta immédiatement son ton acerbe, mais Jeremy ne sembla guère se formaliser.

— Bien sûr que j'y ai pensé ! Je vous assure que, si j'avais des gosses, je déménagerais. J'ai une multitude de neveux et nièces qui vivent à New York dans un quartier où ils ne risquent rien.

Lexie, perplexe, garda le silence.

— Écoutez, reprit-il, je ne suis pas en train de vous chercher querelle ; au fond, j'estime que l'éducation des enfants dépend beaucoup plus de l'intérêt que leur portent leurs parents que de l'endroit où ils vivent. Les petites villes n'ont pas le monopole des valeurs ! En cherchant bien, je trouverais sûrement des tas d'enfants à problèmes ici aussi...

Jeremy ébaucha un sourire pacifique.

— Bon, je ne sais plus comment nous en sommes venus là ! Je vous promets de ne plus aborder le sujet. J'étais simplement surpris d'apprendre que vous aviez vécu à New York à quelques blocs de chez moi... On fait la paix ?

Lexie le dévisagea en soupirant. Il avait sans doute raison, et même *certainement* raison. Elle avait envenimé la conversation. Voilà ce qui arrive lorsqu'on a l'esprit troublé !

— D'accord, faisons la paix, dit-elle enfin ; mais à une condition.

— Laquelle ?

— C'est vous qui conduirez. Je n'ai pas pris ma voiture.

Jeremy sortit tranquillement ses clefs.

Ils n'étaient guère affamés, ni l'un ni l'autre. Lexie entraîna Jeremy dans une petite épicerie, dont ils sortirent quelques minutes plus tard avec une boîte de crackers, des fruits frais, plusieurs sortes de fromages, et deux bouteilles de Snapple.

Dans la voiture, Lexie déposa le sac de provisions à ses pieds.

— Y a-t-il un endroit qui vous tente particulièrement ?

— Riker's Hill. Une route mène au sommet ?

— Ce n'est pas une véritable route. À l'origine, elle était utilisée pour l'exploitation du bois ; maintenant elle sert surtout aux chasseurs. La pente est assez raide. Vous n'apprécierez peut-être pas d'y rouler avec votre voiture.

— Tant pis ! C'est une voiture de location... D'ailleurs, je commence à m'habituer aux mauvaises routes.

— En tout cas, vous êtes prévenu.

Ils sortirent de la ville, dépassèrent le cimetière de Cedar Creek, et franchirent un petit pont en échangeant à peine quelques mots. Des bosquets de plus en plus denses bordèrent bientôt la route. Le ciel, à présent presque gris, rappelait à Jeremy les après-midi d'hiver du Nord. De temps à autre, des nuées d'étourneaux s'envolaient par grappes au passage de la voiture, comme reliés par un lien invisible.

Gênée par le silence, Lexie tenta de décrire l'environnement à Jeremy : des projets immobiliers sans lendemain, des arbres qu'elle nomma, Cedar Creek parfois visible entre les bosquets. Riker's Hill se dressait sur leur gauche, sévère et mélancolique.

Jeremy était déjà passé ici une première fois, après sa visite au cimetière, et il avait tourné à cette hauteur-là. Une minute trop tôt, comprit-il, car Lexie lui indiqua, au carrefour suivant, une route qui semblait faire une boucle vers l'arrière de Riker's Hill.

— Nous arrivons au tournant, lui annonça-t-elle, penchée en avant et le regard fixé sur le pare-brise. Vous pouvez ralentir...

Jeremy obtempéra et remarqua du coin de l'œil un léger froncement de sourcils de sa compagne.

Effectivement, la route ne valait pas grand-chose : des gravillons et des ornières, pires qu'à l'entrée de *Greenleaf*. À la sortie de la grand-route, le véhicule se mit à cahoter et à faire des embardées ; il ralentit encore.

— Riker's Hill appartient au domaine public ? demanda-t-il.

Lexie acquiesça d'un signe de tête.

— L'État l'a acheté à une grosse société d'exploitation forestière – Weyerhaeuser ou Georgia-Pacific, je ne sais plus – quand j'étais petite. C'est une partie de notre patrimoine... mais on n'en a pas fait un parc. Je crois qu'il a été question d'y installer un terrain de camping ; en fait, le projet n'a jamais abouti.

Les pins se rapprochaient à mesure que la route rétrécissait et s'améliorait, avant de zigzaguer à nouveau en altitude jusqu'au sommet. Des pistes, probablement empruntées par les chasseurs, apparaissaient de temps à autre.

Les arbres s'espacèrent et le ciel apparut. À l'approche de la crête, la végétation s'étiolait et le paysage paraissait dévasté : des dizaines d'arbres avaient éclaté en deux ; moins d'un tiers tenait encore debout. La pente s'adoucit enfin, et ils roulèrent à plat. Jeremy se gara sur le côté ; Lexie lui fit signe d'arrêter le moteur et ils sortirent de la voiture.

L'air était froid et une bise hivernale soufflait dans les hauteurs. Le ciel semblait s'être rapproché : les nuages habituellement indistincts se tordaient et s'enroulaient sur eux-mêmes. En contrebas, apparaissaient les toits des maisons, perchées le long de routes en pente raide, dont l'une menait au cimetière de Cedar Creek. Au-delà de la ville, les eaux saumâtres de la Pimlico River coulaient comme du métal en fusion.

Tandis qu'un faucon à queue rouge décrivait des cercles au-dessus de sa tête, Jeremy repéra le pont de l'autoroute et, plus haut en arrière, celui, pittoresque, du chemin de fer sur chevalets. En concentrant son regard, il parvint à distinguer l'emplacement de la bibliothèque, et même celui de *Greenleaf*, dont les cottages se perdaient dans la nature.

— La vue est fantastique ! s'exclama-t-il.

Lexie, qui marchait les bras croisés, lui désigna un point en bordure de la ville.

— Vous voyez cette maisonnette ? Sur le côté, près de l'étang... J'y habite... Et, plus loin, voici la maison de Doris où j'ai grandi. Petite fille, il m'arrivait de regarder la colline et de m'imaginer en train de m'observer d'en haut.

Jeremy sourit. Le vent balayait les cheveux de Lexie. Elle ajouta :

— Quand j'étais adolescente, je montais souvent ici avec mes copains, et nous y passions des heures. En été, la chaleur faisait scintiller les lumières des maisons : on aurait dit des étoiles ; et les lucioles étaient si nombreuses, en juin, que nous avions l'impression de voir une autre ville dans le ciel. Tout le monde connaissait l'endroit, mais il n'y avait jamais foule. C'était comme un secret entre mes copains et moi.

Lexie, émue, s'interrompit un instant, et reprit :

— Je me souviens d'un jour où s'annonçait un énorme orage... Un garçon avait accepté de nous conduire ici, mes copines et moi, dans son pick-up. Vous voyez, l'un de ces engins à grosses roues qui peuvent descendre le Grand Canyon. Nous sommes montés pour regarder les éclairs briller au loin ; sans nous rendre compte que c'était le point le plus élevé de la région. Au début, les éclairs étaient magnifiques. Le ciel s'éclairait de traits brillants en dents de scie ou d'une lumière presque stroboscopique, et nous comptions à haute voix pour savoir à quelle distance était tombée la foudre. Et, soudain, nous nous sommes trouvés au cœur de l'orage. Le vent soufflait si fort que la pluie nous aveuglait. Ensuite, la foudre s'est abattue sur les arbres autour de nous. Tellement proche que le sol tremblait, et que les cimes des pins explosaient en gerbes d'étincelles !

Jeremy observait le visage de Lexie en l'écoutant. C'était la première fois qu'elle se confiait depuis leur rencontre, et il essaya d'imaginer la vie qu'elle menait alors. Quel genre d'élève était-elle ? Une *cheerleader* entourée d'amis, ou l'une de ces jeunes filles studieuses qui vont à la bibliothèque à l'heure du déjeuner ? C'était une vieille histoire – des souvenirs de lycéenne –, mais il aurait voulu se faire une idée précise de la personne qu'il avait devant lui maintenant.

— Je suppose que vous étiez terrifiée, risqua-t-il. Les éclairs peuvent atteindre une température de cinquante mille degrés. Dix fois plus que la surface du soleil...

Amusée, Lexie sourit.

— Je ne le savais pas... mais je n'ai jamais eu aussi peur de ma vie.

— Et ensuite ?

— L'orage a fini par se calmer. Une fois remis de nos émotions, nous sommes redescendus ; mais je me souviens que Rachel serrait ma main si fort que l'empreinte de ses ongles s'est imprimée sur ma peau.

— Rachel ? La serveuse d'*Herbs* ?

Lexie le toisa, les bras croisés.

— Oui, la même Rachel. Aurait-elle jeté son dévolu sur vous, ce matin au petit déjeuner ?

— Ce n'est pas le terme que j'emploierais. Elle m'a simplement semblé un peu... entreprenante.

Lexie éclata de rire.

— Ça ne m'étonne pas. Oui, Rachel est comme ça... Nous étions de grandes amies autrefois, et c'est encore une sœur, ou presque. Mais, après la fac et mon séjour à New York, ce n'était plus pareil. Disons que j'avais changé... N'allez pas vous faire des idées ! C'est une gentille fille, je ne m'ennuie jamais en sa compagnie et il n'y a pas une once de méchanceté en elle, mais...

Lexie laissa sa phrase en suspens.

— Vous n'avez plus la même conception de l'existence, suggéra Jeremy.

— Oui, sans doute.

— Ces choses-là se produisent quand on mûrit. On apprend à mieux se connaître et on s'aperçoit que les gens que nous avons toujours connus ont un autre regard. On garde d'excellents souvenirs, mais chacun poursuit son chemin... Rien de plus normal !

— Je sais, mais dans une petite ville comme la nôtre, c'est assez problématique. Il n'y a pas tellement de gens aux alentours de la trentaine ici, et encore moins de célibataires. Nous vivons dans un monde miniature.

Jeremy ébaucha un sourire.

— « La trentaine », disiez-vous ?

Lexie se souvenait qu'il avait tenté la veille de deviner son âge et haussa les épaules.

— Oui, je me fais vieille...

— Dites plutôt que vous restez jeune ! C'est ce que je me dis personnellement... Chaque fois que j'ai peur de vieillir, je porte mon pantalon plus bas, avec la ceinture de mes boxers bien visible et la visière de ma casquette en arrière, et je déambule dans le centre commercial, en écoutant du rap.

Lexie pouffa de rire. Malgré l'air glacial, l'étrange certitude qu'elle se plaisait en compagnie de Jeremy lui réchauffa le cœur. Et pourtant sa personnalité n'était pas vraiment à son goût ; loin de là ! Elle chercha un moment à faire coïncider ces deux impressions contradictoires. Une tâche délicate...

— Je vois, dit-elle, un doigt sur son menton, que l'apparence extérieure compte beaucoup pour vous.

— Bien sûr ! D'ailleurs, hier, tout le monde a été impressionné par mon look... même vous.

Lexie rit à nouveau et regarda Jeremy, après un silence.

— Vous voyagez souvent dans le cadre de vos activités professionnelles ?

— Quatre ou cinq voyages par an, d'une quinzaine de jours chacun.

— Êtes-vous déjà allé dans une ville comme la nôtre ?

— Non, pas vraiment. Les endroits où je séjourne ont un certain charme, mais je vous assure que je ne connais aucun endroit comparable. Et vous ? À part New York, quelles villes connaissez-vous ?

— Chapel Hill, Raleigh... Charlotte... Notre équipe de football a participé au championnat national quand j'étais en terminale, alors nous nous y sommes rendus en voiture. Un convoi de plus de six kilomètres sur l'autoroute... J'ai participé aussi à une sortie éducative à Washington DC quand j'étais enfant ; mais je n'ai jamais traversé l'Atlantique.

En parlant, elle mesurait à quel point sa vie devait sembler étriquée à Jeremy. Comme s'il avait deviné sa pensée, il l'interrompit.

— Vous aimeriez l'Europe ! Les cathédrales, les paysages campagnards, les bistrots, les places dans les villes... Un mode de vie décontracté qui serait à votre goût.

Lexie baissa les yeux. Elle se sentait tentée, mais...

Justement, il y avait toujours un *mais*. Les possibilités d'évasion étaient fort rares dans sa vie et très espacées. Il en va ainsi pour beaucoup de gens. Aurait-elle pu emmener Doris, ou s'absenter longtemps de la bibliothèque ? D'ailleurs, pourquoi lui disait-il cela ? Pour lui prouver qu'il menait une existence moins monotone que la sienne ? Elle faillit rétorquer qu'elle le savait déjà.

Tandis qu'elle ruminait, une autre voix lui souffla qu'il cherchait à la flatter. Il semblait suggérer aussi qu'elle avait plus d'expérience qu'il ne l'aurait cru, et une grande faculté d'adaptation.

— J'ai toujours souhaité voyager, admit-elle, en faisant taire les voix antagonistes qui l'assaillaient. C'est sûrement extraordinaire de partir, faire des découvertes...

— Oui, parfois, mais – vous me croirez ou non – le plus extraordinaire, ce sont les rencontres. Quand je me souviens des endroits où je suis allé, je revois des visages plutôt que des lieux.

— Vous êtes bien romantique...

Comment résister à Jeremy Marsh ? Séducteur, puis humaniste ; grand voyageur bien qu'attaché à ses racines ; mondain mais plein de sagesse. Où qu'il aille, il avait certainement l'art de créer des liens avec les personnes qu'il rencontrait – les femmes en particulier. Cette pensée ramena Lexie à ses premières impressions.

— En effet, je suis peut-être romantique, murmura Jeremy.

Elle tenta de changer de conversation.

— Vous savez ce que j'appréciais à New York ?

Jeremy l'observa en silence.

— J'appréciais le fait qu'il se passe toujours quelque chose dans la ville. Il y a, à toute heure du jour et de la nuit, des gens sur les trottoirs, et des taxis en train de foncer. Il y a toujours un endroit où aller, un nouveau restaurant à découvrir. Rien de plus excitant, surtout pour quelqu'un qui a passé sa vie ici. Presque la planète Mars !

— Pourquoi êtes-vous revenue ?

— J'aurais pu y rester, mais ce n'était pas un endroit pour moi. Et puis, je n'avais plus de raison d'y vivre. J'étais partie avec quelqu'un...

— Ah ! fit Jeremy.

— Nous nous sommes connus à la fac ; je le trouvais... parfait. Il était né à Greensboro, intelligent, de bonne famille, et si beau garçon... Assez beau pour faire perdre le nord à une femme ! Je n'ai pas résisté à l'envie de le suivre à New York.

Jeremy eut un sursaut.

— Quelle idée !

Lexie sourit intérieurement : les hommes supportent mal d'entendre une femme faire l'éloge d'un autre homme, surtout quand il s'agit d'une relation sérieuse.

— J'ai connu à peu près un an de bonheur. Nous étions même fiancés.

Lexie, perdue dans ses souvenirs, soupira profondément.

— J'étais stagiaire à la bibliothèque de l'université de New York ; Avery travaillait à Wall Street. Un beau jour, je l'ai surpris au lit avec l'une de ses collègues. J'ai compris alors qu'il n'était pas l'homme que je croyais. Le soir, j'ai fait mes bagages et je suis revenue ici. Nous ne nous sommes jamais revus...

Le vent, imprégné d'une vague odeur de terre, sifflait presque à leurs oreilles.

— Avez-vous faim ? fit Lexie, résolue une fois de plus à changer de sujet. Je suis ravie de vous faire découvrir ce coin, mais je vais devenir morose si je n'avale rien !

— Je suis affamé !

Ils regagnèrent la voiture et partagèrent leurs vivres. Jeremy ouvrit la boîte de crackers sur le siège avant. Ne trouvant pas le paysage à son goût, il fit une manœuvre pour placer son véhicule de manière à avoir une vue plongeante sur la ville.

— Vous êtes donc revenue ici et vous avez travaillé à la bibliothèque...

— Oui, depuis sept ans.

Il évalua son âge, environ trente et un ans.

— Vous avez eu d'autres soupirants ?

Sa coupe de fruits coincée entre les genoux, elle posa une lamelle de fromage sur un cracker. Allait-elle lui répondre ? Après avoir pesé le pour et le contre, elle décida qu'elle ne risquait rien, car il ne tarderait pas à repartir.

— Oui, fit-elle, j'en ai eu quelques-uns.

Elle lui parla de l'avocat, du médecin, et de Rodney Hopper, le dernier en date ; sans faire allusion à M. Renaissance.

— Vous semblez donc contente de votre sort...

— Bien sûr, fit-elle avec empressement. Pas vous ?

— En général... Mais il m'arrive quand même de broyer du noir ; je suppose que c'est naturel.

— Dans ces cas-là, vous portez votre pantalon plus bas ?

— Exactement.

Jeremy prit une poignée de crackers, en posa quelques-uns en équilibre sur sa jambe ; et se mit à empiler des lamelles de fromage avec une soudaine gravité.

— Vous permettez que je vous pose une question personnelle ? Rien ne vous oblige à me répondre si vous me trouvez trop curieux !

— Une question plus personnelle que la dernière sur mes soupirants ?

Il haussa les épaules d'un air penaud, et elle l'imagina enfant : petit visage lisse, frange coupée bien droit, chemise et jeans salis après avoir joué dehors.

— Allez-y ! reprit-elle. Je vous écoute.

Pour éviter son regard, Jeremy fixa obstinément le couvercle de la coupe de fruits.

— À notre arrivée ici, vous m'avez montré la maison de votre grand-mère, en me disant que vous y aviez vécu.

137

— Oui, dit-elle, comprenant où il voulait en venir.

— Je voudrais savoir pourquoi.

Lexie chercha des yeux, par habitude, la route menant à la ville ; puis elle parla posément.

— Mes parents revenaient de Buxter, sur les Outer Banks. C'est là qu'ils s'étaient mariés et ils étaient propriétaires d'un cottage, sur la plage. Ce n'est pas très facile d'accès d'ici, mais ma mère jurait que c'était le plus bel endroit du monde ! Mon père avait donc acheté un petit bateau pour y aller sans prendre le ferry. Ils faisaient de temps en temps une fugue rapide... Moi aussi, j'y vais parfois quand j'ai besoin de solitude. Du seuil de la maison, on peut apercevoir un superbe phare...

Lexie ébaucha un vague sourire avant de poursuivre son récit :

— Un soir, à leur retour, mes parents étaient sans doute fatigués. Même sans ferry, il y a au moins deux heures de trajet, et mon père s'est probablement endormi au volant. La voiture a culbuté par-dessus le pont. Quand la police a repêché la voiture, le lendemain matin, ils étaient morts tous les deux.

— C'est horrible ! fit Jeremy, après un long silence. Quel âge aviez-vous ?

— Deux ans. Je dormais chez Doris cette nuit-là. Elle est allée à l'hôpital avec mon grand-père, et, à leur retour, ils m'ont annoncé que je vivrais désormais chez eux. Bizarrement, je sais ce qui s'est passé, mais ça m'a toujours semblé assez irréel. Pendant mon enfance, je ne me suis jamais sentie en manque... J'avais l'impression d'avoir des parents normaux, bien que j'appelle mes grands-parents par leur prénom, à leur demande. Je pense qu'ils ne voulaient pas que je les considère comme des grands-parents puisqu'ils m'élevaient ; mais ils n'étaient tout de même pas mes parents.

Lexie se tut, et son regard se posa sur Jeremy : il avait une ample carrure sous son pull, et une de ces fossettes !

— À mon tour de vous interroger, fit-elle. Je suis trop bavarde, et je sais que ma vie doit vous paraître bien terne ; mis à part l'épisode de la mort de mes parents...

— Votre vie ne m'ennuie pas, au contraire ! J'ai l'impression de feuilleter un livre qui me fait découvrir une expérience inconnue.

— Belle métaphore.

— J'ai pensé qu'elle vous plairait.

— Dites-moi comment vous êtes devenu journaliste.

Il lui parla un moment de ses études, de son projet d'enseigner, et du cours des événements qui en avait décidé autrement.

— Vous avez cinq frères, n'est-ce pas ? reprit-elle.

— Cinq grands frères ; je suis le bébé de la famille.

— J'ai du mal à vous imaginer avec des frères.

— Pourquoi ?

— Je vous verrais plutôt fils unique.

— Dommage que vous n'ayez pas hérité des dons de votre grand-mère !

Au loin, des faucons à queue rouge planaient au-dessus de la ville. Une main sur la vitre, pour rafraîchir sa peau à son contact, Lexie souriait dans le vague.

— Deux cent quarante-sept, murmura-t-elle.

— Pardon ?

— C'est le nombre des femmes enceintes qui ont consulté Doris pour qu'elle devine le sexe de leur bébé. Quand j'étais enfant, je les voyais lui rendre visite dans la cuisine. Encore maintenant, je me souviens de l'éclat de leur peau et de leur étrange excitation. Il y a du vrai dans ces histoires qui prétendent que les femmes enceintes sont nimbées d'une aura particulière ; je me disais que je voulais leur ressembler quand je serais grande.

139

Doris bavardait avec ses visiteuses un moment, pour s'assurer qu'elles souhaitaient réellement *savoir*, puis elle leur prenait la main dans un profond silence... Au bout de quelques secondes, elle se prononçait, et elle ne s'est jamais trompée ! Deux cent quarante-sept fois elle a vu juste... Elle notait leur nom dans un carnet, et les détails, y compris la date de leur visite. Vous pouvez vérifier si vous voulez : elle a toujours son carnet dans la cuisine.

Jeremy dévisagea Lexie un instant. C'était impossible ! À moins d'une coïncidence à la limite du vraisemblable, mais rien de plus. Et le carnet ne contenait certainement que ses réponses exactes.

— Je devine ce que vous pensez, insista Lexie, mais vous n'avez qu'à vérifier à l'hôpital ou auprès des femmes qui l'ont consultée. Surtout, n'hésitez pas à poser toutes les questions que vous voudrez ! Elle ne se trompait jamais. Les médecins de notre ville eux-mêmes vous confirmeront qu'elle a un don.

— Elle connaissait peut-être la personne qui faisait les échographies ?

— Rien à voir !

— Pourquoi ?

— Parce qu'elle a arrêté ses prédictions dès que les échographies ont été pratiquées ici ! Les femmes n'avaient plus aucune raison de la consulter quand elles ont pu voir de leurs propres yeux une photo de leur bébé. Leurs visites se sont espacées ; maintenant elle ne reçoit plus qu'une ou deux personnes par an. Habituellement des femmes de la campagne qui n'ont pas d'assurance maladie. En somme, on ne fait plus tellement appel à ses talents de nos jours.

— Et à ses dons de sourcier ?

— Pas davantage ! La partie est de notre État se situe sur un vaste réservoir : partout où l'on creuse, on trouve de l'eau. Mais quand elle était enfant, à Cobb County, en Géorgie, les fermiers venaient lui demander conseil, surtout en période de sécheresse. Elle n'avait que huit ou neuf ans à l'époque, mais ça marchait toujours.

— Intéressant...

— Je parie que vous ne me croyez pas.

— On finit toujours par trouver une explication.

— Vous ne croyez absolument pas en la magie ?

— Non.

— Dommage, parce que la magie existe.

— Eh bien, fit Jeremy en souriant, je découvrirai peut-être quelque chose qui me fera changer d'avis, pendant mon séjour à Boone Creek.

Lexie lui rendit son sourire.

— C'est déjà fait, mais vous êtes trop têtu pour l'admettre.

Après leur déjeuner improvisé, ils redescendirent en cahotant sur les profondes ornières. Les amortisseurs grinçaient, et quand ils arrivèrent au pied de Riker's Hill, Jeremy, les mains crispées sur le volant, avaient les articulations blanchies par l'effort.

Ils empruntèrent les mêmes routes qu'à l'aller. Au niveau du cimetière de Cedar Creek, Jeremy sentit son regard attiré par le sommet de Riker's Hill ; malgré la distance, il pouvait distinguer l'endroit où ils s'étaient garés.

— Avons-nous encore le temps de voir un ou deux endroits ? fit-il. J'aimerais jeter un coup d'œil sur la marina, l'usine de papier et peut-être le pont du chemin de fer.

— Oui, nous avons le temps, à condition de ne pas nous attarder. Les trois sites se situent à peu près dans le même coin.

Dix minutes plus tard, il se garait à nouveau en suivant les directives de Lexie. Ils étaient de l'autre côté de la ville, à quelques blocs d'*Herbs* et près de la promenade en planches bordant la rivière. La Pamlico River avait un bon kilomètre de large et un cours agité, couvert de moutons blancs qui filaient vers l'aval. Sur la rive opposée, près du pont du chemin de fer, les cheminées de l'usine de papier – une imposante construction – vomissaient des nuages de fumée.

Jeremy s'étira en sortant, et Lexie, les joues rougies par le froid, croisa les bras sur sa poitrine.

— On gèle de plus en plus... Vous ne trouvez pas ?

— J'ai l'impression moi aussi qu'il fait plus froid qu'au sommet de Riker's Hill, mais nous nous sommes peut-être habitués à la chaleur de la voiture.

Lexie s'engagea d'un bon pas sur la promenade en planches, puis ralentit et s'accouda à la balustrade, tandis qu'il contemplait le pont de chemin de fer. Son entrecroisement de poutrelles, haut perchées au-dessus du fleuve, pour laisser passer de grands bateaux, lui donnait l'allure d'un pont suspendu.

— Je ne savais pas si vous souhaitiez vous approcher davantage. Si nous avions eu le temps, je vous aurais emmené de l'autre côté du fleuve, près de l'usine ; mais la vue est probablement meilleure d'ici. Quant à la marina, elle est là-bas, près de la grande route. Voyez-vous ces voiliers à quai ?

Jeremy s'était attendu à un spectacle plus grandiose.

— Des bateaux de grande taille peuvent-ils accoster ?

— Je suppose... De grands yachts de New Bern jettent l'ancre pour quelques jours.

— Et des barges ?

— Probablement. Le fleuve est drainé pour permettre le passage de barges transportant du bois, mais elles s'arrêtent habituellement en face. Là-bas... Vous pouvez en apercevoir quelques-unes, déjà chargées, dans la petite crique.

Il suivit son regard, puis se retourna afin de coordonner les trois emplacements : la colline « Riker's Hill », au loin, semblait parfaitement alignée sur le pont du chemin de fer et l'usine de papier. Une coïncidence ? Ou un détail sans intérêt ? Il observa un moment l'usine de papier, en se demandant si le haut des cheminées était éclairé la nuit. Un point à vérifier...

— Ils transportent tous les troncs sur des barges ou aussi par la voie ferrée ?

— Franchement, je n'en sais rien ; mais vous pourriez avoir facilement l'information.

— Avez-vous une idée du nombre de trains qui passent sur le pont ?

— Non... Je les entends parfois siffler la nuit, et j'ai souvent été bloquée au passage à niveau, en ville, par un train ; mais je ne peux pas vous donner un chiffre exact. Ce que je sais, c'est qu'ils font de nombreuses expéditions depuis l'usine ; c'est là que le train s'arrête.

Jeremy hocha la tête, le regard toujours rivé sur le pont du chemin de fer.

— Je devine vos pensées, fit Lexie. Vous vous dites que la lumière du train doit briller lorsqu'il traverse le pont, et pourrait expliquer le phénomène observé au cimetière.

— Oui, l'idée m'a traversé l'esprit.

Lexie hocha la tête.

— C'est faux !

— Qu'en savez vous ?

— La nuit, les trains se garent dans la cour de l'usine de papier, pour être chargés le lendemain. La lumière de la locomotive brille donc dans la direction opposée à Riker's Hill.

Jeremy réfléchissait en rejoignant Lexie devant la balustrade. Elle avait fourré les mains dans ses poches, et ses cheveux se déchaînaient au gré du vent.

— Je comprends pourquoi vous avez aimé passer votre enfance ici, observa-t-il.

Elle se retourna, le dos tourné à la balustrade, et face à la ville, avec ses boutiques festonnées de drapeaux américains, l'enseigne du barbier, le petit parc en bordure de la promenade en planches. Sur le trottoir, des passants allaient et venaient, munis de sacs à provisions ; ils marchaient tranquillement malgré le froid.

— En effet, ça ressemble beaucoup à New York...

Jeremy éclata de rire.

— Rien à voir ! Je voulais dire que mes parents auraient été heureux d'élever leurs enfants ici... avec ces grandes pelouses verdoyantes, ces forêts parfaites pour les jeux en plein air, et même un fleuve où l'on peut nager en été. Ça a dû être... idyllique pour vous.

— C'est toujours merveilleux ! Et beaucoup de gens sont de mon avis.

— Il me semble que vous vous êtes épanouie à Boone Creek.

Un nuage de mélancolie assombrit le regard de Lexie.

— Oui, mais j'ai eu la chance de faire des études ; ce qui n'est pas donné à tout le monde. Le comté est pauvre, la ville a du mal à survivre depuis la fermeture de l'usine de textiles et de la mine de phosphore. Beaucoup de parents n'arrivent pas à économiser pour les études de leurs enfants. Et il est parfois difficile de convaincre les jeunes qu'ils ont mieux à faire que de travailler dans l'usine de papier, près du fleuve ! J'ai choisi de vivre ici, alors que certaines personnes restent uniquement parce qu'elles n'ont pas la possibilité d'aller vivre ailleurs.

— C'est la même histoire un peu partout. Aucun de mes frères n'est allé à l'université ; j'étais considéré comme un drôle d'oiseau parce que j'avais des facilités à l'école. Mes parents sont des gens simples qui vivaient à Queens... Mon père conduisait un bus municipal, et il a passé quarante ans derrière son volant, avant de prendre sa retraite.

Lexie parut amusée.

— Comme c'est étrange ! Hier, je vous avais pris pour un habitant de l'Upper East Side. Avec un portier pour vous saluer à l'entrée de l'immeuble, des études dans une *prep school*, cinq plats au dîner, un maître d'hôtel annonçant les visiteurs...

Jeremy eut un mouvement de recul, visiblement choqué par la réflexion de Lexie.

— D'abord fils unique, et maintenant l'Upper East Side... Je commence à croire que vous me prenez pour un enfant gâté.

— Pas gâté, mais...

— Ne dites rien ! J'aime autant ne pas savoir, d'autant plus que c'est faux.

— Pourquoi ?

— Parce que vos deux premières suppositions, peu flatteuses, étaient nulles.

— Désolée, je ne l'ai pas fait exprès.

— Bien sûr que si !

Le dos contre la balustrade, Jeremy laissa la bise fouetter son visage.

— Mais ne vous inquiétez pas ! Je ne me sens pas visé personnellement, car je n'ai jamais été ni riche ni gâté.

— Vous êtes un journaliste... objectif.

— Exactement.

— Même si vous refusez d'ouvrir votre esprit au mystère ?

— Même dans ce cas.

— Et l'éternel mystère féminin ? Vous n'y croyez pas ?

— J'y crois profondément, protesta Jeremy, avec une pensée spéciale pour la jeune femme. Mais cela n'a rien à voir avec la possibilité de la fusion à froid.

— Pourquoi ?

— Je pense que les femmes sont un mystère subjectif,

et non objectif. On ne peut rien mesurer scientifiquement, malgré les différences génétiques entre les sexes. Les hommes sont sensibles au mystère féminin, parce qu'ils ne se rendent pas compte que les hommes et les femmes ont une vision différente du monde.

— Ah oui ?

— C'est en rapport avec l'évolution et la préservation du genre humain !

— Seriez-vous un expert dans le domaine ?

— J'ai certaines connaissances...

— Et concernant les femmes, vous vous considérez aussi comme un expert ?

— Pas vraiment. Je suis un grand timide.

— Vous le dites, mais je n'y crois pas.

— Laissez-moi deviner ! Vous pensez que je suis incapable de m'engager ?

Elle le toisa un moment.

— Oui, c'est à peu près ça.

— Que vous répondre ? Le journalisme est un métier prestigieux qui fascine un grand nombre de femmes...

— Pourtant, vous n'avez rien d'une star de cinéma ou d'un chanteur de rock ! Vous écrivez pour le *Scientific American*...

— Et alors ?

— Même vu du Sud, votre magazine ne semble pas envahi de groupies !

— Je constate que vous venez de vous contredire, lança Jeremy avec un regard triomphant.

— Vous vous croyez malin, monsieur Marsh ?

— On en revient à « monsieur Marsh » ?

— Peut-être... Je n'ai pas encore décidé. (Elle glissa une mèche rebelle derrière son oreille.) Vous oubliez qu'il n'est pas nécessaire d'avoir des groupies pour... être un coureur de jupons. Il suffit d'aller traîner dans les endroits à la mode et de faire du charme.

— Vous me trouvez charmant ?

— Je dirais plutôt que certaines femmes doivent vous trouver charmant.

— Vous partagez leur opinion ?

— Il ne s'agit pas de moi, mais de *vous*... et je constate que *vous* cherchez par tous les moyens à détourner la conversation. Une preuve que j'ai raison et que vous ne voulez pas l'admettre.

Jeremy avec un air admiratif :

— Vous êtes très astucieuse, mademoiselle Darnell.

— Je crois avoir déjà entendu ça.

— Et non moins charmante !

Lexie laissa planer son regard vers la promenade en planches, puis de la rue jusqu'à la ville, et enfin vers le ciel. Pas question de répondre aux flatteries de ce journaliste, se dit-elle, en rougissant.

Comme s'il avait lu dans son esprit, Jeremy s'engagea sur un autre terrain.

— Eh bien, comment va se passer ce week-end ?

— Vous ne serez pas là ?

— Si, probablement ; mais je voulais connaître votre point de vue.

— Les gens vont vivre à un train d'enfer pendant plusieurs jours... C'est nécessaire en cette période de l'année ! Une fois Thanksgiving et Noël passés, rien n'est prévu avant le printemps. Il fait un temps froid, gris et pluvieux ; alors le conseil municipal organise depuis quelques années la visite guidée des demeures historiques... Il y ajoute de nouvelles festivités pour que l'événement soit vraiment spectaculaire. La visite du cimetière cette année, la parade depuis l'année dernière, les danses paysannes du vendredi soir depuis deux ans. La tradition commence à s'ancrer, et presque tout le monde attend le week-end avec impatience. Vous voyez, nous nous amusons comme nous pouvons dans notre petite ville...

Jeremy se souvint que la brochure annonçait les danses paysannes, mais il feignit la surprise.

— Il y aura des danses paysannes ?

— Vendredi, à la grange à tabac de Meyer. Une soirée très animée, avec un orchestre et tout... C'est le seul jour où le *Lookilu* est pratiquement vide.

— Si j'y vais, accepterez-vous de danser avec moi ?

— Eh bien, fit Lexie, en lui lançant une œillade presque enjôleuse, si vous avez trouvé la clef de l'énigme d'ici là, je danserai avec vous.

— Promis ?

— Promis, mais souvenez-vous que vous avez un mystère à élucider d'abord.

— Marché conclu ! J'attendrai cette soirée avec impatience ; en espérant que vous serez à la hauteur pour le lindy et le fox-trot.

— Je ferai de mon mieux !

Lexie scrutait le soleil qui luttait en vain pour sortir des ténèbres.

— Ce soir..., murmura-t-elle.

— Ce soir ?

— Vous verrez les lumières si vous allez au cimetière.

— Qu'en savez-vous ?

— Le brouillard est en train de descendre.

Jeremy suivit le regard de Lexie.

— Je ne remarque aucune différence.

— Regardez derrière moi, de l'autre côté du fleuve. Le haut des cheminées de l'usine de papier est déjà caché par les nuages.

— Ah oui ?

— Retournez-vous et regardez !

Il regarda derrière son épaule, puis devant lui, et refit la même manœuvre en observant les contours de l'usine de papier.

— Vous avez raison.

— Évidemment !

— Je parie que vous avez jeté un coup d'œil en catimini.

— Non, je savais...

— Ah, fit Jeremy, encore un de ces troublants mystères féminins !

Lexie s'éloigna de la balustrade.

— Je vous fais remarquer que c'est vous qui parlez de mystères féminins, pas moi... Il se fait tard maintenant et je dois retourner à la bibliothèque. Ma lecture aux enfants commence dans quinze minutes.

Tandis qu'ils regagnaient la voiture, Jeremy s'aperçut que le sommet de Riker's Hill avait disparu à son tour. La prédiction de Lexie n'était plus un mystère : elle avait vu le sommet disparaître dans la brume et déduit que le phénomène se produisait aussi de l'autre côté du fleuve. Petite rusée !

Il tenta de dissimuler son sourire narquois.

— Puisque vous avez des dons cachés, dites-moi pourquoi vous êtes certaine que les lumières apparaîtront ce soir.

Lexie prit un temps avant de répondre.

— Je *sais*, dit-elle d'un ton laconique.

— Dans ce cas j'ai intérêt à y aller, non ?

Jeremy tressaillit brusquement : il venait de se souvenir du dîner auquel il était convié.

— Quoi ? fit Lexie.

— Le maire organise un dîner pour me présenter certaines personnes...

— Un dîner en votre honneur ?

— Ça vous impressionne ?

— Non, je suis surtout étonnée... parce que je n'en avais pas entendu parler.

— J'ai été prévenu ce matin seulement.

— C'est tout de même surprenant ; mais vous pouvez assister au dîner du maire sans inquiétude. Les lumières n'apparaissent que tard dans la nuit. Vous n'aurez pas à vous dépêcher !

— Sûre ?

— C'est un peu avant minuit que je les ai vues.

Jeremy resta cloué sur place.

— Vous les avez vues et vous ne m'en avez rien dit ?

— Il fallait me questionner.

— Toujours la même formule !

— Monsieur le journaliste, c'est parce que vous oubliez toujours de poser les bonnes questions.

8.

De l'autre côté de la ville, à *Herbs*, le shérif adjoint, Rodney Hopper, penché sur sa tasse de café, se demandait où avaient bien pu passer Lexie et le New-Yorkais.

Il aurait voulu surprendre Lexie à la bibliothèque et l'emmener déjeuner en ville pour remettre les pendules à l'heure. Peut-être lui aurait-elle permis de l'escorter jusqu'à sa voiture, sous le regard envieux de l'intrus ?

Il savait ce que cet étranger admirait en elle. Comment n'aurait-il pas remarqué qu'elle était la plus jolie femme du comté, probablement de toute la Caroline du Nord, et peut-être même du monde entier ?

Habituellement, il n'avait pas à s'inquiéter quand un homme venait entreprendre des recherches à la bibliothèque. Il ne s'était pas fait de souci au début, mais il avait voulu juger de ses propres yeux dès qu'il avait entendu parler du nouvel arrivant. Effectivement, le New-Yorkais ne passait pas inaperçu ! Les chercheurs de passage à la bibliothèque étaient en principe de vieux professeurs distraits, affublés de lunettes de lecture, à la silhouette disgracieuse et à l'haleine imprégnée de café. Mais ce type... avait l'air de sortir d'un salon de beauté masculin. Pis, ils étaient ensemble en train de courir le guilledou, quelque part en ville.

Où donc se cachaient-ils ?

Ni à *Herbs*, ni à *Pike's Dinner* ! Il était revenu bredouille après avoir passé en revue les deux parkings. Il aurait pu entrer pour s'informer, mais ne tenait pas à attirer l'attention. Ses copains le taquinaient déjà suffisamment quand il leur annonçait ses prochains rendez-vous avec Lexie : elle n'acceptait, racontaient-ils, sa compagnie que par gentillesse. Mais il s'en fichait. Elle ne refusait jamais une sortie ; enfin rarement... Ils ne s'embrassaient pas après avoir passé la soirée ensemble, mais ce n'était pas un problème. Il saurait se montrer patient et son heure viendrait. À chaque rencontre, leurs liens se resserraient – il en avait l'intuition ! –, et ses copains étaient tout simplement jaloux.

Doris aurait pu le renseigner, mais elle n'était pas dans les parages. Elle ne tarderait pas à revenir de chez son comptable, lui avait-on dit ; mais la pause du déjeuner allait se terminer, et il n'avait pas le temps de l'attendre. Et puis, elle prétendrait probablement ne rien savoir. Le bruit courait qu'elle avait un faible pour le New-Yorkais. Bizarre, non ?

— Ça ne va pas, mon chou ? fit Rachel.

Il leva les yeux et la vit, debout devant sa table, une cafetière à la main.

— Disons que ça pourrait aller mieux.

— Quelqu'un te donne du souci ?

— C'est à peu près ça.

Rodney resta insensible au charmant sourire qu'elle lui décochait : depuis longtemps il la considérait pratiquement comme une sœur.

— Ça finira bien par s'arranger, dit-elle, rassurante.

— Tu as sans doute raison.

Elle pinça les lèvres, intriguée.

— Tu ne veux pas manger un morceau ? Je sais que tu es pressé, mais je leur dirai de faire vite.

— Je n'ai pas très faim, et j'ai une poudre protéinée dans ma voiture, pour tout à l'heure. En revanche, je veux bien un peu de café en rab...

Rachel remplit aussitôt la tasse.

— Sais-tu si Lexie est passée ici aujourd'hui ? reprit-il. Pour un plat à emporter...

— Je ne l'ai pas vue de la journée ! As-tu jeté un coup d'œil à la bibliothèque ? Je peux l'appeler si c'est important.

— Non, pas tant que ça.

Rachel, perplexe, tourna autour de la table.

— Je t'ai vu assis avec Jeremy Marsh, ce matin...

— Avec qui ?

— Avec le journaliste de New York. Tu ne te souviens pas ?

— Oui, j'ai tenu à me présenter.

— Un beau garçon, non ?

— Ça m'est égal que d'autres hommes soient beaux.

— Il est si beau que je pourrais passer ma journée à l'admirer... Tu as vu ses cheveux ? Je meurs d'envie d'y plonger mes doigts... On ne parle que de lui.

— Génial ! ronchonna Rodney, de plus en plus contrarié.

— Il m'a invitée à New York.

Rodney dressa l'oreille.

— Il t'a invitée ?

— Plus ou moins... Il m'a conseillée de venir, et s'il ne l'a pas dit clairement, je crois qu'il apprécierait ma visite.

— C'est formidable, Rachel !

— Qu'as-tu pensé de lui ?

Rodney se déplaça sur sa chaise.

— Nous n'avons pas tellement parlé...

— Dommage ! Il est passionnant, si intelligent... Et ses cheveux ! Est-ce que je t'en ai déjà parlé ?

— Oui !

Rodney avala une gorgée de café pour réfléchir un moment. S'agissait-il d'une véritable invitation à New York, ou bien Rachel s'était-elle invitée spontanément ? Il ne pouvait jurer de rien. Le New-Yorkais avait dû la trouver à son goût, et il n'hésitait sûrement pas à faire des avances aux femmes... mais Rachel avait tendance à exagérer ; la réalité, c'était qu'en ce moment Lexie et le New-Yorkais étaient apparemment dans la nature, et introuvables. Quelque chose ne tournait pas rond...

Il se glissa hors du box.

— Si tu vois Lexie, dis-lui que je suis passé.

— Bien sûr ! Veux-tu emporter ton café dans une tasse en polystyrène ?

— Non, merci. J'ai un peu mal à l'estomac...

— Mon pauvre Rodney ! Je peux te passer du Pepto-Bismol pour te soulager. Nous en avons ici.

— Honnêtement, Rachel, déclara le shérif adjoint, en bombant le torse, je crois que ça ne servirait à rien.

À l'autre bout de la ville, Gherkin, le maire, aperçut Doris devant le bureau du comptable et fonça sur elle.

— Voici la femme que je cherchais !

Doris se retourna et le vit approcher, vêtu d'une veste rouge et d'un pantalon à carreaux. Était-il totalement insensible à la couleur ? Ou au ridicule ?

— Que puis-je pour vous, Tom ?

— Vous le savez peut-être, nous organisons une soirée en l'honneur de notre invité, Jeremy Marsh. Il va écrire un long article et vous savez à quel point c'est important pour notre ville.

— *À quel point c'est important pour notre ville*, articula Doris, en même temps que le maire. Et, surtout, ça fera marcher vos affaires...

Gherkin ignora le commentaire sarcastique et poursuivit.

— Je pense à l'ensemble de notre communauté ! J'ai passé la matinée à tout organiser, et j'espère que vous accepterez de nous aider pour le repas.

— Vous me voulez comme traiteur ?

— Oui, mais je ne vous demande pas de m'aider bénévolement ! La municipalité sera heureuse de vous dédommager. Nous avons l'intention de nous réunir à l'ancienne plantation Lawson, en bordure de la ville. J'ai déjà parlé aux propriétaires ; ils nous prêteront volontiers les lieux. Je suppose que nous pourrions organiser une petite soirée qui serait un coup d'envoi pour la visite guidée des demeures historiques. J'ai déjà averti la presse locale, qui compte nous envoyer quelqu'un...

Doris interrompit la tirade de Gherkin.

— Quand doit avoir lieu la réunion ?

— Eh bien, ce soir... balbutia le maire, stupéfait qu'elle ose lui couper la parole.

— Vous voulez que je sois prête ce soir ?

— C'est pour une bonne cause, Doris. Je regrette de vous prévenir à la dernière minute, mais de grands événements se préparent, et nous devons sauter sur l'occasion. Nous savons, vous et moi, que vous êtes la seule personne à qui je peux m'adresser. Rien de sophistiqué, bien sûr... Peut-être votre spécialité poulet-pesto, mais sans les sandwiches...

— Jeremy Marsh est-il prévenu ?

— Je lui en ai touché un mot ce matin ; il paraissait enchanté.

— Vraiment ? fit Doris, sceptique.

— J'espère que Lexie viendra aussi. Vous savez qu'elle compte beaucoup pour nous tous.

— Je doute qu'elle vienne ! Elle a horreur des mondanités, sauf absolue nécessité. Or, cette réception ne me semble pas absolument nécessaire...

— Peut-être bien... Mais je vous répète qu'il s'agit du coup d'envoi de notre week-end.

— Vous oubliez que je suis hostile à votre projet de transformation du cimetière en attraction touristique ?

— Justement ! Souhaitez-vous faire entendre votre voix, oui ou non ? Si vous ne vous montrez pas, il n'y aura personne pour défendre votre point de vue.

Doris dévisagea le maire un moment. Cet homme connaissait manifestement ses points sensibles, et il avait vu juste : si elle fuyait la réunion, qu'allait écrire Jeremy en se fondant uniquement sur les affirmations du maire et du conseil municipal ? Elle seule, c'était vrai aussi, pouvait organiser un buffet à la dernière minute : en prévision de la visite guidée du week-end, elle avait déjà stocké de nombreuses munitions dans sa cuisine.

Elle finit donc par capituler.

— Je m'en charge, déclara-t-elle, mais ne comptez pas sur moi pour le service ! Il y aura un buffet et je m'assiérai à l'une des tables avec les invités.

— Je ne demande pas mieux, fit Gherkin en souriant.

Assis dans sa voiture en face, le shérif adjoint, Rodney Hopper, hésitait à entrer dans la bibliothèque pour parler à Lexie. Le véhicule du New-Yorkais était garé sur le parking ; ils étaient donc revenus de leur mystérieuse escapade. Une lumière brillait à la fenêtre de Lexie.

Rodney l'imagina assise à son bureau : les jambes repliées, elle enroulait ses mèches de cheveux, en feuilletant un livre. Il voulait lui parler, mais n'avait aucun prétexte pour la déranger, et jamais elle ne lui avait suggéré de passer pour bavarder. Chaque fois qu'il orientait la conversation dans ce sens, elle parlait d'autre chose – à bon droit, car la bibliothèque était son lieu de travail. Cela dit, un encouragement à lui rendre visite aurait été un progrès évident dans leur relation.

Une silhouette passa derrière la vitre. Le New-Yorkais était-il avec elle ?

Pas ça, quand même ! D'abord un déjeuner en tête à tête – privilège que Lexie ne lui avait jamais accordé –, et maintenant une visite amicale à son travail. Il avait suffi d'une journée à ce type pour s'imposer ! Une petite conversation à bâtons rompus ne serait pas du luxe, afin de lui mettre les points sur les i.

À condition, bien sûr, de savoir où en était sa relation avec Lexie. Or, il n'en avait pas la moindre idée. La veille, il était content de son sort, ou presque. Bien sûr les choses auraient pu avancer un peu plus vite, mais il ne faut pas trop en demander ! Au moins, il n'avait pas de rival ; alors que maintenant ces deux-là étaient là-haut, probablement en train de rire et de plaisanter... et il n'avait plus qu'à se ronger les sangs, seul dans sa voiture.

Mais quelle preuve avait-il que Lexie et le New-Yorkais étaient ensemble dans le bureau ? Lexie vaquait sans doute à ses occupations, tandis qu'il lisait dans son coin quelque livre sentant le moisi. Elle se montrait peut-être simplement amicale, puisqu'il s'agissait d'un visiteur de marque.

Rodney prit le temps de réfléchir. Tout le monde se mettait en quatre pour accueillir ce journaliste, le maire en tête... Ce matin, comme il se préparait à lui fixer les limites à ne pas dépasser, le maire – oui, le maire en personne – était intervenu. Et bang ! Le New-Yorkais et Lexie pouvaient désormais cueillir des fleurs et contempler les arcs-en-ciel, la main dans la main.

Qu'en savait-il au juste ? Son incertitude lui pesait, et il se préparait à se diriger vers la bibliothèque quand un coup frappé au carreau l'arracha à ses pensées. Il reconnut le maire. Pour la deuxième fois dans la journée, ce type se comportait en spécialiste des interventions intempestives !

Rodney baissa sa vitre et une bouffée d'air glacial pénétra dans la voiture. Appuyé sur ses deux mains, Gherkin se pencha vers lui.

— Vous êtes l'homme de la situation ! Je passais en voiture, et je me suis rappelé que nous avons besoin ce soir d'un représentant de l'ordre public.

— À quelle occasion ?

— À l'occasion de notre petite réunion en l'honneur de Jeremy Marsh, notre visiteur de marque, à la plantation Lawson.

— Vous plaisantez ?

— Pas du tout ! J'ai demandé à Gary de lui faire une clef de la ville.

— Une clef de la ville... répéta Rodney.

— Il s'agit d'une surprise qui doit rester entre nous. Mais votre présence rendrait l'événement plus officiel et lui donnerait une certaine... solennité. Vous pourriez vous tenir à mes côtés lorsque je lui présenterai la clef.

Rodney, flatté par cette proposition inattendue, bomba légèrement le torse.

— Ça serait plutôt du ressort de mon chef, observat-il toutefois.

— Peut-être, mais vous savez comme moi qu'il est parti chasser en montagne. Puisqu'il est absent, la responsabilité vous en incombe.

— Je n'en sais rien, Tom. Il faudra que je me fasse remplacer... Je ne peux rien vous promettre.

— Quel dommage ! Mais je vous comprends... Le devoir d'abord.

— Merci, soupira Rodney.

— Lexie va sûrement regretter de ne pas vous voir.

— Lexie ?

— En tant que directrice de notre bibliothèque, elle figure parmi les invités. Je venais justement lui annoncer la nouvelle. Elle sera ravie de rencontrer notre visiteur, même si vous n'êtes pas là...

Rodney, déstabilisé, tenta de rectifier le tir.

— Un instant ! Vous disiez ce soir, n'est-ce pas ?

Le maire hocha du chef.

— Je me demande à quoi je pensais ! reprit Rodney. Bruce est de service, je pourrai sans doute me débrouiller.

— Bonne nouvelle ! Je n'ai plus qu'à aller prévenir Mlle Darnell. Si vous étiez sur le point d'entrer pour lui parler, je me ferai un devoir d'attendre mon tour.

— Non. Dites-lui simplement de ma part que je passerai bientôt la voir.

Après avoir donné quelques informations complémentaires à Jeremy et fait une pause rapide dans son bureau, Lexie s'était retrouvée au milieu d'une vingtaine d'enfants, nichés sur les genoux de leurs mères.

Elle-même, assise par terre, leur lisait un troisième livre, dans une ambiance agitée comme d'habitude. Sur une table basse, des gâteaux secs et du punch avaient été disposés.

Dans un coin de la pièce, des enfants moins intéressés s'affairaient autour des jouets rangés sur les étagères ; et d'autres peignaient avec les doigts, sur une table de fortune qu'elle avait improvisée. La pièce était décorée de couleurs vives, et malgré les protestations des bénévoles ou des employées plus âgées, qui préféraient que les enfants restent tranquillement assis pendant la lecture, elle tenait à ce qu'ils s'amusent. Au fil des ans, elle avait vu des dizaines de petits jouer pendant des heures avant de découvrir enfin le bonheur d'écouter ses histoires. Du moment qu'ils continuaient à fréquenter la bibliothèque, elle ne s'inquiétait pas pour eux !

Ce jour-là, tout en lisant, elle ne cessait de repenser à son repas en compagnie de Jeremy. Rien à voir avec un rendez-vous galant ! Rétrospectivement, elle en gardait pourtant une impression étrange. Pourquoi lui avait-elle fait tant de confidences, alors qu'il ne s'était même pas montré indiscret ? Que s'était-il passé ?

Ressasser n'était pas dans ses habitudes. Elle s'était contentée de faire découvrir la région à Jeremy ; mais son image la hantait : son sourire vaguement sarcastique, son air amusé en entendant certaines de ses remarques. Qu'avait-il pensé de sa vie ici ? Comment la jugeait-il ? Elle s'était sentie rougir quand il l'avait complimentée sur son charme. Le fait de s'épancher sur le passé l'avait-il rendue plus vulnérable ?

Plus jamais cela, se dit-elle, et cependant...

Elle n'avait pas trouvé désagréable de parler à un nouveau venu, qui ignorait les derniers ragots de Boone Creek. Elle avait éprouvé une sensation rafraîchissante, qu'elle avait presque oubliée. Doris avait eu raison sur un point au moins : il n'était pas l'homme qu'elle avait imaginé de prime abord. Elle l'avait trouvé plus intelligent ; et s'il était encore hermétique à la notion de mystère, il voyait d'un bon œil des opinions et un mode de vie différents du sien. Il savait aussi se moquer de lui-même, ce qui ne manquait pas de charme.

Les pensées tourbillonnaient dans sa tête, tandis qu'elle poursuivait la lecture aux enfants. Par chance, l'histoire n'était pas trop compliquée !

Elle l'aimait bien, finit-elle par admettre ; et elle souhaitait passer davantage de temps avec lui. Mais cet aveu ne faisait pas taire la petite voix qui lui soufflait de rester sur ses gardes. La prudence s'imposait, car, malgré les apparences, Jeremy Marsh pourrait la faire souffrir si elle lui en donnait l'occasion.

Jeremy était penché sur une série de cartes de Boone Creek, datant de 1850 environ. Plus elles étaient anciennes, plus elles semblaient abonder en détails ; il prenait des notes, en étudiant l'évolution de la ville de décennie en décennie. Un petit village somnolent, niché le long d'une dizaine de routes, qui n'avait cessé de se développer...

Le cimetière, il le savait déjà, était situé entre le fleuve et Riker's Hill, mais il remarqua qu'une ligne tracée entre l'usine de papier et la colline passait à travers le terrain. La distance totale était de moins de cinq kilomètres et la lumière pouvait fort bien être réfractée jusque-là par temps de brouillard. L'usine faisait-elle les trois huit ? Si oui, elle devait rester fortement éclairée même en pleine nuit. L'apparition du brouillard, sous un éclairage suffisant, permettait de tout expliquer d'un seul coup.

Il s'étonna de pas avoir remarqué ce lien de cause à effet entre Riker's Hill et l'usine de papier, lorsqu'il était au sommet de la colline. Sans doute avait-il été distrait par la contemplation du paysage, l'observation de la ville, et le plaisir de passer un moment en compagnie de Lexie.

Il avait du mal à s'expliquer son changement d'attitude : hier, elle ne voulait pas entendre parler de lui, alors qu'aujourd'hui... Les jours se suivent et ne se ressemblent pas. Lui aussi n'arrêtait pas de penser à elle, mais rien à voir avec une simple partie de jambes en l'air, ce qui ne lui était pas arrivé depuis longtemps. Depuis Maria, probablement. Un siècle avant, et à une époque où il était un autre homme... Leur dernière conversation avait été si naturelle, si détendue, qu'il mourait d'envie d'interrompre un moment l'examen des cartes pour aller faire plus ample connaissance.

Il se leva instinctivement et ses pas le portèrent vers l'escalier. Puisqu'elle faisait la lecture aux enfants, il n'avait pas l'intention de la déranger, mais il ne pouvait pas attendre une seconde : il avait envie de la voir sur-le-champ.

Il descendit les marches, tourna sur le côté, et s'approcha de l'un des panneaux vitrés. Il ne tarda pas à l'apercevoir, assise par terre au milieu des enfants.

Elle lisait avec entrain, les yeux écarquillés ; sa bouche dessinait un O, et elle se penchait pour mettre l'accent sur l'épisode qu'elle racontait. Les mères avaient le sourire aux lèvres. Certains enfants étaient sages comme des images, d'autres affreusement remuants.

— Un sacré numéro, non ?

Jeremy se retourna, surpris.

— Monsieur le maire, vous ici ?

— Je venais vous voir, évidemment ! Ainsi que Mlle Lexie... Il s'agit du dîner de ce soir... Nous avons tout organisé, et j'espère que vous serez impressionné.

— Je n'en doute pas.

— Je vous disais donc, Mlle Lexie est un sacré numéro !

Jeremy garda le silence.

— J'ai bien vu comment vous la regardiez, reprit le maire en lui adressant un clin d'œil. Les yeux d'un homme le trahissent toujours...

— Que voulez-vous dire ?

— Oh, rien de particulier ! Vous me comprenez.

Jeremy hocha la tête.

— Écoutez, monsieur le maire, Tom...

— N'en parlons plus ; je vous taquinais simplement. Revenons à notre petite soirée !

162

Gherkin indiqua à Jeremy le lieu de la réunion et la manière de s'y rendre, avec des points de repère couleur locale qu'il devait tenir de Tully.

— Vous croyez-vous capable de trouver la plantation par vos propres moyens ? s'enquit-il pour conclure.

— J'ai une carte !

— C'est utile, mais souvenez-vous que ces routes de campagne sont très sombres. On peut s'y perdre facilement... Vous feriez bien de venir avec quelqu'un qui connaît le chemin.

Le regard fixé sur la paroi vitrée, Gherkin prit un air entendu.

— Vous me suggérez de me faire accompagner par Lexie ? demanda Jeremy.

Les yeux du maire pétillèrent de malice.

— À vous de juger ! Beaucoup d'hommes ne demandent qu'à se jeter à ses pieds... Mais si vous pensez qu'elle acceptera...

— Elle acceptera, fit Jeremy pour se donner une contenance.

— Vous vous surestimez peut-être, mais puisque vous êtes si confiant, je n'ai rien à faire ici. Vous vous chargerez vous-même d'inviter Lexie ! À ce soir, donc.

Le maire tourna les talons, et Lexie termina sa lecture peu après. Elle referma son livre, les parents se levèrent ; Jeremy sentit alors une décharge d'adrénaline le traverser. Étrange sensation, dont il avait perdu l'habitude depuis bien longtemps.

Quelques mères rappelèrent leurs enfants qui n'avaient pas suivi la lecture. Lexie sortit de la pièce avec le groupe et rejoignit Jeremy dès qu'elle l'aperçut.

— Prêt à consulter les journaux intimes ?

— Si vous avez le temps de les chercher, mais j'ai encore à faire avec les cartes. Il s'agit d'autre chose.

— Ah bon !

— Le maire est venu me parler de cette soirée, à la plantation Lawson, fit Jeremy, la gorge nouée. Il se demande si je pourrai trouver l'endroit par mes propres moyens ; voilà pourquoi il m'a suggéré d'emmener quelqu'un qui connaît la région... Vous êtes à peu près la seule personne que je connaisse ici, et je me demandais si vous accepteriez de m'accompagner.

Lexie garda d'abord le silence.

— Quel manipulateur ! dit-elle enfin.

— Pardon ?

— Oh, vous n'y êtes pour rien ! Le maire a des procédés bizarres. Il sait que j'évite au maximum les mondanités, sauf quand elles sont en rapport avec la bibliothèque. Il s'attendait sûrement à un refus de ma part, alors il a fait en sorte que vous m'invitiez vous-même. Et voilà !

Jeremy tenta de se remémorer les paroles échangées avec Gherkin, mais il ne retrouva que des bribes de leur conversation. Qui avait suggéré qu'il emmène Lexie. Lui ou le maire ?

— Pourquoi ai-je l'impression soudaine d'être dans un feuilleton télévisé ?

— Ce n'est pas une impression. Boone Creek n'est qu'une petite ville du Sud...

— Vous pensez vraiment que le maire a tout manigancé ?

— C'est évident ! Il n'a pas l'air très malin, mais il a l'art de manipuler les gens et de leur donner l'illusion qu'ils agissent selon leur libre arbitre. Pourquoi, à votre avis, êtes-vous resté à *Greenleaf* ?

Jeremy, pensif, fourra ses poings dans ses poches.

— Écoutez, s'il en est ainsi, rien ne vous oblige à m'accompagner. Je finirai bien par trouver le chemin tout seul.

— Ma parole, vous avez changé d'avis ?

Jeremy marqua un temps d'arrêt.

— Mais puisque le maire...

— Souhaitez-vous, oui ou non, que je vous accompagne ?

— Oui...

— Alors, demandez-le-moi.

— Pardon ?

— Demandez-moi de vous accompagner, sans prétexter que vous avez besoin d'un guide. « Je serais heureux de vous emmener à ce dîner ; puis-je venir vous chercher chez vous ce soir ? » Voilà ce que je souhaiterais entendre !

— Je suis censé répéter la phrase ?

— Sinon, cette invitation n'est qu'une ruse du maire, et je refuse de venir. Vous avez intérêt à trouver le ton juste si vous voulez me convaincre.

— Je serais heureux de vous emmener à ce dîner ; puis-je venir vous chercher chez vous ce soir ? articula Jeremy, nerveux comme un collégien.

— Avec plaisir, monsieur Marsh, murmura Lexie, avec un léger accent du Sud, en posant une main sur son bras.

Dans la pièce réservée aux livres rares, Jeremy, hébété, regardait Lexie sortir les journaux intimes d'un casier fermé à clef. À New York, pas une femme ne lui aurait parlé sur ce ton. Avait-elle été raisonnable, déraisonnable, ou un peu des deux ? *Vous avez intérêt à trouver le ton juste si vous voulez me convaincre.* Quelle audace ! Et surtout, pourquoi la trouvait-il absolument irrésistible ?

Perdu dans ses pensées, il eut soudain l'impression que son article et l'éventualité d'une émission télévisée n'étaient au fond que des détails mineurs. Seule comptait maintenant la main de Lexie, si doucement posée sur son épaule.

9.

Dans la soirée, le brouillard devint de plus en plus dense. Rodney Hopper se dit que la plantation Lawson n'aurait peut-être pas été dans un tel état d'effervescence si elle avait accueilli un concert de Barry Manilow !

Depuis vingt minutes, il indiquait aux voitures la direction des parkings, et observait éberlué la procession d'individus qui s'avançaient d'un air excité vers la porte. Il avait déjà aperçu les docteurs Benson et Tricket, Albert le dentiste, les huit membres du conseil municipal (dont Tully, Jed, et le maire), les membres de la Chambre de commerce, le conseil des parents d'élèves au complet, les représentants des neuf comtés, les bénévoles de la Société d'histoire, les trois comptables, l'équipe de *Herbs*, le barman du *Lookilu*, le coiffeur, et même Toby, qui vidait les fosses septiques pour gagner sa croûte, mais qui était pour l'occasion très présentable. Il n'avait jamais vu une foule si compacte à la plantation Lawson, même quand elle était décorée de fond en comble et accessible gratuitement au public, le premier vendredi de décembre.

Ce soir-là, il ne s'agissait pas d'une fête entre amis et connaissances, précédant la bousculade des vacances. On accueillait un hôte étranger à la ville, qui s'en fichait éperdument ! Pis, Rodney prit soudain conscience qu'il aurait pu, malgré sa mission officielle, s'abstenir de repasser sa chemise et de cirer ses chaussures : Lexie ne s'en rendrait même pas compte.

Il n'ignorait plus rien maintenant.

Quand Doris était revenue à *Herbs* pour se mettre aux fourneaux, le maire lui avait annoncé la nouvelle à propos de Jeremy et Lexie, et Rachel l'avait appelé immédiatement. Cette fille avait toujours été gentille : même si elle se doutait des sentiments que lui inspirait Lexie, elle ne le taquinait jamais. De plus, elle ne semblait pas enchantée, elle non plus, de voir Lexie et Jeremy s'exhiber ensemble ; mais elle parvenait à cacher sa déception beaucoup mieux que lui. Rodney Hopper aurait donné cher pour être ailleurs. La soirée commençait à lui porter sur les nerfs...

Surtout le comportement de ses concitoyens ! Ils n'avaient pas été aussi excités depuis le jour où le *Raleigh News & Observer* avait envoyé un journaliste enquêter sur Jumpy Walton ! Le Walton en question était censé construire la réplique exacte de l'aéroplane des frères Wright et l'inaugurer à l'occasion du centième anniversaire de la naissance de l'aviation, à Kitty Hawk. Jumpy, qui avait toujours été un peu dérangé, prétendait avoir presque achevé sa tâche ; mais quand il avait ouvert fièrement les portes de sa grange pour montrer son œuvre, le journaliste avait eu une mauvaise surprise. L'aéroplane de Jumpy ressemblait à une version géante et tordue d'un poulet en fil de fer barbelé et contre-plaqué.

Maintenant, Boone Creek pariait sur l'apparition de fantômes dans le cimetière, et sur l'espoir que le New-Yorkais saurait éveiller la curiosité du monde entier. Pour sa part, il en doutait ; d'ailleurs, il se fichait pas mal de voir le monde entier arriver à sa porte, si Lexie, elle, n'était pas auprès de lui.

De l'autre côté de la ville, à peu près au même moment, Lexie apparaissait sur le seuil de la maison, tandis que Jeremy remontait l'allée, un petit bouquet de fleurs des champs à la main. Charmante attention, se dit-elle, en espérant ne rien laisser paraître de son trouble.

Quelle gageure d'être une femme, un soir pareil ! Et comment y voir clair dans une telle situation ? Cette sortie était certainement plus compromettante que leur déjeuner improvisé, même s'il ne s'agissait pas d'un dîner romantique en tête à tête – auquel elle n'aurait sans doute pas consenti. Autre point délicat : l'image qu'elle voulait donner à Jeremy et aux gens qui les verraient ensemble. Son jean n'était pas de circonstance et elle voulait éviter de porter une robe décolletée. Elle avait donc opté pour un tailleur-pantalon et une blouse ivoire, qui lui donneraient un air « professionnel ».

Mais il s'approchait nonchalamment, avec sa dégaine de séducteur.

— Vous n'avez pas eu trop de mal à me trouver !

— Aucun, répliqua Jeremy. Vous m'aviez indiqué votre maison quand nous étions au sommet de Riker's Hill.

Il lui offrit les fleurs, qu'elle prit avec un adorable sourire. Sexy sans doute, mais « adorable » était plus approprié.

— Merci, dit-elle. Où en sont vos recherches ?

— Elles avancent, quoique je n'aie rien trouvé de spectaculaire, pour l'instant, dans les journaux intimes.

— Persévérez ! Vous aurez peut-être une bonne surprise...

Elle huma le bouquet.

— Qu'elles sont belles ! Laissez-moi une seconde... le temps de les mettre dans un vase et d'attraper une veste longue.

168

— Je vous attends, déclara Jeremy, les paumes ouvertes.

Deux minutes plus tard, ils traversaient la ville, dans la direction opposée à celle du cimetière. Comme le brouillard devenait encore plus épais, Lexie guida Jeremy à travers les petites routes de l'arrière-pays, jusqu'à l'entrée d'une grande allée sinueuse, bordée de chênes centenaires. Bien que la maison ne soit pas encore visible, il ralentit au niveau d'une haie imposante qui semblait border une allée circulaire. Penché sur le volant, il se demandait de quel côté tourner.

— Si vous vous gariez ici ? suggéra Lexie. Je doute que vous trouviez une meilleure place, et puis vous aurez la possibilité de repartir quand vous voudrez.

— On ne voit même pas la maison ? s'étonna Jeremy.

— Faites-moi confiance. Et devinez pourquoi j'ai pris un vêtement chaud !

Jeremy suivit les conseils de Lexie, et ils remontèrent l'allée à pied, le long de la haie. Lexie se blottissait frileusement dans sa veste, quand, tout à coup, la splendide demeure géorgienne apparut.

Avant même de la remarquer, Jeremy fut frappé par les voitures. Des dizaines de véhicules étaient garés au hasard, le nez dans n'importe quelle direction, comme prêts à prendre la fuite. D'autres tournaient en rond, feux de position allumés, à la recherche d'un espace disponible.

Jeremy s'arrêta, stupéfait.

— Le maire m'avait annoncé une petite réunion entre amis...

— C'est ce qu'il appelle une petite réunion. Souvenez-vous qu'il connaît à peu près tous les habitants du comté.

— Vous vous attendiez à cela ?

— Bien sûr !

— Pourquoi ne pas m'avoir prévenu ?

— Une fois encore, il vous suffisait de me questionner ! Et puis, je vous croyais au courant.

— Comment aurais-je pu imaginer qu'il avait en tête un projet de réception ?

Lexie laissa planer son regard vers la maison.

— Beaucoup de classe, n'est-ce pas ? Même si vous ne méritez pas nécessairement un accueil aussi fastueux...

— Savez-vous que je deviens très sensible à votre charme de femme du Sud..., murmura Jeremy, amusé.

— Merci ! Et ne vous inquiétez pas : la soirée sera moins pénible que vous ne le croyez. Tout le monde vous veut du bien ; si vous avez des doutes, souvenez-vous que vous êtes notre invité d'honneur.

Doris devait être un traiteur hors pair, car elle avait géré le buffet à la perfection et dans la plus grande sérénité. Au lieu de passer la soirée à servir, Rachel frétillait au milieu des invités dans un pseudo-tailleur Chanel, quand elle vit Rodney se diriger vers l'entrée. Avec son uniforme soigneusement repassé, il ressemblait à ces marines qui illustrent les affiches de l'immeuble des vétérans de la Seconde Guerre mondiale, sur Main Street. La plupart des shérifs adjoints avaient la taille épaissie par trop d'ailes de poulets et de Budweiser... alors que Rodney faisait assidûment des pompes dans son garage durant ses heures de loisir. En rentrant du travail, elle l'apercevait souvent derrière la porte ouverte ; elle lui accordait alors une petite visite amicale. Enfants, ils avaient été voisins, et sa mère avait encore des photos d'eux, ensemble dans la baignoire. Tous les vieux amis ne peuvent pas en dire autant.

Elle sortit son tube de rouge de son sac et tamponna ses lèvres, consciente d'avoir un faible pour lui. Chacun avait suivi sa voie, mais depuis quelques années, un changement s'était produit. Un été, alors qu'ils étaient assis côte à côte au *Lookilu*, elle avait remarqué sa tristesse en apprenant, à la télévision, la mort d'un jeune garçon de Raleigh, dans un tragique incendie. Elle s'était sentie étrangement émue par ses yeux embués de larmes. Un autre incident avait eu lieu à Pâques : quand le département du shérif avait parrainé la chasse aux œufs officielle de la ville, à la Loge maçonnique, il l'avait prise à part pour lui indiquer les endroits où il avait caché des friandises. Il semblait excité comme un gosse, malgré ses biceps avantageux. Plus d'une épouse aurait été fière de donner un tel père à ses enfants.

Rétrospectivement, il lui semblait que, depuis cette époque, elle ne regardait plus Rodney de la même façon. Elle n'était pas tombée sur-le-champ amoureuse de lui, mais elle avait entrevu pour la première fois une vague possibilité d'avenir. Bien faible, certes, car Rodney était fou de Lexie... depuis toujours, et sans doute pour toujours. Par moments, elle s'en fichait ; parfois, elle le supportait très mal. Et récemment, elle s'était aperçue que les moments où elle s'en fichait devenaient rares et de plus en plus espacés.

En fendant la foule pour aller à sa rencontre, elle regretta d'avoir évoqué la présence de Jeremy Marsh au moment du déjeuner. À quoi bon contrarier Rodney ? Elle avait l'impression que la ville entière parlait maintenant de Lexie et Jeremy : l'épicier qui leur avait vendu leur repas avait amorcé la rumeur qui s'était répandue comme une traînée de poudre... par la faute du maire. Elle rêvait de visiter New York ; cependant, en se souvenant de sa conversation avec Jeremy, elle avait compris qu'il s'agissait de propos en l'air, et non d'une invitation en bonne et due forme. Quelle fâcheuse manie d'interpréter tout trop vite !

Mais Jeremy Marsh était si... parfait.

Cultivé, intelligent, charmant, célèbre, et surtout venu d'ailleurs. Comment Rodney aurait-il pu rivaliser avec lui ? Elle soupçonnait d'ailleurs le malheureux garçon d'en avoir conscience. Néanmoins, Rodney était du pays et destiné à y rester, ce qui pouvait passer pour un avantage majeur. Il fallait lui reconnaître aussi un caractère responsable et un physique agréable, à sa manière.

— Salut, Rodney, dit Rachel en souriant.

Le shérif adjoint tourna la tête.

— Salut, Rachel. Comment vas-tu ?

— Bien, merci. Quelle soirée, hein ?

— Formidable ! À l'intérieur, comment ça se passe ?

— Bien... Ils viennent de hisser la bannière.

— Quelle bannière ?

— Celle qui *lui* souhaite la bienvenue dans notre ville. Son nom est inscrit en grandes lettres bleues.

— Formidable, articula Rodney une seconde fois, en soupirant.

— Si tu savais ce que le maire a prévu ! La bannière, le repas, une clef de la ville qu'il a fait faire spécialement...

— C'est ce que j'ai entendu dire.

— Et les Mahi-Mahi sont ici !

Le fameux groupe local jouait des mélodies sentimentales depuis au moins quarante-trois ans. Deux des musiciens devaient maintenant utiliser des déambulateurs, et un tic nerveux obligeait l'un d'eux à chanter les yeux fermés ; c'était pourtant l'orchestre le plus célèbre à cent cinquante kilomètres à la ronde !

— Vraiment formidable...

— On dirait que tu ne tiens pas à en savoir davantage, observa Rachel, frappée par son ton sarcastique.

— En effet, je n'y tiens pas.

— Mais alors, que fais-tu là ?

— Tom a insisté. J'aurais dû me méfier...

— Tu as vu comment ça se passe ? Tout le monde veut parler au journaliste. Lexie et lui n'auront pas une minute pour se réfugier tranquillement dans un coin, et je te parie qu'ils pourront à peine échanger trois mots pendant la

soirée... À propos je t'ai mis un plateau de côté, si tu n'as pas l'occasion d'aller grignoter quelque chose.

Rodney ébaucha finalement un sourire : Rachel avait toujours de délicates attentions.

— Tu es en beauté ce soir, Rach, murmura-t-il, en apercevant tout à coup les petits anneaux d'or qu'elle portait aux oreilles.

— Merci.

— Tu veux bien me tenir compagnie un moment ?

— Avec grand plaisir !

Jeremy et Lexie se faufilèrent entre les nombreuses voitures garées ; en marchant, leur souffle s'échappait en petites bouffées de vapeur.

En haut des marches, où s'arrêtaient les couples avant de franchir le seuil, ils ne tardèrent pas à remarquer Rodney Hopper, en faction devant la porte d'entrée ; Rodney reconnut le journaliste, et son sourire se mua en grimace.

Même de loin, il paraissait robuste, jaloux, et surtout... armé – ce qui n'était pas particulièrement rassurant pour Jeremy.

— Ne vous inquiétez pas pour Rodney. Vous êtes avec moi, lui dit Lexie, qui avait suivi son regard.

— Justement, il n'a pas l'air enchanté de nous voir arriver ensemble !

La présence de Rachel, à côté du shérif adjoint, rassura Lexie : sa copine avait l'art d'apaiser Rodney, et depuis longtemps Lexie pensait qu'elle serait une épouse idéale pour lui. Cependant, elle n'avait pas encore trouvé le moyen d'en parler à Rodney sans le vexer. Discute-t-on de ce genre de choses quand on danse ensemble au bal de bienfaisance des Shriners[1] ?

— Voulez-vous que je lui parle ? proposa-t-elle à Jeremy.

— Je comptais sur vous.

Le visage de Rachel s'éclaira dès qu'elle les vit gravir les marches.

— Salut, vous deux !

Elle tirailla la veste de Lexie quand elle fut à portée de sa main.

— J'adore ton ensemble.

— Merci, Rachel ; tu es drôlement chic toi aussi.

Jeremy contemplait ses ongles pour éviter le regard mauvais de Rodney. Un silence plana soudain, et Rachel, devinant la pensée de Lexie, s'avança d'un pas.

— Quant à vous, monsieur le journaliste, toutes les femmes vont avoir le cœur brisé par votre apparition ! Lexie, me permets-tu d'escorter ton compagnon à l'intérieur ? Je crois que le maire l'attend...

— Je t'en prie, répliqua Lexie, qui voulait rester un instant en tête à tête avec Rodney.

Elle adressa un signe de tête à Jeremy.

— Allez-y, je vous rejoins tout de suite !

Rachel prit le bras du journaliste et l'entraîna sans lui demander son reste.

---

1. Organisation secrète comprenant des francs-maçons. Connue aux États-Unis pour ses œuvres de bienfaisance en faveur des enfants et pour son cirque ambulant (*N.d.T.*).

— Avez-vous déjà vu, dans le Sud, une plantation aussi magnifique ?

— Je ne pense pas, admit Jeremy, avec la sensation d'être jeté en pâture aux loups.

Lexie articula du bout des lèvres un remerciement silencieux à Rachel, qui lui adressa un clin d'œil complice ; puis elle se tourna vers Rodney.

— Ce n'est pas ce que tu crois...

Rodney leva une main pour l'interrompre.

— Dispense-toi de me rendre des comptes ! Je te signale que ce n'est pas la première fois.

Devinant qu'il faisait allusion à M. Renaissance, Lexie faillit lui répondre qu'il se trompait : elle ne se laisserait plus jamais entraîner aveuglément ! Mais c'est ce qu'elle avait déjà affirmé lorsque Rodney l'avait avertie en douceur que M. Renaissance ne se fixerait pas à Boone Creek.

— Que te dire ? murmura-t-elle avec une intonation presque coupable.

— Tu n'as pas besoin de te justifier !

Effectivement, elle n'était pas en train d'affronter un ex-mari bafoué, alors que les blessures du divorce étaient encore à vif. Qu'attendait-il pour comprendre ? Une voix intérieure lui rappelait pourtant qu'elle avait contribué à entretenir une petite flamme dans le cœur de Rodney ces dernières années, même si elle pensait plus à son confort et à sa sécurité qu'à un avenir romantique entre eux.

— J'aimerais vraiment que tout rentre dans l'ordre, risqua-t-elle.

— Moi aussi !

Ils gardèrent le silence un moment, et Lexie regretta que le shérif adjoint affiche ses sentiments sans la moindre subtilité.

— Rachel est vraiment en beauté, tu ne trouves pas ?

Le menton affaissé sur sa poitrine, Rodney laissa poindre l'ébauche d'un sourire.

— Oh oui !

— Elle sort toujours avec Jim ?

Pendant les vacances, Lexie les avait vus passer dans la camionnette verte de Terminix, surmontée d'un insecte géant : ils allaient dîner à Greenville.

— Non, c'est une affaire classée. Ils ne sont sortis qu'une fois ensemble ; le véhicule de Jim empestait le désinfectant, et elle a éternué sans arrêt.

— Il n'y a que Rachel pour vivre ce genre d'aventure, plaisanta Lexie, malgré l'atmosphère tendue.

— Heureusement, elle n'a pas eu trop de mal à s'en remettre !

— Il me semble qu'elle devrait parier sur de meilleurs chevaux... ou éviter, du moins, les voitures surmontées d'un insecte géant.

Ils échangèrent un regard, puis Lexie tourna la tête, en glissant une mèche de cheveux derrière son oreille.

— Il serait peut-être temps que j'entre... Et toi ?

— Je n'en sais rien. Je ne voudrais pas revenir chez moi trop tard... D'ailleurs, je suis encore en service : le comté est grand pour une seule personne, et il n'y a que Bruce sur le terrain pour l'instant.

— À bientôt, si on ne se revoit pas ce soir !

— À bientôt.

Au moment où elle s'approchait de la porte, il la rappela.

— Hé, Lexie ?

— Oui ?

— Je te trouve bien jolie...

— Merci, articula-t-elle, émue par la tristesse de son intonation.

176

Jeremy et Rachel restèrent discrètement en retrait de la foule. Rachel montra au journaliste les portraits des ancêtres de la famille Lawson : leur ressemblance était frappante – non seulement de génération en génération, mais d'un sexe à l'autre. Bizarrement, les hommes avaient une allure efféminée et les femmes un air plutôt viril, ce qui donnait l'illusion que tous les artistes s'étaient inspirés du même modèle androgyne.

Jeremy appréciait que Rachel se charge de le distraire et de le protéger, même si elle refusait obstinément de lui lâcher le bras. Il entendait les gens parler de lui, et bien que ce soit pour le moins flatteur d'être ainsi le centre d'un événement, il ne se sentait pas vraiment prêt à les rejoindre. Nate avait réuni avec peine dix fois moins d'invités en l'honneur de son apparition à la télévision, et encore, il avait dû leur offrir des boissons alcoolisées pour les convaincre !

L'ambiance était bien différente dans cette petite bourgade de l'Amérique profonde où les gens jouaient au bingo, allaient au bowling et suivaient les rediffusions de *Matlock* sur TNT. Il n'avait jamais vu dans sa vie autant de cheveux bleutés et de polyester...

Rachel exerça soudain une pression sur son bras pour attirer son attention.

— Prêt, mon chou ? C'est l'heure du show !

— Pardon ?

Autour d'eux s'élevait un brouhaha croissant.

— Comment allez-vous, monsieur le maire ? fit Rachel avec le plus hollywoodien de ses sourires.

Tom Gherkin semblait être le seul homme de la pièce à transpirer. Son crâne chauve luisait sous les lumières, et s'il paraissait surpris de voir Jeremy en compagnie de Rachel, il n'en dit rien.

— Toujours ravissante, minauda-t-il. Je vois que vous initiez notre hôte au passé glorieux de cette demeure.

— J'essaie !

Il échangea quelques propos avec elle avant d'en venir au fait.

— Désolé de vous interrompre, alors que vous avez la bonté de faire visiter les lieux à notre aimable visiteur... mais nos invités commencent à s'impatienter.

— Je vous en prie, fit Rachel.

En un clin d'œil, le maire remplaça la main de Rachel par la sienne, afin de guider Jeremy. Les gens baissaient la voix et se retiraient sur le côté, comme la mer Rouge au passage de Moïse. Certaines personnes écarquillaient les yeux ou tendaient le cou pour mieux voir, et s'exclamaient, avec des « oh ! » et des « ah ! c'était *lui* ! ».

— Si vous saviez à quel point je suis content de vous accueillir parmi nous ! chuchota le maire, sans cesser de sourire à la foule. Je commençais à craindre un contretemps...

— Nous devrions peut-être attendre Lexie, suggéra Jeremy, sur le point de devenir écarlate.

Le cérémonial très provincial, et surtout la manière d'être escorté comme une vedette le mettaient mal à l'aise.

— Je l'ai prévenue ; elle nous retrouvera là-bas.

— Où ? s'enquit Jeremy.

— Eh bien, nous allons rencontrer l'ensemble du conseil municipal, naturellement ! Vous connaissez déjà Jed et Tully, ainsi que les personnalités que je vous ai présentées ce matin. Il y aura également les fonctionnaires du comté... très impressionnés, comme moi, par votre visite. Très impressionnés ! Je vous garantis qu'ils ont des histoires de fantômes à vous raconter. Vous avez apporté votre magnétophone ?

178

— Il est dans ma poche.

— Bonne nouvelle ! Et puis...

Pour la première fois, Gherkin tourna le dos à la foule pour regarder Jeremy en face.

— Je suppose que vous irez au cimetière ce soir...

— Justement, je voulais m'assurer que...

Gherkin reprit la parole comme s'il n'avait rien entendu, en continuant à adresser des saluts à la ronde.

— En tant que maire, je tiens à vous dire que vous n'avez pas à vous inquiéter quand vous verrez ces « fantômes ». Un sacré spectacle, bien sûr ! Suffisant pour faire tomber un éléphant dans les pommes... Mais personne n'a eu à se plaindre de leur présence jusqu'à maintenant, à part Bobby Lee Howard... Et s'il a percuté ensuite un poteau indicateur, les fantômes n'y sont pour rien, à mon avis. Il faut plutôt mettre l'accident sur le compte du pack de douze Pabst qu'il avait sifflées avant de prendre le volant.

— Ah ! fit Jeremy, en imitant inconsciemment les hochements de tête du maire. Je tâcherai de m'en souvenir.

Il éprouva un soulagement lorsque Lexie le rejoignit, au moment des présentations. La plupart de ses hôtes se montrèrent assez amicaux – excepté Jed qui gardait les sourcils froncés et les bras croisés – mais il ne put s'empêcher d'observer la jeune bibliothécaire du coin de l'œil.

Elle semblait contrariée... Que s'était-il passé entre Rodney et elle ? Il ne parvint pas à en savoir davantage, ni même à se détendre au cours des trois heures suivantes, car la soirée avait tout d'un meeting politique à l'ancienne mode.

Les membres du conseil municipal semblaient avoir été endoctrinés par le maire : une soirée exceptionnelle se préparait et le tourisme présentait une importance majeure pour la ville... Après les avoir rencontrés un à un, à l'exception de Jed, Jeremy se retrouva sur le podium, décoré d'une guirlande qui souhaitait la bienvenue à JEREMY MARSH.

Le podium n'était en fait qu'une longue table de bois, recouverte d'une nappe de couleur pourpre. Il dut y grimper à l'aide d'une chaise, comme Gherkin, pour affronter une assemblée d'inconnus qui le regardaient fixement.

Le calme revenu, le maire prononça un discours interminable, vantant le professionnalisme et l'honnêteté de leur visiteur, qu'il donnait l'impression de connaître depuis des années. Il évoqua sa participation à *Primetime Live* – suscitant des sourires entendus et des hochements de tête, ainsi que quelques « oh ! » et « ah ! » supplémentaires – et certains de ses meilleurs articles. Entre autres, un papier sur la recherche d'armes biologiques à Fort Derrick, écrit pour *Atlantic Monthly*. Cet homme, qu'il avait jugé plutôt fruste, avait soigneusement préparé son allocution et s'y entendait en matière de flatterie, conclut Jeremy.

Une clef de la ville lui fut ensuite offerte, et les Mahi-Mahi, debout sur une autre table, le long d'un mur adjacent, entonnèrent trois chansons. « Carolina in My Mind », « New York, New York », puis l'air de *SOS Fantômes*, spécialement à l'ordre du jour.

Bonne surprise, les Mahi-Mahi – qui avaient réussi Dieu sait comment à se jucher sur ce second podium improvisé – n'étaient pas si mauvais ! La foule les adorait, et Jeremy se surprit en train de sourire avec un sincère enthousiasme. Lexie lui adressa de loin un clin d'œil, ce qui donna à l'événement un caractère encore plus magique.

Finalement, le maire l'entraîna vers un coin de la salle, où il lui proposa de s'asseoir dans un confortable fauteuil ancien, devant une table non moins ancienne. Muni de son magnétophone, il écouta jusqu'à la fin de la soirée des témoignages sur l'apparition des fantômes. Alignés par le maire, les volontaires bavardaient avec entrain en attendant leur tour, comme s'ils venaient lui demander un autographe.

Malheureusement, il ne tarda pas à être débordé par les innombrables récits : chaque témoin décrivait à sa manière les lumières qu'il prétendait avoir vues. Selon les uns, elles faisaient penser à des formes humaines ; selon les autres, à des lumières stroboscopiques. Un habitant de Boone Creek déclarait qu'elles étaient la copie conforme d'un déguisement d'Halloween. Le plus original, un certain Joe, était censé les avoir vues au moins une demi-douzaine de fois, et affirmait catégoriquement qu'elles ressemblaient à s'y méprendre au panneau lumineux de Piggly Wiggly, sur la route 54, près de Vanceboro.

Lexie, toujours dans son champ visuel, parlait avec les différents invités. Au milieu d'une conversation, elle lui adressait parfois un sourire complice, en haussant les sourcils, d'un air de dire : *Vois-tu dans quel pétrin tu t'es fourré ?*

Cette jeune femme n'avait aucun point commun avec les précédentes conquêtes qu'il avait pu faire. Elle avait son franc-parler, ne cherchait jamais à se faire valoir, et semblait le juger dans l'instant, sans se préoccuper de son passé ni de son avenir.

Réflexion faite, c'était l'une des raisons pour lesquelles il avait naguère épousé Maria, lorsqu'il avait cru rencontrer la femme de sa vie. Plus que par le flot d'émotions impétueuses qui l'avait submergé la première fois qu'ils avaient fait l'amour, il avait été frappé par certains détails. Son absence totale de vanité, son assurance face à lui s'il commettait une erreur, sa patience lorsqu'elle l'écoutait exposer ses arguments dans les moments difficiles. Bien qu'il n'ait pas affronté avec Lexie les dures réalités de la vie, il avait l'intime conviction qu'elle serait à la hauteur, le cas échéant.

Elle était cordiale avec les gens qu'elle côtoyait et semblait réellement intéressée par leurs propos. À aucun moment elle ne cherchait à abréger ou interrompre une conversation ; si quelque chose l'amusait, elle riait de bon cœur. Elle se penchait souvent pour embrasser ses interlocuteurs, et leur serrait la main en leur assurant combien elle avait été heureuse de les revoir. Sa spontanéité rappelait à Jeremy l'une de ses tantes dont la présence était très appréciée dans les fêtes de famille, parce qu'elle avait le talent de témoigner à chacun un intérêt sincère.

Quand il se leva pour se dégourdir les jambes, Lexie s'avança vers lui avec un soupçon de séduction dans le balancement harmonieux de ses hanches. L'espace d'un instant, il eut l'étrange sensation que cette scène n'appartenait pas au présent. Propulsée dans l'avenir, elle figurait parmi une longue succession de moments semblables qui se déroulaient dans une petite ville du bout du monde.

10.

En fin de soirée, Jeremy échangea quelques mots avec le maire, sur le seuil de la demeure, tandis que Lexie et Doris se tenaient à l'écart.

— J'espère que la soirée vous a plu, dit Gherkin. Vous avez pu vous rendre compte de l'importance que nous accordons à votre visite...

— Merci infiniment, mais vous n'auriez pas dû vous donner autant de mal !

— Rien de plus naturel... Je voulais vous montrer ce dont nous sommes capables, à Boone Creek, quand nous avons un projet en tête. Imaginez notre réaction si la télévision venait jusqu'à nous ! Pendant le week-end, vous aurez encore l'occasion de respirer l'atmosphère de notre petite ville. Le bon vieux temps ressuscité...

— Je n'en doute pas.

— Eh bien, je dois maintenant aller régler certains problèmes à l'intérieur... Un maire n'a jamais une seconde à lui, vous savez.

— Et à nouveau merci pour cette clef, fit Jeremy en brandissant son trophée.

Gherkin lui serra chaleureusement la main.

— Vous l'avez bien méritée ! Mais n'allez pas croire que vous aurez accès aux coffres de la banque, plaisanta-t-il. Un geste symbolique...

183

Dès que le maire se fut éclipsé, Doris et Lexie s'approchèrent de Jeremy avec un sourire moqueur.

— Ma parole ! fit Doris. Vous et votre charme irrésistible de New-Yorkais...

— Je ne comprends pas...

— Si vous aviez entendu la manière dont on parle de vous ici ! Tout le monde m'envie d'avoir la chance de vous connaître déjà.

Jeremy prit un air gêné.

— C'est un peu exagéré, non ?

— Sans doute ! Mon groupe d'études bibliques a passé la soirée à chanter vos louanges... Plusieurs femmes voulaient vous inviter chez elles, mais j'ai réussi à les en dissuader. D'autant plus que leur mari n'aurait pas été ravi !

— Vous avez bien fait !

— Si vous avez encore faim, je peux vous apporter un petit en-cas...

— Non merci.

— Sûr ? Je vous rappelle que « votre » nuit commence à peine.

Jeremy constata que le brouillard était encore plus dense.

— Justement, je ne vais pas tarder à me mettre en route. Pas question pour moi de rater une occasion unique de frôler le surnaturel !

— Vous ne risquez pas d'être en retard : les lumières n'apparaîtront que dans quelques heures.

Doris étonna Jeremy en se penchant pour l'embrasser.

— Je tiens à vous remercier d'avoir pris le temps de nous rencontrer. Les étrangers sont rarement aussi attentifs...

— C'était un plaisir pour moi.

Quand Doris eut desserré son étreinte, Jeremy se surprit à penser qu'elle avait dû être un excellent substitut maternel pour Lexie.

— On y va ? fit-il.

Lexie acquiesça d'un signe de tête, sans un mot ; mais elle embrassa Doris sur la joue, avant de lui souhaiter une bonne nuit.

Le gravier crissait doucement sous leurs pas, et Lexie avait le regard perdu dans le vague, tandis qu'ils marchaient vers la voiture. Après quelques mètres, Jeremy lui tapota l'épaule.

— Ça va ? Vous êtes bien silencieuse...

Elle hocha la tête.

— Je pensais à Doris. La soirée l'a épuisée, et je me tracasse pour elle... peut-être à tort.

— Elle m'a paru en forme.

— Oui, elle fait bonne figure, mais elle devrait apprendre à se ménager. Elle paraît oublier qu'elle a eu une crise cardiaque il y a deux ans... Et un week-end chargé s'annonce maintenant.

Jeremy parut troublé à l'idée que Doris n'était pas en très bonne santé ; Lexie sourit pour le mettre à l'aise.

— Malgré tout, elle a certainement apprécié la fête. Nous avons eu, l'une et l'autre, l'occasion de parler à des personnes de nos relations que nous n'avions pas vues depuis longtemps.

— J'imaginais que les gens d'ici se rencontraient tout le temps !

— Oui, mais nous sommes trop occupés pour bavarder plus de deux minutes entre deux portes. Nous avons passé une excellente soirée, et, comme dit Doris, les gens vous *adorent*.

— Ça vous étonne ? protesta Jeremy, les mains dans les poches. Ne suis-je pas *irrésistible* ?

Ils contournèrent la haie, et la maison s'estompa.

— Au risque de paraître indiscret, j'aimerais savoir comment a réagi Rodney, reprit Jeremy.

— En effet, ça ne vous regarde pas ! décréta froidement Lexie.

— J'ai pourtant, je crois, le droit de vous interroger. Pensez-vous que je devrais quitter cette ville à la faveur de la nuit, de peur qu'il ne finisse par m'étrangler à mains nues ?

Lexie daigna enfin sourire.

— Vous n'avez rien à craindre ! D'ailleurs le maire serait inconsolable si vous partiez. Les visiteurs ne reçoivent pas toujours un tel accueil... ni une clef de la ville.

— Je dois dire que c'est la première fois que l'on m'accorde un pareil honneur. D'habitude, je reçois surtout des messages de haine.

Un rire mélodieux fusa. Au clair de lune, les traits de Lexie étaient indéchiffrables, alors que son visage avait paru si animé quand elle bavardait avec les habitants de la ville.

Il lui ouvrit la portière. Elle l'effleura au passage. Était-ce une réponse à sa main posée sur l'épaule ou un pur hasard ?

Après avoir mis le contact, il hésita un instant à démarrer.

— Qu'y a-t-il ? s'étonna Lexie.

— Je me demandais... (La phrase de Jeremy resta un moment en suspens.) Il se fait tard, mais j'allais vous demander si... vous accepteriez de m'accompagner au cimetière.

— Au cas où vous auriez peur ?

— Oui, peut-être.

Elle jeta un coup d'œil à sa montre.

— Oh, mon Dieu !

Elle devait refuser... Absolument ! Elle lui avait déjà facilité la tâche en assistant à la réception ; passer les deux heures suivantes avec lui serait un nouveau pas en avant, alors qu'elle n'avait rien de bon à attendre de leur relation. Elle avait toutes les raisons du monde de refuser, mais ce fut plus fort qu'elle.

— Je vais aller prendre chez moi des vêtements plus confortables, s'entendit-elle répondre.

— Je vous approuve totalement de vouloir vous changer.

— Vous avez intérêt à m'approuver.

Jeremy fit mine de se vexer.

— Pas d'insolence ! Nous ne nous connaissons pas assez pour que vous preniez ce ton.

— C'est mon style !

— Je m'en doutais.

— En tout cas, je vous conseille de ne pas vous monter la tête parce que nous avons passé la soirée ensemble.

— Me monter la tête ?

— Ne prenez pas un air candide ; vous savez ce que je veux dire.

— Je ne prends aucun air !

— Maintenant, conduisez ; sinon je risque de changer d'avis.

Jeremy tourna la clef de contact.

— D'accord, mais je vous trouve bien autoritaire parfois.

— Merci. C'est l'une de mes grandes qualités, dit-on.

— Qui vous l'a dit ?

— À vous de deviner !

La Taurus roulait dans le brouillard, et sous la lumière jaune des réverbères les rues prenaient un aspect encore plus lugubre.

Lexie ouvrit la portière dès que Jeremy se gara dans l'allée. Elle semblait nerveuse...

— Attendez-moi ici, dit-elle en glissant une mèche de cheveux derrière son oreille. Je reviens tout de suite.

— Si ma clef de la ville peut vous être utile pour ouvrir votre porte, je vous la prête volontiers.

— Vous vous prenez trop au sérieux, monsieur Marsh ! Ma mère aussi possédait une clef de la ville.

— « Monsieur Marsh » ? Pourtant, nous avions fait la paix !

— Il me semble que ces festivités vous sont montées à la tête.

À peine sortie de la voiture, Lexie claqua la porte, mais Jeremy n'était pas homme à lui laisser le dernier mot. D'une pression, il abaissa la vitre et se pencha pour lui parler :

— Hé, Lexie ?

— Oui ?

— Il va faire froid ce soir, n'hésitez pas à emporter une bouteille de vin.

— Auriez-vous l'intention de me faire boire ?

— Avec votre accord, bien sûr.

Elle plissa les yeux, plus amusée que choquée.

— Non seulement je n'ai pas de vin chez moi, monsieur Marsh, mais je refuserais de boire avec vous si l'occasion se présentait.

— Jamais une goutte d'alcool ?

— Rarement... Maintenant, restez tranquille pendant que j'enfile un jean.

— Je n'essaierai même pas de vous épier par la fenêtre. Promis !

— Au cas où vous feriez la moindre bêtise, je préviens immédiatement Rodney.

— Je vais me méfier !

— C'est préférable, répondit Lexie, d'un air sévère.

Jeremy la regarda s'éloigner, certain de n'avoir jamais rencontré une femme pareille.

Un quart d'heure après, ils se garaient devant le cimetière de Cedar Creek.

Jeremy, qui avait orienté la voiture de manière à éclairer le site avec ses phares, fut d'abord frappé par la qualité particulière du brouillard. Dense et impénétrable par endroits, il se soulevait ailleurs en vrilles légères, comme s'il était vivant. Les ombres des branches basses du magnolia et les tombes en ruine n'en paraissaient que plus sinistres. Pas un éclat de lune dans le ciel.

Lexie écarquilla les yeux lorsque son compagnon ouvrit le coffre.

— Auriez-vous l'intention de fabriquer une bombe ?

— J'ai apporté un peu de matériel. Les hommes ont bien le droit d'avoir leurs joujoux !

— Je m'attendais à un simple caméscope.

— Très juste, mais j'en ai quatre.

— Pourquoi quatre ?

— Pour filmer sous différents angles, bien sûr ! Imaginez que les fantômes prennent la mauvaise direction ; je ne pourrais même pas garder la trace de leur visage...

Lexie désigna une sorte de boîte.

— Qu'est-ce que c'est ?

— Un détecteur de micro-ondes. (Il lui désigna une autre boîte.) Cet appareil va avec : il permet de capter l'activité électro-magnétique.

— Vous plaisantez ?

— Pas du tout ! Il figure dans le manuel officiel du chasseur de fantômes. On constate souvent une spiritualité accrue là où la concentration d'énergie est élevée ; l'engin permet de détecter les champs énergétiques anormaux.

— Vous en avez déjà enregistré ?

— Oui... dans une maison que l'on disait hantée. Malheureusement, rien à voir avec des fantômes : le four à micro-ondes du propriétaire était déréglé.

— Ah ! fit Lexie.

— Vous m'arrachez des secrets.

— Pardon, ce n'était pas mon intention.

— Je veux bien les partager avec vous !

— Pourquoi vous embarrassez-vous de cet équipement ?

— Parce que, si je conteste la présence de fantômes, je dois disposer du matériel utilisé habituellement pour les investigations dans le domaine du paranormal. Personne ne doit m'accuser d'avoir manqué de précision, ou négligé les règles ! En outre, les journalistes exercent plus d'impact sur les lecteurs quand ils utilisent un détecteur électronique ; les gens se disent que l'enquêteur mérite d'être pris au sérieux.

— Vraiment ?

— Je viens de vous dire que je possède le manuel officiel.

— Alors, en quoi puis-je vous être utile ? Avez-vous besoin de mon aide pour transporter certains de vos appareils ?

— Je vais les utiliser tous. Mais si vous jugez que c'est une tâche masculine, je peux me débrouiller par mes propres moyens... pendant que vous faites vos ongles, par exemple.

Lexie sortit l'un des caméscopes, le cala sur son épaule, et en prit un autre.

— Eh bien, monsieur Marsh, de quel côté allons-nous ?

— Je m'apprêtais à vous poser la question ! Puisque vous avez déjà vu les lumières, vous avez peut-être des suggestions à me faire.

Lexie hocha la tête en direction du magnolia vers lequel elle se dirigeait la première fois qu'il l'avait rencontrée.

— Là-bas ! dit-elle. C'est dans ce coin qu'elles apparaissent.

Lexie indiquait un emplacement, face à Riker's Hill, et totalement dissimulé par le brouillard.

— Toujours au même endroit ?

— Aucune idée, mais c'est là qu'elles étaient quand je les ai vues.

Une heure après, tandis que Lexie filmait avec l'un des caméscopes, Jeremy fit ses préparatifs. Il disposa les trois autres en triangle, montés sur des trépieds – avec des filtres spéciaux sur deux d'entre eux – et le zoom réglé de manière à balayer l'espace entier. Il testa les commandes à distance et mit en place l'équipement acoustique. Quatre micros étaient attachés à des arbres voisins, et le cinquième au centre – là où il avait installé les détecteurs électromagnétiques et le magnétophone central.

Comme il vérifiait l'ensemble du dispositif, Lexie l'appela.

— De quoi ai-je l'air ?

Il se retourna. Elle s'était approprié ses lunettes de vision nocturne, qui lui donnaient l'air d'un insecte.

— Très sexy ! Vous avez vraiment trouvé *votre* style.

— Grâce à ces lunettes, je vois tout avec une netteté parfaite !

— Rien d'inquiétant à l'horizon ?

— Rien, à part quelques couguars et des ours affamés.

— J'ai presque fini, il ne me reste qu'à répandre de la farine et à dérouler le fil.

— De la farine à pâtisserie ?

— C'est pour m'assurer que personne ne sabote le matériel. La farine me permettra de distinguer d'éventuelles empreintes, et le fil m'avertira si quelqu'un s'approche.

— Très astucieux, mais je vous assure que nous sommes seuls ici.

— On ne sait jamais.

— Moi, je sais ; mais faites comme bon vous semble. Vous m'avez l'air d'être un expert ! Je me charge d'orienter la caméra dans le bon sens.

Jeremy ouvrit le sac de farine en riant, et saupoudra le pourtour de la caméra d'une fine pellicule. Il fit de même autour des micros et du reste ; puis il noua le fil à une branche, délimitant un vaste carré dans l'espace autour de lui, comme s'il cernait le lieu d'un crime. Il déroula un second fil, une soixantaine de centimètres plus bas et y fixa de petites clochettes.

— Je n'aurais pas cru qu'il fallait une installation aussi sophistiquée, dit Lexie, quand il l'eut rejointe.

— D'où votre respect croissant à mon égard !

— Pas du tout ! Je cherchais seulement à meubler la conversation.

Jeremy hocha la tête en direction de la voiture.

— Je n'ai plus qu'à aller éteindre les phares, en espérant ne pas avoir fait ce travail pour rien.

Une fois le cimetière plongé dans les ténèbres, il eut du mal à accommoder sa vision. Après avoir tâtonné jusqu'à la grille comme un spéléologue aveugle, il trébucha sur une racine découverte, devant l'entrée, et faillit tomber.

— Si vous me rendiez mes lunettes de vision nocturne ? cria-t-il.

— Non ! Elles me vont à merveille, et je trouve que vous ne vous débrouillez pas si mal.

— Mais je ne vois rien !

— Avancez droit devant vous ; il n'y a plus d'obstacle pour l'instant.

Il avança lentement, les bras tendus, puis il s'immobilisa.

— Et maintenant ?

— Une crypte s'ouvre à vos pieds. Faites quelques pas sur votre gauche !

Elle prend un malin plaisir à me ridiculiser, songea Jeremy.

— Il ne manque plus que « Jacques a dit... » comme dans la cour de récréation, ricana-t-il.

— Acceptez-vous mon aide, oui ou non ?

— Je veux récupérer mes lunettes !

— Venez jusqu'à moi, et je vous les rendrai.

— Si nous faisions le contraire ?

— Non, je m'amuse beaucoup à vous voir tituber comme un zombie. Maintenant, à gauche... Je vous préviendrai quand vous devrez vous arrêter.

Le petit jeu se poursuivit, et Lexie ne rendit les lunettes à leur propriétaire que lorsqu'il se fut assis à côté d'elle. En réponse à ses remerciements, elle lui répondit que ç'avait été un plaisir de l'aider.

Lexie et Jeremy bavardèrent pendant une bonne demi-heure de la soirée à la plantation. Le visage de sa compagne disparaissait dans les ténèbres, mais Jeremy était heureux de la sentir si proche.

— Parlez-moi de la nuit où vous avez vu les lumières, lui suggéra-t-il au bout d'un moment, histoire de changer de sujet. Beaucoup de gens m'ont raconté leur expérience, sauf vous !

Jeremy eut l'impression que Lexie, dont il distinguait mal l'expression, replongeait dans un passé douloureux.

— J'avais huit ans, dit-elle doucement, et je commençais à faire des cauchemars à propos de mes parents.

Doris avait accroché leur photo de mariage à un mur, et c'était ainsi qu'ils m'apparaissaient dans mes rêves : maman en robe de mariée, et papa en smoking. Mais ils étaient bloqués dans leur voiture, qui venait de tomber dans le fleuve... Je les observais de l'extérieur et je voyais l'angoisse et la panique se peindre sur leur visage, à mesure que la voiture s'emplissait d'eau. Ma mère avait un air désespéré, et, tout à coup, je voyais la voiture sombrer de plus en plus vite.

Lexie soupira et reprit d'une voix étrangement monocorde :

— Je me réveillais en hurlant. Ne me demandez pas combien de fois ça m'est arrivé ; ces cauchemars se fondent en un grand ensemble flou. L'épisode a dû se reproduire assez souvent pour alarmer Doris ! Mes parents m'auraient probablement emmenée consulter un psy, mais ma grand-mère... Une nuit, elle m'a réveillée et m'a dit de m'habiller chaudement, car elle voulait me montrer quelque chose de merveilleux... Quelques instants après, nous étions ici. Je me souviens qu'elle me tenait par la main, de peur que je trébuche dans la nuit noire. Nous nous sommes faufilées au milieu des tombes, puis nous nous sommes assises en attendant les lumières. Elles avaient l'air presque vivantes... Le cimetière était très brillant, et quand les lumières se sont évanouies, nous sommes rentrées à la maison.

Jeremy devina un haussement d'épaules de Lexie.

— J'étais petite, reprit-elle, mais j'avais compris ce qui s'était passé. Je me suis rendormie difficilement, parce que j'avais vu les fantômes de mes parents. Comme s'ils étaient venus me rendre visite... Ensuite, j'ai cessé de faire des cauchemars.

Jeremy garda le silence.

— Vous me croyez ? fit-elle.

— Bien sûr ! J'aurais retenu votre récit entre tous, même si je ne vous avais pas connue avant.

— Je ne tiens pas à ce qu'il figure dans votre article.

— Vous pourriez devenir célèbre !

— À quoi bon ? J'ai la preuve sous les yeux qu'un peu de célébrité peut faire beaucoup de mal à un individu.

— Puis-je vous demander, entre nous, si vous avez accepté de venir ici ce soir en raison de vos souvenirs, ou pour le plaisir de passer un moment en mon agréable compagnie ?

— Rien à voir avec votre seconde hypothèse ! répliqua Lexie du tac au tac, en sachant qu'elle mentait et qu'il s'en doutait probablement.

Un silence plana.

— Pardon, murmura Lexie, de peur d'avoir blessé le journaliste.

— Ce n'est rien. Souvenez-vous que j'ai cinq frères aînés ! Les insultes pleuvaient dans notre famille.

— En ce qui concerne votre question... j'avais peut-être envie de revoir ces lumières. Elles ont toujours été une source de réconfort pour moi.

Jeremy arracha une brindille et la jeta de côté.

— Votre grand-mère a eu une réaction très intelligente.

— Elle *est* intelligente !

Lexie se déplaça légèrement ; elle donnait l'impression de chercher à voir au loin.

— Il faut mettre votre matériel en marche, annonça-t-elle.

— Pourquoi ?

— Parce qu'elles arrivent. Vous n'avez rien remarqué ?

Jeremy allait plaisanter sur son *hermétisme* aux fantômes, quand il parvint à distinguer non seulement

195

Lexie, mais les caméscopes au loin, ainsi que le chemin menant à la voiture. Une clarté inattendue l'enveloppait...

— Attention, c'est le moment ou jamais ! souffla Lexie.

Après avoir cligné des yeux pour s'assurer qu'il n'était pas victime d'une illusion d'optique, Jeremy déclencha les caméscopes grâce à la télécommande ; les trois voyants rouges s'allumèrent en même temps. Que pouvait-il faire de plus face à l'événement imminent ?

Son regard se posa sur les voitures qui passaient, sur les maisons éclairées, et revint se fixer sur les caméscopes. Rien de spécial à voir, à part les appareils et le détecteur électromagnétique, au centre du triangle !

À tout hasard, il empoigna ses lunettes de vision nocturne.

— Vous n'en aurez pas besoin, objecta Lexie.

Il les mit cependant, et le monde se teinta d'une lueur verdâtre et phosphorescente. Tandis que la lumière s'intensifiait, le brouillard s'était mis à tourbillonner, en prenant des formes bizarres.

Sa montre indiquait 23 h 40 ; il aurait intérêt à s'en souvenir. La lune s'était-elle levée brusquement ? Peu probable, mais dès son retour à *Greenleaf*, il s'informerait de son cycle.

Ces considérations avaient une importance secondaire. Ainsi que l'avait prédit Lexie, le brouillard continuait à s'éclaircir ; il abaissa un moment ses lunettes pour apprécier la différence. La luminosité était encore plus impressionnante. Il avait hâte de comparer les différentes images enregistrées ; mais il devrait se contenter, pour l'instant, de regarder droit devant lui, sans lunettes.

Retenant son souffle, il vit le brouillard devenir argenté, puis jaune pâle et d'une blancheur opaque, avant de briller d'une manière quasi éblouissante. Très brièvement, le cimetière fut entièrement visible – on aurait dit un terrain de foot illuminé avant un grand match – et des fragments de lumière brumeuse se mirent à tournoyer, avant de se séparer soudain de l'ensemble comme une étoile en train d'exploser. Jeremy crut apercevoir, un instant, des formes humaines, mais la lumière commença alors à s'estomper, attirée vers le centre par un lien invisible, semblait-il. Le cimetière plongea à nouveau dans les ténèbres, sans lui laisser le temps de comprendre ce qui se passait.

N'en croyant pas ses yeux, il consulta sa montre : le phénomène avait duré vingt-deux secondes en tout et pour tout. Le moment était venu de vérifier son matériel, mais les forces lui manquaient et il se contenta de contempler l'endroit où les fantômes de Cedar Creek avaient fait leur apparition.

Impostures, erreurs involontaires et coïncidences sont les explications les plus courantes des phénomènes dits paranormaux ; les enquêtes de Jeremy entraient jusque-là dans l'une de ces trois catégories. La première correspond à des situations dont quelqu'un peut matériellement tirer bénéfice. William Newell, qui prétendit, en 1869, avoir trouvé dans sa ferme de l'État de New York la dépouille pétrifiée d'un géant – connue sous le nom de géant de Cardiff – appartient à cette catégorie. De même que Timothy Clausen, le médium !

Peuvent se livrer à des impostures, sans en attendre un bénéfice matériel, des gens curieux de savoir combien de personnes ils pourront berner. Doug Bower et Dave Chorley, les cultivateurs anglais à l'origine du phénomène des « cercles de moissons », en sont le prototype ; ainsi que le chirurgien qui photographia le monstre du Loch Ness en 1933. Dans les deux cas, il s'agissait d'une farce, mais l'intérêt du public prit une telle ampleur qu'une confession devint ensuite particulièrement difficile.

Les erreurs involontaires sont fréquentes. Un ballon de la météo passe pour une soucoupe volante ; un ours pour le Yéti ; un vestige archéologique arrive sur un site des centaines ou des milliers d'années après la date supposée. Dans ces cas-là, les témoins sont de bonne foi, mais leur imagination les a malencontreusement égarés.

Les coïncidences expliquent presque tous les autres phénomènes dits surnaturels, et sont une simple question de probabilité mathématique. Aussi improbable que puisse paraître un événement, il arrive qu'il se produise un jour ou l'autre, en quelque lieu, s'il est théoriquement, « possiblement », envisageable. Ainsi le roman de Robert Morgan, intitulé *Futility,* et publié en 1898 – quatorze ans avant l'affaire du *Titanic* – relatait l'histoire suivante : le plus imposant des paquebots, après avoir embarqué ses passagers à Southampton pour un voyage inaugural, est percuté par un iceberg ; faute de bateaux de sauvetage, ses riches et célèbres passagers périssent dans les glaces de l'Atlantique Nord. Le paquebot s'appelait... *Titan.*

Mais ce qui venait de se dérouler sous les yeux de Jeremy ne correspondait à aucune de ces catégories. Les lumières qu'il avait aperçues ne lui semblaient ni une imposture, ni une coïncidence, ni une erreur involontaire. Il y avait certainement une explication plausible, dont il n'avait pas la moindre idée, sous le coup de l'émotion.

Lexie, assise à côté de lui, était restée silencieuse.

— Alors ? dit-elle enfin. Qu'en pensez-vous ?

— Je ne sais pas encore... mais j'ai vu quelque chose.

— Aviez-vous déjà vu ça ?

— Non... C'est la première fois que j'assiste à un phénomène qui me donne une véritable impression de mystère.

— Fabuleux, non ? J'avais presque oublié la beauté du spectacle. On m'a parlé des aurores boréales... Je me suis souvent demandé si ces lumières leur ressemblent.

Jeremy, pensif, ne répondit pas. L'intensité croissante des lumières lui rappelait les phares des voitures surgissant après un virage. Il tourna son regard vers la route, à l'affût d'un véhicule, sans s'étonner outre mesure de ne pas en voir.

Lexie garda le silence encore un moment, avant de lui tapoter le bras pour attirer son attention.

— Et maintenant, que fait-on ?

— Y a-t-il une autoroute dans les parages, ou une route de grande importance ?

— Uniquement celle qui traverse la ville.

— Hum, fit Jeremy, les sourcils froncés.

— Vous êtes perplexe ?

— Un peu...

Malgré la nuit noire, il crut apercevoir un sourire malin sur les lèvres de sa compagne.

— J'ai la sensation bizarre que vous connaissez l'origine de ces lumières.

— Quelle idée !

— Mes intuitions sont généralement justes. Un certain Clausen m'a initié à ses secrets.

— Alors, fit Lexie en riant, vous savez déjà ce que je pense !

Après lui avoir laissé le temps de réfléchir, elle se pencha vers lui. Sous son regard sombre et envoûtant, Jeremy se souvint qu'il avait été ébloui par sa beauté au cours de cette étonnante soirée à la plantation.

— Avez-vous oublié mon histoire ? souffla-t-elle. Mes parents sont venus parmi nous... Ils souhaitaient probablement vous rencontrer.

En entendant sa voix douce et mélancolique, Jeremy sentit sa gorge se serrer. Pour un peu il l'aurait prise sur-le-champ dans ses bras, pour ne plus la lâcher jusqu'à la fin de ses jours.

Une demi-heure plus tard, après avoir récupéré son équipement, Jeremy se garait devant la maison de Lexie.

Il avait pensé beaucoup plus à la jeune femme qu'aux mystérieuses lumières, tandis qu'ils roulaient en silence. Mais la nuit, qu'il aurait souhaitée éternelle, tirait à sa fin...

Lexie étouffa un bâillement devant sa porte et rit d'un air embarrassé.

— Pardon ! bredouilla-t-elle. Je suis rarement debout si tard...

— J'ai passé une excellente soirée...

— Moi aussi !

Il s'avança d'un pas. Elle le sentait sur le point de l'embrasser et tirailla nerveusement sur sa veste.

— Eh bien, il se fait tard ! lança-t-elle, dans l'espoir qu'il comprendrait à demi-mot.

— Vraiment ? Nous pourrions visionner mes films chez vous... et essayer de déchiffrer ensemble l'énigme.

Elle détourna le regard, songeuse.

— Je vous en prie, évitez de tout gâcher !

— Gâcher quoi ?

— Tout cela... Nous savons parfaitement, vous et moi, pourquoi vous voulez entrer ! Même si j'en avais envie, je refuserais. Alors, je vous en prie, n'en dites pas davantage !

— Je vous ai contrariée ?

— Absolument pas ! J'ai passé une merveilleuse journée ; ma plus belle journée depuis bien longtemps...

— Alors, qu'y a-t-il ?

— Vous me faites une cour assidue depuis votre arrivée, et nous savons ce qu'il adviendra si je vous laisse franchir la porte. Ensuite, vous partirez, et c'est moi qui souffrirai. À quoi bon commencer ce que vous n'avez pas l'intention de poursuivre ?

En d'autres circonstances, Jeremy aurait répondu par un trait d'esprit, ou changé de sujet, avant de trouver quelque autre prétexte pour entrer ; face à Lexie, il resta sans voix.

— Vous avez raison, admit-il avec un sourire contrit. Adieu ! Je n'ai plus qu'à essayer de découvrir l'origine de ces lumières.

Elle douta un moment d'avoir bien entendu, mais il recula d'un pas.

— Merci, dit-elle, et leurs regards se croisèrent.

— Bonne nuit, Lexie.

Après un instant d'hésitation, elle se tourna vers la porte, donnant ainsi à Jeremy le signal du départ.

Il descendit les marches.

— Hé, Lexie ! entendit-elle, en glissant sa clef dans la serrure.

Elle pivota sur elle-même ; la silhouette de Jeremy s'estompait déjà dans le brouillard.

— Oui ?

— Je sais que vous ne me croirez pas, souffla-t-il, mais je ne voudrais pour rien au monde vous blesser ou vous inspirer des regrets de m'avoir rencontré...

Elle lui tourna le dos sans un mot. Mais un sourire effleurait ses lèvres. Accablé par son silence, Jeremy se sentit penaud et regretta, pour la première fois de sa vie, de ne pas être un autre.

11.

Des oiseaux pépiaient, le brouillard avait commencé à s'effilocher, et un raton laveur traversait l'entrée quand le téléphone portable de Jeremy sonna. La lumière terne et grise du petit matin, filtrant à travers les rideaux, frappait sa rétine comme un coup de poing asséné par un boxeur professionnel.

Un rapide coup d'œil à la pendule lui apprit qu'il était huit heures : beaucoup trop tôt pour engager une conversation, surtout après s'être couché si tard ! Des nuits pareilles n'étaient plus de son âge, conclut-il en cherchant son téléphone à tâtons.

— C'est important, au moins ? grommela-t-il.

— Enfin toi, Jeremy ! Que deviens-tu ? Tu aurais dû m'appeler... J'ai essayé de te joindre à plusieurs reprises...

Nate était intarissable...

Exactement comme le maire, songea Jeremy. Enfermez ces deux-là dans une pièce et reliez-les à un générateur pendant qu'ils parlent, vous aurez assez d'énergie électrique pour alimenter Brooklyn un mois entier.

— Tu avais promis de me donner de tes nouvelles !

Jeremy parvint à s'asseoir au bord de son lit, mais il était perclus de douleurs.

— Désolé, Nate, je n'ai pas pu... Et la réception n'est pas bonne par ici.

— Tu devais garder le contact avec moi ! J'ai essayé de t'appeler hier, toute la journée, mais je suis toujours tombé sur ta boîte vocale. Si tu savais ! Des producteurs me harcèlent avec des sujets susceptibles de t'intéresser. J'ai l'impression que nous progressons... L'un d'eux suggère quelque chose sur les régimes riches en protéines... des trucs censés vous faire perdre du poids, sans renoncer au steak ni au bacon...

— Qu'est-ce que tu racontes ? Qui veut me faire parler de régimes ?

— *GMA*, évidemment. Je leur ai dit que je les rappellerai. À mon avis, ça serait parfait pour toi.

Jeremy se frotta le front : cet homme lui donnait parfois la migraine.

— Je me fiche des nouveaux régimes, Nate. Je suis un journaliste scientifique.

— Un petit effort, je t'en prie ! Les régimes sont en rapport avec la chimie et la science, oui ou non ? Bon Dieu, tu sais que j'ai raison ! Et puis, c'était une simple suggestion...

— J'ai vu les lumières...

— Si tu as une meilleure idée, nous pouvons en discuter, mais je n'en reviens pas. Ces régimes pourraient te mettre le pied à l'étrier...

— J'ai vu les lumières, répéta Jeremy en haussant le ton.

Nate finit par l'entendre.

— Tu as vu les lumières du cimetière ?

— Oui, celles-là !

— Quand ? Et pourquoi ne m'as-tu pas appelé ? Tu les as filmées au moins ?

— Bien sûr, mais je n'ai pas encore visionné mes films. Je ne sais pas ce que ça donne...

— Alors, *elles* existent vraiment ?

— Oui, et je crois même avoir découvert leur origine.

— Une escroquerie ?

— Écoute, Nate, je suis fatigué ; écoute-moi une seconde ! Je suis allé hier soir au cimetière, et j'ai vu les lumières. Honnêtement, je comprends que des gens les prennent pour des fantômes... à cause de la façon dont elles apparaissent. Une légende assez intéressante en parle, et la ville organise une visite guidée pendant les week-ends, pour en tirer profit. Après mon départ du cimetière, j'ai cherché leur source, et j'ai la quasi-certitude de l'avoir trouvée. Il ne me reste plus qu'à comprendre comment et pourquoi elles surviennent à certains moments. J'ai mon idée sur la question, et j'espère clarifier tout cela dans la journée.

— Bon, bon ! Laisse-moi réfléchir à la meilleure manière de procéder. Je pense aux émissions télévisées...

À quoi d'autre pourrait-il penser ? se demanda Jeremy.

— Voici ce que je te propose, insista Nate. En ouverture, la légende, histoire de créer l'atmosphère. Un cimetière brumeux, gros-plan sur les pierres tombales, peut-être un plan très bref d'un corbeau sinistre, noir comme du jais, et ta voix off...

Nate jonglait merveilleusement avec les clichés hollywoodiens, se dit Jeremy, mais la discussion était prématurée.

— Je te répète que je suis fatigué, Nate ! maugréat-il. Rappelle-moi quand tu auras réfléchi. D'accord ?

— Pourquoi pas ? Au fond, c'est mon rôle de te simplifier la vie. Tu crois que je devrais prévenir Alvin ?

— Je n'en suis pas encore sûr. Je vais visionner mes films, et je l'appellerai pour lui demander son avis.

— Très bien ! Bonne idée, et bon plan ! s'écria Nate avec un enthousiasme croissant. Une véritable histoire de fantômes... Quelle excellente nouvelle ! Je leur avais dit que tu étais sur une piste formidable et que ces régimes à la mode ne t'intéresseraient pas. Maintenant que tu as un projet à leur soumettre, ils vont être fous... J'ai hâte de les joindre, et, si tu veux, je te rappelle d'ici quelques heures. Surtout, laisse ton téléphone allumé, ça risque d'aller vite.

— Au revoir, Nate. On se reparle plus tard !

Jeremy se laissa retomber sur le lit et plaqua l'oreiller sur sa tête. Certain qu'il ne parviendrait pas à se rendormir, il finit par se lever, grognon. Il prit alors le chemin de la salle de bains, indifférent aux animaux empaillés qui semblaient épier ses moindres gestes. Il commençait d'ailleurs à s'habituer à leur présence : en se déshabillant, il suspendit sa serviette à la patte tendue d'un blaireau. Pourquoi ne pas profiter de la position si pratique de l'animal ?

Il tourna ensuite le robinet de la douche au maximum, avant de passer une vingtaine de minutes sous le jet. Quand on a dormi moins de deux heures, rien de tel pour se sentir revivre !

Il enfila son jean, prit les cassettes et monta dans sa voiture. Le brouillard flottait au-dessus de la route, et le ciel avait la même teinte déplaisante que la veille, ce qui laissait supposer que les lumières allaient réapparaître le soir-même. Une chance pour les touristes du week-end, et signe aussi que le moment était sans doute venu d'appeler Alvin. Même si ses cassettes étaient correctes, Alvin faisait des miracles avec sa caméra, et son intervention lui éviterait probablement des appels frénétiques de Nate.

Il décida de visionner d'abord ce qu'il avait enregistré sur son caméscope ; au moins pour s'assurer qu'il avait enregistré quelque chose. Évidemment, il n'y avait pas de magnétoscope à *Greenleaf*. Mais il en avait aperçu un à la bibliothèque, dans la pièce réservée aux livres rares. Sur la route tranquille menant à la ville, il se demanda comment Lexie réagirait en le voyant. Reprendrait-elle une attitude distante ? Serait-elle aussi bien disposée qu'après leur déjeuner ensemble ? Ou se souviendrait-elle seulement de sa maladresse au moment de leurs adieux. Il n'avait pas la moindre idée de ce qui l'attendait, et avait pourtant passé une bonne partie de la nuit à s'interroger.

Il avait bel et bien trouvé l'origine des lumières : on finit toujours par élucider les mystères, à condition de savoir ce que l'on cherche. Après avoir consulté rapidement un site Internet, financé par la NASA, il avait éliminé la seule autre hypothèse : la lune, avait-il conclu, ne pouvait être « responsable » des lumières. C'était le moment de la nouvelle lune – quand l'astre est caché par l'ombre de la terre – et il avait l'intuition que les lumières apparaissaient uniquement au cours de cette phase. En effet, par nuit noire, une source de lumière, même minime, est beaucoup plus visible, surtout si elle est réfléchie par les gouttelettes d'eau du brouillard.

Debout dans l'air glacial, la réponse à portée de la main, il ne pensait cependant qu'à Lexie. Lexie qu'il connaissait depuis deux jours ! À peine croyable ; mais Einstein n'avait-il pas parlé de la relativité du temps ? En d'autres termes, une minute avec une jolie femme s'écoule en un clin d'œil, mais on a l'impression d'une éternité si l'on pose sa main sur un radiateur brûlant. Oui, c'était bien cela !

Il regretta pour la centième fois son attitude cette nuit. Pourquoi avait-il ignoré ce qu'elle lui suggérait manifestement quand il était sur le point de l'embrasser ? Normalement, il aurait déjà oublié cet épisode sans importance, mais, en l'occurrence, ce n'était pas si facile.

Bien qu'il soit beaucoup sorti et n'ait pas vécu en ermite depuis sa rupture avec Maria, il n'avait jamais passé une journée entière à discuter avec une femme. Une invitation à dîner ou à boire un verre, et une conversation teintée de flirt, suffisaient généralement à lever les inhibitions avant de passer à l'acte. Il savait au fond de lui-même que le moment était venu de changer sa façon de vivre, et peut-être de « se ranger » ainsi que l'avaient fait ses frères.

Ils l'incitaient d'ailleurs, ainsi que leurs épouses, à avoir une relation durable avant de songer à faire l'amour. L'un d'eux lui avait présenté une voisine divorcée qui pensait justement qu'il fallait se connaître avant d'aller plus loin ! Évidemment, elle avait refusé de le revoir : sans doute avait-il été trop entreprenant au cours de leur première rencontre. Depuis quelques années, il trouvait commode de considérer les femmes comme d'éternelles étrangères, libres néanmoins de projeter leurs espoirs et leurs fantasmes sur lui. À quoi bon chercher à mieux les connaître ?

Il n'avait, et c'était normal, aucune raison de croire à l'avenir radieux qu'imaginaient ses frères et belles-sœurs – ou dont rêvait probablement Lexie. Son divorce en était la preuve ! Et Lexie, une petite provinciale, avec des rêves de petite provinciale, ne se contenterait pas d'un mari fidèle et responsable, avec qui elle aurait de nombreuses affinités.

La plupart des femmes désiraient autre chose... Une histoire qu'il ne pouvait pas leur offrir. Il n'avait rien contre une vie à deux, et il n'était pas attaché outre mesure à sa condition de célibataire, mais c'était simplement *impossible*. La science permet de répondre à de multiples questions et de résoudre d'innombrables problèmes, mais elle ne changerait pas *sa* réalité – à savoir que Maria l'avait quitté parce qu'il ne serait jamais le genre de mari qu'elle souhaitait.

Il n'avait avoué cette terrible certitude à personne, bien entendu. Pas même à ses frères, à ses parents, ou à Lexie. En temps normal, il ne se l'avouait même pas à lui-même.

À la bibliothèque, son cœur se serra en trouvant le bureau de Lexie vide. Elle était venue un peu plus tôt, puisque la pièce réservée aux livres rares n'était pas fermée à clef. Après avoir allumé, il trouva un mot, laissé à son intention sur le bureau, avec les cartes topographiques qu'il avait demandées.

Il eut vite fait de le parcourir :

Je dois m'occuper d'affaires personnelles. Ne vous gênez pas pour utiliser le magnétoscope. Lexie.

Aucune mention de la journée ou de la soirée précédentes, aucune allusion à la possibilité de se revoir ; pas de formule de politesse avant la signature. Sans être d'une froideur absolue, le petit mot était loin d'être chaleureux !

Sans doute lui accordait-il une importance excessive. Lexie était peut-être pressée, ou avait abrégé son message en se disant qu'elle serait bientôt de retour. Il était question d'« affaires personnelles », mais, sous la plume d'une femme, il pouvait s'agir aussi bien d'un rendez-vous chez le médecin que de courses pour l'anniversaire d'une amie.

Il n'avait qu'à se mettre au travail sans tarder ! Nate attendait, et sa carrière était en jeu. Il décida de se concentrer sur les dernières minutes de l'événement auquel il avait assisté.

Les enregistrements sonores n'avaient pas capté de son inhabituel ; ni le détecteur électromagnétique ni le détecteur de micro-ondes n'avaient décelé la moindre variation.

Les vidéo-cassettes avaient, cependant, enregistré tout ce qu'il avait observé la nuit précédente ; il visionna donc ses films une demi-douzaine de fois, en détail. Les caméras, équipées de filtres spéciaux, avaient filmé le brouillard avec une netteté saisissante. Elles pourraient lui fournir d'assez bonnes images pour sa chronique, mais leur qualité n'était pas suffisante pour la télévision. Vues en temps réel, elles témoignaient d'un certain amateurisme, qui lui rappelait les clichés médiocres, souvent présentés comme preuves de phénomènes sur-naturels. Il prit la décision d'acheter une véritable caméra, quitte à ruiner son rédacteur en chef.

Même si la qualité des enregistrements n'était pas excellente, l'observation des changements de lumière pendant les vingt-deux secondes qu'avait duré le phé-nomène lui donna une fois de plus l'assurance qu'il avait trouvé la réponse. Il sortit les cassettes vidéo, jeta un coup d'œil sur les cartes topographiques, et calcula la distance de Riker's Hill au fleuve. Il compara aussi ses premières photos du cimetière à celles des livres sur l'histoire de la ville, et parvint à estimer assez précisé-ment l'enfoncement progressif du cimetière. Il ne put se procurer de plus amples informations sur la légende d'Hettie Doubilet, mais il appela la compagnie des eaux locales pour avoir des détails sur le réservoir souterrain de la région, et le département des mines, sur les car-rières creusées au début du XXᵉ siècle. Il tapa ensuite quelques mots sur un moteur de recherche d'Internet, pour trouver les phases de la lune. Et, pour finir, après une dizaine de minutes d'attente, il eut en ligne un certain Larsen, de l'usine de papier, qui se montra dési-reux de l'aider dans la mesure de ses moyens.

Il avait ainsi réuni tous les éléments qui lui permettraient d'étayer ses conclusions.

La vérité crevait les yeux depuis toujours et la clef de l'énigme était si évidente qu'il s'étonna que personne ne l'ait encore trouvée. À moins que quelqu'un ne l'ait déjà trouvée ; ce qui lui ouvrirait de nouveaux horizons...

Nate serait sûrement émerveillé, mais Jeremy n'avait pas le moral malgré son exploit matinal. L'idée que Lexie n'était pas là pour le féliciter, ou le taquiner, le déprimait. Il se moquait éperdument de la façon dont elle réagirait, à condition d'assister au moins à sa réaction. Il se leva pour aller voir si elle était rentrée.

À première vue, rien n'avait changé depuis la veille. Piles de documents sur le bureau, livres dispersés au petit bonheur, images alternativement pâles et colorées de l'écran de veille de son ordinateur, clignotement des messages du répondeur automatique à côté d'une petite plante en pot.

Et pourtant, sans Lexie, la pièce semblait absolument vide à Jeremy...

12.

— Mon cher, criait Alvin dans le combiné, j'ai l'impression que la chance te sourit depuis que tu es dans le Sud !

Malgré les parasites du téléphone portable de Jeremy, la voix d'Alvin semblait particulièrement joviale.

— Ça peut aller... Je t'appelais pour savoir si tu es toujours prêt à venir m'aider.

— Je suis déjà en train de faire mes bagages, répondit Alvin, essoufflé. Nate m'a prévenu il y a une heure. Rendez-vous ce soir à *Greenleaf* ! Nate m'a réservé une chambre. Mon avion décolle dans quelques heures, et je t'assure que je meurs d'impatience. Encore un jour de plus ici, et je devenais cinglé !

— Qu'est-ce que tu racontes ?

— Tu n'as pas lu le journal ou écouté les nouvelles ?

— Mais si ! Je ne rate pas un seul numéro du *Boone Creek Weekly*.

— Hum !

— Peu importe...

— En tout cas, nous avons un terrible blizzard. Un vrai blizzard du Grand Nord ! Manhattan est pratiquement enseveli sous la neige... Tu as filé juste à temps : aujourd'hui les avions arrivent à décoller à peu près à l'heure mais c'est le premier jour depuis ton départ. J'ai dû me faire pistonner pour obtenir une place sur le vol. Et toi, tu n'es au courant de rien ?

Tout en écoutant les lamentations d'Alvin, Jeremy tapotait les touches de son ordinateur pour se connecter à la météo. Sur la carte du pays, le Nord-Est disparaissait sous une couverture blanche. Comment aurait-il pu s'en douter ?

— J'étais très occupé, expliqua-t-il.

— Dis plutôt que tu te cachais. J'espère qu'elle en vaut la peine.

— Qu'est-ce que tu racontes ?

— Inutile de te payer ma tête ! Souviens-toi que nous sommes de vieux copains... Nate était paniqué de ne pas pouvoir te joindre, tu ne lis plus les journaux, et tu n'as pas suivi les actualités. C'est clair, tu as rencontré quelqu'un !

— Écoute, Alvin...

— Jolie ? Je parie que c'est une beauté. Tu tapes toujours dans le mille. Ça me rend malade !

D'abord hésitant, Jeremy passa aux aveux : à quoi bon faire des cachotteries à Alvin, qui ne tarderait pas à le rejoindre ?

— Oui, elle est jolie, mais tu te fais des idées... Nous sommes seulement amis.

Alvin éclata de rire.

— Comme de bien entendu ; mais ta conception de l'amitié est un peu différente de la mienne.

— Pas cette fois-ci !

— A-t-elle une sœur ?

— Non.

— Elle a au moins des copines ! Souviens-toi que les moches ne m'intéressent pas.

Jeremy sentit sa migraine revenir.

— Nous ne sommes pas sur la même longueur d'onde, fit-il, excédé.

— Qu'est-ce qui t'arrive, mon vieux ? Je plaisantais simplement.

— Certaines de tes plaisanteries ne sont pas drôles.

— Alors, c'est du sérieux ?

— Je te répète que nous sommes amis.

— Mon œil ! Tu es en train de tomber amoureux.

— Non.

— Inutile de nier... Moi qui te connais bien, je pense que c'est formidable. Il faut, malheureusement, que j'interrompe notre conversation pour ne pas rater mon avion. La circulation est problématique, tu dois imaginer. Mais je meurs d'impatience à l'idée de rencontrer la femme qui a réussi à te dompter.

— Elle ne m'a pas dompté, protesta Jeremy. Pourquoi refuses-tu de m'écouter ?

— Je t'écoute, et j'entends tout ce que tu évites de me dire.

— Ah bon ? Dis-moi plutôt l'heure de ton arrivée !

— Vers sept heures... À bientôt, donc, et n'oublie pas de la saluer de ma part ! Annonce-lui que j'ai hâte de la rencontrer, ainsi que sa copine...

Jeremy interrompit la communication et fourra son téléphone dans sa poche, sans laisser à Alvin le temps d'achever sa phrase.

Il avait eu raison de garder son téléphone éteint jusque-là ! Une réaction instinctive, motivée par le fait que ses deux amis étaient parfois irritants. D'abord Nate, le fonceur, toujours désireux de lui assurer la célébrité ; et maintenant Alvin...

Ce garçon ne savait pas ce qu'il disait. Ils avaient passé des heures en bons copains, le vendredi soir, à discuter entre hommes et à reluquer les jolies femmes en buvant une bière ; Alvin était donc sincèrement persuadé d'avoir raison. Mais ce qu'il affirmait était *impensable*.

Les faits en disaient long. Il est vrai qu'il n'avait pas été amoureux depuis des années, mais il se souvenait encore de son état d'âme à l'époque : *il l'aurait reconnu sans l'ombre d'une hésitation*. Or, ce n'était absolument pas le cas !

Il venait de rencontrer une femme ; mais pourquoi en tirer des conclusions absurdes ? Malgré sa sentimentalité à l'italienne, sa mère elle-même ne croyait pas qu'un grand amour peut naître du jour au lendemain. Évidemment, elle souhaitait profondément qu'il se marie et fonde une famille ; mais s'il était venu lui présenter une personne rencontrée deux jours plus tôt, en déclarant qu'elle était la femme de sa vie, il aurait eu droit à des coups de balai, à des malédictions en italien, et peut-être à une visite forcée à l'église pour se faire pardonner de graves péchés.

Sa mère connaissait bien les hommes. Épouse, et mère de six garçons, elle était persuadée que la psychologie masculine n'avait aucun secret pour elle. Se fiant davantage au bon sens qu'à la science, elle estimait très justement qu'on ne peut pas parler d'amour au bout de quelques jours. Après une soudaine flambée, un véritable sentiment a besoin de se consolider. C'est une question d'engagement et de confiance réciproque, liée à la conviction que si l'on passe de nombreuses années avec une certaine personne, on accomplira de plus grandes choses que chacun séparément. Seul le temps permet de savoir si l'on a vu juste.

Le désir, en revanche, est instantané ; c'est pourquoi sa mère l'aurait frappé, séance tenante. Selon elle, dès qu'un homme et une femme se sentent attirés physiquement, l'instinct originel de conservation de l'espèce ne demande qu'à se réveiller... Il se pouvait donc qu'il désire Lexie, mais il n'était pas question d'amour entre eux.

Affaire classée, conclut-il. Alvin se trompait, lui-même était lucide, et, une fois de plus, la vérité était la clef de la liberté.

Il sourit d'un air satisfait, avant de se rembrunir brusquement.

Était-ce si simple ?

En fait, il ne brûlait d'aucun désir ce matin-là ! Au lieu de songer à étreindre ou à embrasser Lexie, il mourait simplement d'envie de passer un moment en sa compagnie, de lui parler... Il voulait la voir écarquiller les yeux quand il disait une sottise, et sentir sa main sur son bras. Il aimait sa manière de glisser nerveusement des mèches de cheveux derrière l'oreille ; il aimait l'écouter parler de son enfance. Pourrait-il un jour l'interroger sur ses rêves ? Connaître ses projets d'avenir et ses secrets ?

Le plus étrange était qu'il ne se sentait pas esclave de sa sexualité : il serait heureux d'avoir une aventure avec Lexie si elle acceptait, mais sa simple présence pourrait lui suffire.

Il avait décidé de ne jamais la mettre à l'épreuve, comme la veille. Elle lui avait parlé courageusement, alors qu'il n'avait pas été capable de lui dire, au bout de deux jours, qu'il avait déjà été marié.

S'il n'était question ni d'amour ni de volupté, de quoi s'agissait-il ? En somme, il l'aimait bien... mais ces deux mots, vagues et flous, ne reflétaient pas non plus la réalité. On aime bien manger des glaces ou regarder la télévision ; ce qui ne signifie pas grand-chose. Rien à voir, c'est sûr, avec son envie de dire à Lexie la vérité sur son divorce. Ses frères et ses parents l'ignoraient ; alors, pourquoi souhaitait-il par-dessus tout se confier à Lexie, introuvable pour l'instant ?

Deux minutes plus tard, le portable de Jeremy sonnait à nouveau. Il n'était pas d'humeur à répondre, mais il comprit immédiatement que l'homme dont le nom s'affichait sur l'écran allait péter les plombs s'il l'ignorait.

— Salut ! Que se passe-t-il ?

— Jeremy ! hurla Nate, presque inaudible à cause des parasites. Bonnes nouvelles ! C'est dingue... Je suis débordé... Nous avons, à deux heures, une audio-conférence avec ABC.

— Parfait !

— Ne quitte pas ; j'ai beaucoup de mal à t'entendre.

— Désolé !

— Jeremy, es-tu là ? Ce n'est pas le moment de raccrocher.

— Oui, je suis ici...

— Jeremy, rugit Nate, écoute-moi bien ! Tu m'appelles d'une cabine publique à deux heures précises. Ton avenir en dépend... Ta carrière est en jeu.

— Je vois !

— C'est intolérable... Je ne saisis pas un mot de ce que tu me racontes. Appuie sur un bouton si tu m'as entendu.

Jeremy appuya sur le 6.

— Génial ! Tu m'appelles à deux heures. Sois naturel, mais pas trop sarcastique quand même. Ce sont des gens assez coincés.

Jeremy coupa la communication, en se demandant combien de temps mettrait Nate à s'apercevoir qu'il n'était plus en ligne.

Jeremy attendit encore, et encore.

Il faisait les cent pas à la bibliothèque, passait à côté du bureau de Lexie, jetait un coup d'œil par la fenêtre pour guetter l'arrivée de sa voiture, de plus en plus nerveux à mesure que les minutes s'écoulaient. Son absence n'était pas normale : il en avait le pressentiment, et essayait cependant de se persuader du contraire.

216

Elle finirait par apparaître, et il pourrait rire bientôt de sa folle inquiétude !

Maintenant qu'il avait achevé ses recherches – à moins de trouver des anecdotes dans certains des journaux intimes qu'il n'avait pas encore parcourus – que faire ?

Pas question de retourner à *Greenleaf*, où il souhaitait passer un minimum de temps même s'il commençait à apprécier les porte-serviettes. Pas question de déambuler en ville jusqu'au soir, en attendant Alvin : il risquait d'être accosté par Gherkin. Il ne tenait pas non plus à errer toute la journée dans la bibliothèque.

Si seulement Lexie avait été explicite quant à l'heure de son retour, ou à l'endroit où elle allait ! Après avoir relu son billet une troisième fois, il n'en savait pas davantage. Était-elle restée dans le vague par inadvertance ou volontairement ? Aucune des deux hypothèses ne lui semblait rassurante, et il redoutait le pire.

Après avoir rassemblé ses affaires, il descendit à la réception, où la bénévole « entre deux âges » était plongée dans sa lecture.

— Monsieur Marsh ! fit-elle rayonnante, quand elle leva les yeux. Je vous ai vu arriver tout à l'heure, mais je n'ai pas voulu vous déranger. Vous paraissiez soucieux... Puis-je vous renseigner ?

Ses notes glissées sous le bras, il prit un air dégagé.

— Savez-vous où se trouve Mlle Darnell ? Elle m'a laissé un mot m'annonçant qu'elle était à l'extérieur, et j'ignore quand elle va revenir.

La bénévole consulta le planning posé sur le bureau.

— C'est étrange... Je l'ai vue ce matin ; elle n'a pas de réunions ou de rendez-vous prévus... Avez-vous vérifié qu'elle n'est pas dans son bureau ? Il lui arrive de s'enfermer quand elle a du travail en retard.

— J'ai vérifié. Aurait-elle un téléphone portable sur lequel je peux la joindre ?

— Oh non ! Elle tient à sa tranquillité quand elle s'absente.

— Eh bien, merci quand même.

— Je ne peux rien faire d'autre pour vous ?

— Non, j'avais besoin de son aide pour mon article.

— Désolée ! Mais je vous suggère de jeter un coup d'œil à *Herbs*. Elle est peut-être allée aider Doris à préparer le week-end. À moins qu'elle ne soit rentrée chez elle... Personne ne peut prévoir ce que va faire Lexie.

— Merci. Au cas où elle passerait, dites-lui que je la cherche.

Jeremy repartit, plus nerveux que jamais.

Avant de se rendre à *Herbs*, il passa devant la maison de Lexie. Rideaux tirés et pas de voiture ! Rien d'extraordinaire au fond, mais il eut à nouveau l'intuition que quelque chose ne tournait pas rond, et son malaise s'accrut lorsqu'il rebroussa chemin vers la ville.

La bousculade matinale terminée, le restaurant était entre le petit déjeuner et le déjeuner, au moment où l'on débarrasse en attendant le prochain rush. Quatre fois plus de personnel que de clients... Jeremy eut vite fait de constater que Lexie n'était pas là.

Rachel, qui essuyait une table, agita son torchon dès qu'elle l'aperçut.

— Salut, mon chou ! Un peu tard pour le petit déjeuner, mais nous pouvons vous cuisiner quelque chose si vous êtes affamé.

Jeremy glissa ses clefs dans sa poche.

— Non merci, je n'ai pas spécialement faim... Si Doris est dans les parages, j'aimerais lui parler un instant.

Rachel tourna la tête vers le fond du restaurant.

— Elle est là ; je vais la prévenir que vous voulez la voir. À propos, la soirée d'hier était une réussite ! Tout le monde parlait de vous ce matin, et le maire est passé prendre de vos nouvelles. Il semblait déçu de ne pas vous trouver ici.

— J'ai passé une excellente soirée moi aussi.

— Un thé ou un café, en attendant Doris ?

— Ne vous donnez pas cette peine !

Rachel disparut ; Doris surgit une minute après, en s'essuyant les mains sur son tablier. Le visage maculé de pâte, elle avait des poches impressionnantes sous les yeux, et sa démarche était plus lente qu'à l'accoutumée.

— Navrée de me montrer dans cet état, murmura-t-elle. J'ai pris un peu de retard hier soir, et je dois me secouer pour rattraper le temps perdu, avant l'arrivée de la foule du week-end.

Jeremy se souvint que sa santé préoccupait Lexie.

— Combien de personnes sont prévues ?

— Qui sait ? Quelques centaines participent habituellement à la visite guidée ; parfois davantage. Le maire espérait atteindre un millier cette année, mais j'ai toujours du mal à estimer combien j'aurai de clients pour le petit déjeuner et le déjeuner.

— Si le maire voit juste, il s'agit d'un bond en avant spectaculaire !

— Ne prenez pas ses prévisions au pied de la lettre ! Tom est un optimiste forcené ; il cherche à nous motiver pour que tout soit prêt. D'ailleurs, il n'y a pas que la visite guidée, les gens viennent aussi pour la parade du samedi. Les Shriners seront là avec leurs voitures vrombissantes ; les gosses adorent ça. Il y aura un mini-zoo également, une nouveauté...

— Formidable !

— N'oubliez pas que nous sommes en plein hiver. Le Pamlico Festival attire un monde fou, mais il a lieu en juin, et nous avons en principe une fête foraine de passage le même week-end. Ce sont des périodes démentes... où j'accumule dix fois plus de stress qu'aujourd'hui.

— La vie est étrange...

— On ne peut jurer de rien, mais j'ai l'impression que vous allez vous plaire ici.

Il sembla à Jeremy que Doris cherchait à le tester.

Comment réagir ? Derrière eux, Rachel débarrassait une table en plaisantant avec le cuisinier, sans doute dans la pièce voisine.

Doris finit par se détendre.

— En tout cas, déclara-t-elle, je suis contente que vous soyez venu. Lexie vous a signalé, paraît-il, l'existence de mon carnet... Elle pense que vous n'en croirez pas un mot si vous le lisez, mais il est à votre disposition dans mon bureau, au fond du restaurant.

— Très intéressant... Elle m'a dit que vous avez consigné certaines choses...

— Ce n'est sans doute pas d'un niveau digne de vous, mais j'ai fait de mon mieux. Je ne pensais pas que quelqu'un lirait, un jour, ma prose.

— Je me ferai une joie de voir vos notes ! À propos de Lexie... Savez-vous si elle est dans les parages ? Je ne l'ai pas trouvée à la bibliothèque aujourd'hui.

Doris hocha la tête.

— Ce matin, elle est passée chez moi... C'est pour cette raison que j'ai apporté mon carnet. Il paraît que vous avez vu les lumières...

— Nous les avons vues !

— Et alors ?

— Elles m'ont impressionné, mais vous me l'aviez bien dit : il ne s'agit pas de fantômes.

— Je parie que vous avez déjà compris, déclara Doris d'un air satisfait. Sinon vous ne seriez pas ici...

— Probablement.

— Bravo ! Mais j'ai trop à faire pour continuer à bavarder... Je vais vous prêter mon carnet, et... peut-être aurez-vous envie d'écrire un article sur mes dons exceptionnels...

— Pourquoi pas ?

Tandis que Doris s'éclipsait dans la cuisine, Jeremy passa en revue leur conversation – plaisante, certes, mais étrangement impersonnelle. Aucune allusion à l'endroit où se trouvait Lexie, et même pas l'ombre d'une suggestion ! Comme si, pour une raison ou une autre, elle jugeait importun de parler de sa petite-fille ; c'était de mauvais augure, conclut-il.

Quand il leva les yeux, la gorge nouée, elle s'approchait, toujours souriante, en lui tendant son carnet.

— Appelez-moi sans hésiter si vous avez des questions à me poser ! Et ne vous gênez pas pour faire des photocopies, à condition de me le rendre avant votre départ. J'y tiens beaucoup...

— Vous pouvez compter sur moi !

Devant le silence de Doris, Jeremy comprit que le moment était venu de prendre congé. Il n'était pourtant pas disposé à lâcher prise si facilement.

— Un dernier point...

— Oui ?

— Me permettez-vous de rendre votre carnet à Lexie... si je la vois aujourd'hui ?

— Aucun problème, mais je serai ici en cas de besoin, marmonna Doris.

Jeremy sentit son cœur se serrer davantage.

— Quand vous l'avez vue ce matin... vous a-t-elle parlé de moi ?

— Pas spécialement ; elle m'a pourtant laissé prévoir votre visite.

— Elle allait bien ?

— Lexie est parfois... une énigme, articula Doris en pesant ses mots. Je ne sais comment vous répondre, mais soyez sans inquiétude, je suis certaine que tout va s'arranger.

— L'avez-vous sentie en colère contre moi ?

— Apparemment, non !

Un silence plana. Doris émit un profond soupir, et, pour la première fois depuis leur rencontre, Jeremy lut son âge dans les profonds sillons qui entouraient ses yeux.

— J'ai de la sympathie pour vous, Jeremy, reprit-elle d'une voix sereine ; vous me mettez pourtant dans l'embarras. Sachez que j'ai un devoir de loyauté envers Lexie...

— Ce qui signifie ?

— Je veux dire que je comprends vos interrogations, mais je ne peux pas y répondre. Du moins, je vous assure que, si Lexie avait souhaité vous dire où elle allait, elle l'aurait fait !

— La reverrai-je avant mon départ ?

— C'est à elle d'en décider.

Elle était donc partie pour de bon, comprit Jeremy, la gorge serrée.

— Je ne comprends pas sa réaction...

Un sourire mélancolique effleura les lèvres de Doris.

— Vous avez très bien compris, jeune homme, murmura-t-elle.

« Elle est partie », se répétait Jeremy en roulant vers *Greenleaf*.

Il cherchait à analyser les faits avec détachement. Surtout pas de panique : ce n'était pas dans ses habitudes ! Malgré sa rage et son envie d'obtenir des informations complémentaires de Doris, il s'était contenté de se diriger calmement vers la voiture, après l'avoir remerciée.

D'ailleurs, pourquoi aurait-il cédé à la panique ? Aucun événement tragique ne s'était produit. Le seul fait nouveau était que Lexie ne voulait pas le revoir. Peut-être aurait-il dû s'y attendre, puisqu'elle avait déclaré sans équivoque, dès le début, qu'il ne l'intéressait pas.

La réaction de la jeune femme n'avait rien de surprenant : malgré ses airs désinvoltes, elle avait des principes, et était probablement lasse de certaines ruses quasi transparentes. Elle avait donc préféré quitter la ville pour éviter d'argumenter avec un homme comme lui.

Que devait-il faire ? Si elle réapparaissait, pas de problème. Sinon... ou bien il se résignait, ou bien... il partait à sa recherche. Retrouver les gens était un domaine dans lequel il excellait. À partir de documents officiels, de conversations amicales et de sites Internet appropriés, il était capable de suivre des miettes de pain qui le conduisaient jusqu'au seuil de la maison d'une personne qu'on croyait disparue. En l'occurrence, rien de cela ne serait nécessaire : Lexie avait déjà répondu à la question qu'il se posait, et il savait exactement où la dénicher. Donc, à lui de jouer !

Sa réflexion se bloqua à nouveau.

Même s'il semblait avoir l'avantage, il ne savait toujours pas comment réagir. Il avait, quelques heures après, une audioconférence décisive pour son avenir ; s'il partait maintenant à la recherche de Lexie, trouverait-il une cabine téléphonique au moment opportun ? De plus, Alvin arrivait dans la soirée – peut-être la dernière soirée de brouillard ! Il pourrait se débrouiller pour filmer seul, mais ils devaient travailler ensemble le lendemain. Et, surtout, il se sentait vanné : il avait besoin d'une sieste avant la longue nuit qui s'annonçait.

Cependant, il était exclu que cette rencontre se termine ainsi. Il tenait absolument à revoir Lexie... Mais une petite voix lui soufflait que rien de bon ne l'attendait s'il partait à sa recherche. En supposant qu'il la retrouve, elle risquait de l'ignorer, ou, pis encore, de juger sa démarche détestable. Pendant ce temps, Nate aurait peut-être une attaque ; Alvin, laissé en rade, serait furieux, et sa carrière tomberait à l'eau.

Il y vit plus clair en se garant devant le cottage de *Greenleaf*. Quinze années au service de la logique et de la science lui avaient au moins appris quelque chose.

Sa décision était prise : il devait plier bagage.

13.

Lâche... Elle se sentait lâche...

L'idée qu'elle s'était enfuie n'était pas réjouissante, mais elle se sentait si perturbée depuis quelques jours que sa conduite lui semblait légitime. Si elle était restée à Boone Creek, la situation serait devenue intenable. Elle aimait bien Jeremy, et réciproquement ; mais elle s'était réveillée ce matin-là avec la certitude qu'elle devait mettre fin au plus vite à leur histoire. Et lorsqu'elle s'était garée dans l'allée sablonneuse, devant la maison, elle s'était félicitée de sa décision.

L'endroit était simple et modeste. L'ancien cottage disparaissait au milieu des graminées ; les petites fenêtres rectangulaires, à rideaux blancs, étaient imprégnées de sel, et une bonne dizaine d'ouragans violents avaient marqué le revêtement extérieur de traînées grises. En un sens, elle avait toujours vu dans cette maisonnette un vestige du passé : la plupart des meubles avaient au moins vingt ans d'âge, les tuyaux grinçaient dès qu'elle prenait une douche, et les brûleurs de la cuisinière nécessitaient une allumette.

Les souvenirs des moments qu'elle avait passés entre ces murs dans sa jeunesse l'apaisaient pourtant. Après avoir rangé les provisions du week-end, elle ouvrit les fenêtres pour aérer. Puis, munie d'une couverture, elle s'affala dans un rocking-chair, afin de contempler l'océan depuis la porte arrière de la maison. Le grondement régulier des vagues l'envoûtait presque, et quand le soleil perça à travers les nuages, dirigeant ses rayons vers l'eau comme les doigts d'une main céleste, elle retint son souffle.

L'expérience se renouvelait à chacun de ses séjours. Elle avait vu la lumière transparaître pour la première fois, peu de temps après sa visite au cimetière avec Doris. Elle n'était alors qu'une fillette, mais elle s'était dit que ses parents avaient trouvé une autre façon de lui manifester leur présence. Tels des anges descendus du ciel, ils veillaient sur elle, toujours vigilants mais sans intervenir : ils pensaient apparemment qu'elle ferait les bons choix.

Elle avait longtemps éprouvé le besoin de croire en leur protection, car elle se sentait souvent bien seule. Ses grands-parents avaient beau être merveilleusement bons et dévoués, elle ne s'était jamais habituée au sentiment de sa différence. Les parents de ses copines jouaient au *softball* et paraissaient juvéniles, même sous la lumière crue du matin à l'église – une évidence qui l'avait toujours amenée à se demander ce qui lui manquait.

Elle ne pouvait aborder ces questions avec Doris, ni lui parler de son sentiment de culpabilité. Malgré son jeune âge, elle s'interdisait de la vexer.

L'impression de ne pas être comme les autres avait commencé à se manifester au moment de l'adolescence. Doris cédait souvent à ses caprices afin d'éviter les conflits, en lui donnant ainsi l'impression que rien ne lui résistait. Elle s'était un peu déchaînée dans sa prime jeunesse et avait fait des bêtises qu'elle regrettait ; mais s'était assagie à l'université. Plus mûre, elle avait compris qu'il faut prendre ses responsabilités quand on agit, et que l'on accède au bonheur et au succès plutôt en se méfiant de ses erreurs qu'en laissant à tout prix son empreinte sur le monde.

La veille, elle se doutait que Jeremy chercherait à l'embrasser ; elle pouvait se féliciter au moins d'avoir refusé énergiquement de le laisser franchir le seuil de sa maison.

Sa réaction l'avait certainement blessé, et elle en était navrée. Mais il ne se doutait pas que son cœur avait battu la chamade jusqu'à ce qu'il soit loin, car, au fond d'elle-même, elle mourait d'envie de lui ouvrir la porte, sans se soucier des conséquences. Elle s'était retournée dans son lit toute la nuit, en se demandant si elle aurait encore la force de le repousser s'il revenait à l'attaque.

Elle aurait dû s'y attendre car, au cours de la soirée, elle s'était mise à comparer Jeremy à Avery et à M. Renaissance... Et le résultat avait penché nettement en sa faveur. Jeremy avait l'esprit et le sens de l'humour d'Avery, l'intelligence et le charme de M. Renaissance, mais semblait plus épanoui que les deux réunis. Peut-être fallait-il imputer ce jugement à la merveilleuse journée qu'elle avait passée, pour la première fois depuis fort longtemps. Déjeuner improvisé... Escalade à Riker's Hill... Visite nocturne au cimetière, après la réception, alors qu'elle aurait dû être déjà au lit... L'excitation provoquée par ces événements inattendus lui avait sûrement rappelé l'époque heureuse où elle prenait Avery, ou M. Renaissance, pour « l'homme de sa vie ».

Mais elle s'était trompée, comme maintenant...

Elle savait que Jeremy allait élucider le mystère le jour même – d'autant plus que la réponse se trouvait dans l'un des journaux intimes – et qu'il lui proposerait de célébrer la découverte. Si elle était restée à Boone

Creek, ils auraient passé la journée ensemble, ce qu'elle redoutait. Ou plutôt c'était tellement ce qu'elle souhaitait... Elle ne s'était pas sentie aussi troublée depuis bien des années.

Doris avait tout de suite deviné, quand elle était passée la voir, le matin même, avant de partir. Rien de surprenant, car, avec ses yeux cernés, elle devait avoir triste figure quand elle avait surgi du néant. Après avoir jeté des vêtements dans une valise, elle n'avait pas pris le temps de prendre une douche et avait annoncé son départ à sa grand-mère, sans commentaire. Doris avait simplement hoché la tête : malgré sa fatigue, elle paraissait consciente qu'elle avait mis le processus en marche, en négligeant d'anticiper les conséquences. L'ennui, avec les prémonitions, est qu'elles peuvent se révéler exactes à court terme, mais on ignore toujours ce qui se passera plus tard.

Elle s'était donc enfuie dans l'espoir de retrouver la paix de l'esprit, et elle regagnerait Boone Creek quand la situation serait normale. C'était l'affaire de quelques jours : bientôt, plus personne ne parlerait des fantômes, ni de la visite du journaliste, et la foule des touristes ne serait qu'un lointain souvenir. Le maire jouerait au golf, Rachel sortirait avec des hommes sans intérêt, et Rodney trouverait sans doute moyen de la rencontrer par hasard, aux abords de la bibliothèque, en soupirant de soulagement quand il se rendrait compte que leur relation en était toujours au même point.

Sa vie n'avait rien de passionnant, pourtant le sort en était jeté : elle ne permettrait à personne de troubler son équilibre. En d'autres lieux et temps, peut-être aurait-elle réagi différemment. Cependant, à quoi bon se monter la tête ? En laissant son regard planer sur la mer, elle se disait qu'il fallait refuser de se laisser égarer par des suppositions.

Elle resserra la couverture autour de ses épaules. La certitude qu'elle était assez forte pour passer ce cap, comme les deux fois précédentes, la réconforta. Mais le grondement de la mer ravivait ses sentiments pour Jeremy, et elle eut toutes les peines du monde à refouler ses larmes.

Jeremy avait foncé dans sa chambre à *Greenleaf*, en réfléchissant à ce qu'il devait faire. Prendre sa carte et son portefeuille, en cas de besoin ; laisser l'ordinateur dont il pourrait se passer, ainsi que ses notes ; mettre le carnet de Doris dans sa sacoche de cuir pour l'emporter ; déposer un mot à l'intention d'Alvin au bureau d'accueil, bien que Jed ne semble pas voir ça d'un bon œil ; enfin ne pas oublier le chargeur de son téléphone.

Moins de dix minutes après, il prenait la route de Swan Quarter, d'où le ferry le mènerait à Ocracoke, un village des Outer Banks. Il roulerait alors jusqu'à Buxton par la Route 12. C'était probablement la voie qu'elle avait prise. Il lui suffirait d'en faire autant et il arriverait à destination dans quelques heures.

Sur les routes droites et désertes, le pied sur l'accélérateur, il s'interdisait d'avoir le trac en pensant à Lexie. Le trac était synonyme de panique, et il se vantait de n'y jamais céder. Pourtant, chaque fois qu'il devait ralentir – par exemple à Belhaven ou à Leechville –, il se surprenait à tapoter son volant en marmonnant entre ses dents.

Une impression bizarre – de plus en plus oppressante à mesure qu'il approchait du but – le tenaillait. Il ne pouvait se l'expliquer et ne tenait pas trop à l'analyser. Mais, contrairement à son habitude, il fonctionnait en pilotage automatique, sans logique, en se demandant uniquement comment elle réagirait en le voyant.

Perdu dans ses pensées, il se retrouva à la gare du ferry, face à un homme maigre, en uniforme, qui leva à peine les yeux de son magazine. Le ferry à destination d'Ocracoke n'était pas aussi régulier que le ferry entre Staten Island et Manhattan, apprit-il. Puisqu'il avait raté le dernier départ de la journée, il n'avait qu'à revenir le lendemain – ou à renoncer à son projet.

— Il n'y a pas d'autre moyen d'aller au phare d'Hatteras ? demanda-t-il, tandis que son cœur s'emballait. C'est important !

— Vous pouvez y aller en voiture.

— Ça me prendra combien de temps ?

— C'est selon votre vitesse...

— Je conduis vite.

L'employé haussa les épaules d'un air las.

— Environ cinq ou six heures... Il faut rouler vers le nord jusqu'à Plymouth, prendre la 64 en direction de Ronaoke Island, puis de Whalebone. Ensuite, plein sud jusqu'à Buxton, et vous êtes au phare.

Jeremy consulta sa montre : le temps d'arriver là-bas, Alvin serait déjà en train de débarquer à Boone Creek. Ce n'était donc pas une solution envisageable.

— Je ne peux pas prendre le ferry ailleurs ? lança-t-il.

— Il y en a un à Cedar Island.

— Génial ! Où est-ce ?

— À environ trois heures d'ici, dans la direction opposée. Mais, là aussi, vous devrez attendre jusqu'à demain matin.

Derrière le dos de l'employé, des affiches représentaient les différents phares de Caroline du Nord. Hatteras, le plus imposant de tous, était au centre.

— Et si je vous disais que c'est une urgence ? risqua Jeremy.

L'homme leva les yeux pour la première fois.

— Une urgence ?

— Oui, en fait...

— Alors, je pourrais appeler le garde-côte, ou peut-être le shérif.

— Ah ! fit Jeremy, à bout de nerfs. Mais vous venez de me dire qu'il n'y a pas moyen d'aller là-bas immédiatement... Du moins, en partant d'ici, n'est-ce pas ?

L'homme porta un doigt à son menton.

— Je suppose que vous pourriez y aller en bateau, si vous êtes vraiment pressé...

Jeremy vit poindre une lueur d'espoir.

— Comment dois-je procéder ?

— Aucune idée ! Personne ne m'a jamais posé ce problème...

Jeremy regagna sa voiture, conscient d'être, finalement, au bord de la panique.

Était-ce parce qu'il avait déjà parcouru une partie du chemin ? Ou parce que les dernières paroles qu'il avait adressées à Lexie résonnaient plus fort en lui qu'il n'aurait cru ? Manifestement, il ne pouvait pas se permettre de reculer après être parvenu si près du but.

Nate attendrait en vain son appel, mais cela lui semblait soudain beaucoup moins important qu'avant ; de même que l'arrivée imminente d'Alvin. Si tout se passait bien, ils pourraient filmer ensemble dans la soirée et le lendemain soir. Il restait encore dix heures avant l'apparition des lumières, et un bateau rapide lui permettrait d'atteindre Hatteras en deux heures environ. Largement le temps d'aller parler à Lexie et de revenir, à condition que quelqu'un accepte de le transporter.

Rien n'était moins sûr, mais il roulerait jusqu'à Buxton en cas de besoin. Une fois arrivé, il n'avait même pas la certitude de la trouver.

Un scénario invraisemblable, mais chacun de nous peut se permettre un peu d'excentricité de temps en temps. Avec de l'argent dans son portefeuille, il avait la certitude de la joindre : c'était un risque à courir, quitte à prendre ensuite la décision de ne plus jamais penser à elle.

Le problème était bien là. Quand Doris avait insinué qu'il ne la reverrait peut-être pas, ses pensées n'avaient fait qu'un tour. Il avait beau repartir quelques jours après, tout n'était pas joué pour autant. Pas encore ! Il pourrait revenir, ou bien Lexie lui rendrait visite à New York ; s'ils se mettaient d'accord, c'était jouable. Des tas de gens vivent avec des arrangements comme ça... Et même si elle était absolument résolue à en finir, il souhaitait l'entendre prononcer son verdict. Alors seulement, il pourrait regagner New York.

Il comprit pourtant, au stop de la première marina, qu'il ne voulait surtout pas qu'elle lui claque la porte au nez. Il n'allait pas la rejoindre pour lui dire adieu ou pour l'entendre déclarer qu'elle ne le verrait plus. Incroyable mais vrai, il voulait savoir si Alvin avait vu juste ou non.

La fin de l'après-midi était le moment favori de Lexie.

La douce lumière hivernale, en harmonie avec l'austère beauté de la lande, donnait au monde une apparence de rêve.

Même le phare, avec ses motifs noirs et blancs, semblait un mirage. En marchant le long de la plage, elle imaginait les difficultés rencontrées par les marins et les pêcheurs qui naviguaient dans les parages avant sa construction. Les eaux proches du littoral, avec leurs bas-fonds et leurs écueils, étaient surnommées le Cimetière de l'Atlantique, et un bon millier d'épaves jonchaient les profondeurs. Le *Monitor*, engagé dans la première bataille entre cuirassés, pendant la Guerre civile, avait sombré par là ; de même que le *Central America*, chargé d'or californien, dont le naufrage avait contribué à la crise financière de 1857. Le navire de Blackbeard, *Queen Anne's Revenge*, était censé avoir été découvert dans l'anse de Beaufort, et une demi-douzaine de sous-marins allemands, coulés pendant la Seconde Guerre mondiale, recevaient maintenant la visite quotidienne des plongeurs.

Son grand-père était un passionné d'histoire, et chaque fois qu'elle se promenait sur la plage en lui donnant la main, il lui racontait l'odyssée de navires jadis égarés dans la tempête. Elle l'avait entendu parler des cyclones, des vagues déferlantes, et des erreurs de navigation qui menaient les bateaux à leur perte. Bien qu'elle ne se passionnât pas pour ces aventures et ces images effrayantes, la voix calme et mélodieuse l'apaisait étrangement. Elle ne cherchait jamais à l'interrompre, car elle sentait, malgré son jeune âge, combien ces récits lui importaient. Bien des années plus tard, elle avait appris qu'il avait survécu de justesse quand son bateau avait été torpillé, pendant la Seconde Guerre mondiale.

Son grand-père lui manqua avec une intensité soudaine. Ces promenades quotidiennes, en tête à tête, avaient lieu généralement une heure avant le dîner, tandis que Doris cuisinait. Assis, les lunettes sur le nez, il lui arrivait de fermer son livre en soupirant, puis de se lever, et de lui proposer d'aller voir les chevaux sauvages.

Elle exultait toujours à cette idée : elle n'était jamais montée à cheval et n'en avait jamais eu particulièrement envie, mais elle fonçait vers la porte quand son grand-père parlait de cette promenade. Les chevaux sauvages restaient en principe à distance, et détalaient dès qu'un être humain approchait ; pourtant, ils aimaient paître au crépuscule et devenaient ainsi moins effarouchés pendant quelques minutes. On pouvait alors apercevoir leurs marques distinctives, et avec un peu de chance, les entendre hennir en guise d'avertissement.

Ces chevaux descendaient des Mustangs espagnols et leur présence sur les Outer Banks datait de 1523. Toutes sortes de règlements assuraient leur survie, et ils faisaient partie de l'environnement au même titre que les cerfs en Pennsylvanie ; seul leur surnombre posait parfois problème. Les gens du cru les ignoraient la plupart du temps, sauf quand ils devenaient gênants, mais ils représentaient le clou de leur séjour pour de nombreux vacanciers. Chaque fois qu'elle les observait, Lexie, qui se sentait pourtant « du pays », avait la sensation de rajeunir et d'avoir la vie devant elle.

Elle aurait aimé éprouver ce plaisir maintenant, pour évacuer le stress qui la rongeait ! Doris lui avait annoncé, par téléphone, que Jeremy était venu prendre de ses nouvelles. Qu'il se soit interrogé sur les raisons de son départ et qu'il ait craint d'avoir commis un impair ne l'étonnait guère, mais il aurait vite fait de s'en remettre. Elle le voyait comme un individu toujours content de lui, et allant de l'avant sans un regret ou un regard en arrière.

Avery était ainsi. Elle gardait un souvenir cuisant de son aplomb et de son indifférence à son chagrin. Certains de ses traits de caractère auraient dû la mettre en alerte, mais, à l'époque, elle ne s'était pas formalisée quand son regard s'attardait un instant de trop sur d'autres femmes, ou s'il enlaçait langoureusement des personnes qu'il présentait comme de simples amies. Au début, elle l'avait cru sur parole quand il prétendait avoir été infidèle une seule fois ; puis des bribes de conversations à demi oubliées lui étaient revenues en mémoire. Une rumeur sur une liaison qu'il aurait eue avec une étudiante ; une autre, provenant d'une collègue de travail, sur ses nombreuses absences non justifiées.

Déçue par l'élu de son cœur et surtout par sa propre naïveté, elle s'était juré de surmonter sa déception, et de rencontrer un être d'une qualité supérieure. Or, elle avait rencontré M. Renaissance... la preuve qu'elle n'était pas douée pour juger les hommes, et moins encore pour les retenir.

Pas facile à admettre. Il lui arrivait même de se demander si les hommes la fuyaient. Peut-être pas M. Renaissance, car il s'agissait d'une simple tocade ; mais Avery ! Elle l'avait aimé et s'était crue aimée. On pouvait bien sûr le traiter de goujat et le juger responsable de leur rupture, mais il avait peut-être souffert d'une faille dans leur couple. Était-elle fautive, et de quoi ? Avait-elle trop d'autorité ? S'ennuyait-il avec elle ? Était-il déçu sur le plan sexuel ? Pourquoi ne s'était-il pas traîné à ses pieds pour lui demander pardon ? Elle n'avait jamais trouvé les réponses aux mille questions qu'elle se posait. D'après ses copines, elle avait tort de se torturer ; Doris partageait leur point de vue. Cependant, aucune histoire n'est à sens unique. Elle continuait à s'interroger, et, après tant d'années, il lui arrivait encore de songer à décrocher le téléphone pour demander à Avery en quoi elle avait failli.

Comme le soulignait l'une de ses amies, les femmes ont souvent ce type de réaction, les hommes n'ont pas la même inquiétude. S'il leur arrive de s'interroger, ils trouvent le moyen de se dissimuler leurs propres sentiments, ou de les enfouir assez profondément pour ne pas être handicapés. Elle s'efforçait d'en faire autant, et elle y parvenait... parfois.

Au loin, tandis que le soleil plongeait dans les eaux de Pamlico Sound, la ville de Buxton, avec ses maisons blanches à bardeaux, prenait l'apparence d'une carte postale. Les yeux tournés vers le phare, elle aperçut au pied, comme elle l'avait espéré, quelques chevaux en train de brouter parmi les graminées. Une douzaine environ – surtout des bruns – au poil dru, pour affronter l'hiver. Au centre, deux poulains balançaient leur queue à l'unisson.

Elle prit le temps de les contempler, les mains enfouies dans les poches de sa veste. La nuit venant, le froid lui picotait les joues et le nez. Fatiguée par le grand air et par la longue journée qu'elle venait de passer, elle n'allait sûrement pas s'attarder.

Elle se surprit en train de s'interroger sur Jeremy. Se préparait-il à filmer une seconde fois ? Cherchait-il un endroit où dîner ? Faisait-il ses bagages ? Et surtout, pourquoi pensait-elle constamment à lui ?

Elle soupira, car elle connaissait la réponse. Malgré sa joie d'apercevoir des chevaux sauvages près du phare, le spectacle lui donnait une conscience encore plus aiguë de sa solitude. Tout en appréciant son indépendance et en plaisantant des allusions constantes de Doris, elle manquait de compagnie, d'intimité... En dehors d'un quelconque projet matrimonial, elle aurait voulu attendre le vendredi ou le samedi soir avec impatience. Retrouver, au moins, le plaisir de traîner au lit le matin avec un homme de son choix. Paradoxalement, c'était Jeremy qu'elle imaginait à ses côtés.

Elle hocha la tête dans l'espoir de chasser ses sombres pensées. Alors qu'elle s'était enfuie pour retrouver la paix de l'esprit, ses soucis l'accablaient. Elle ne se sentait pas vraiment apaisée par la contemplation des chevaux sauvages. À trente et un ans, elle vivait sans projets d'avenir. Son grand-père et ses parents n'étaient que de lointains souvenirs, la santé de Doris l'inquiétait, et le seul homme qu'elle avait jugé digne d'intérêt ces derniers temps serait parti définitivement lorsqu'elle reviendrait au bercail.

Elle éclata en sanglots, et eut beaucoup de mal à se ressaisir. Mais quelqu'un approchait ; en reconnaissant le visiteur, elle n'en crut pas ses yeux.

14.

Lexie cligna des yeux, interloquée. Était-ce bien lui ? La présence de Jeremy était si étrange, si inattendue, qu'elle avait l'impression de le voir à travers le regard d'une autre personne.

Il posa sa sacoche en souriant.

— Ne me dévisagez pas avec ces yeux-là ! Les hommes apprécient les femmes capables d'une certaine subtilité.

— Vous ici ? murmura-t-elle.

— Effectivement, c'est bien moi.

Dans la lumière déclinante, il la trouvait plus belle que jamais.

— Mais... comment avez-vous fait pour...

— C'est une longue histoire !

Tandis qu'elle restait plantée sur place, il hocha la tête en direction du phare.

— C'est près de ce phare que vos parents se sont mariés ?

— Vous vous en êtes souvenu ?

— Je me souviens de tout, fit Jeremy, un doigt sur le front. Question de matière grise... Où se sont-ils mariés exactement ?

Il parlait d'un ton neutre, comme s'ils étaient engagés dans la plus banale des conversations.

— Par là... Du côté de l'océan, près du rivage.

— Ça devait être superbe. Je comprends pourquoi vous aimez cette île !

Lexie prit une profonde inspiration, dans l'espoir de maîtriser son trouble.

— Que faites-vous ici, Jeremy ?

— Je ne savais pas si vous alliez réapparaître... Je tenais à vous revoir, alors la meilleure solution était de vous rejoindre.

— Mais... pourquoi ?

— Je n'avais pas le choix, répondit Jeremy, le regard toujours fixé sur le phare.

— Je ne vous comprends pas.

Il baissa les yeux, avant d'adresser un sourire contrit à Lexie.

— Moi aussi, j'ai passé une grande partie de la journée à essayer de me comprendre.

Ils étaient debout près du phare quand le soleil disparut progressivement à l'horizon. Le ciel se teinta d'un gris menaçant. La brise, humide et froide, effleurait le sable et fouettait l'écume le long du rivage.

Au loin, un promeneur emmitouflé dans une veste sombre lançait des morceaux de pain aux mouettes. Lexie, qui l'observait, retrouva petit à petit son calme. Tout en s'indignant que Jeremy n'ait pas respecté son désir de

solitude, elle se sentait flattée qu'il ait cherché à la revoir. Avery ne se serait jamais donné cette peine, ni M. Renaissance. Rodney lui-même n'aurait pas songé à venir jusque-là ; et si quelqu'un avait émis l'idée que Jeremy en serait capable, elle lui aurait ri au nez, à peine quelques minutes plus tôt.

Jeremy était-il, par hasard, différent des hommes qu'elle avait rencontrés avant ? Dans ce cas, aucun de ses actes ne devait la surprendre.

Au loin, les chevaux sauvages se dispersaient, broutaient çà et là en regagnant la dune. La brume côtière s'insinuait entre le ciel et les vagues. Les hirondelles fondaient sur le sable, au bord de l'eau, et se déplaçaient rapidement sur leurs pattes, en quête de minuscules crustacés.

Les mains en coupe, Jeremy souffla sur ses phalanges bleuies par le froid.

— Vous m'en voulez d'être ici ? demanda-t-il dans un profond silence.

— Non. Je suis surprise, mais je ne vous en veux pas.

Ils échangèrent un sourire.

— Comment êtes-vous venu ? ajouta Lexie.

Il pointa un doigt en direction de Buxton.

— Deux pêcheurs, qui s'embarquaient dans cette direction, ont accepté de me déposer à la marina.

— Ils ont accepté sans se faire prier ?

— Sans se faire prier !

— Vous avez eu de la chance. Les pêcheurs sont des durs...

— Peut-être, mais je suis un expert en psychologie... J'estime que même des inconnus peuvent être sensibles à une demande urgente, et capables de se dévouer.

Jeremy se redressa et précisa, après s'être éclairci la voix :

— Quand j'ai vu que ce n'était pas leur intention, je leur ai proposé de les payer.

— Je parie qu'ils vous ont demandé les yeux de la tête, fit Lexie, amusée par son aveu.

— Tout est relatif. Ça ne m'a pas semblé trop cher pour une escapade en bateau.

— C'est un long trajet, coûteux en essence. Sans compter l'usure du bateau...

— Ils y ont fait allusion.

— Et, bien sûr, le temps passé, et le fait qu'ils travaillent demain, avant l'aube...

— Ils n'ont pas manqué de me le signaler !

Au loin, les derniers chevaux sauvages disparurent de l'autre côté de la dune.

— Mais vous êtes venu, quand même.

— Ils m'ont proposé un aller simple, en me faisant bien comprendre qu'ils ne pourraient pas m'attendre. Je me trouve donc coincé...

Lexie haussa un sourcil.

— Comment comptez-vous repartir ?

— Eh bien, je connais une jeune femme qui séjourne ici ; j'espère la convaincre, grâce à mon charme irrésistible, de me raccompagner.

— Et si j'avais prévu de rester un certain temps ? Ou si je vous répondais de vous débrouiller tout seul ?

— Je n'y avais pas songé.

— Où comptez-vous loger ?

— Je n'y ai pas pensé non plus.

— Au moins, vous êtes sincère ! Mais que seriez-vous devenu si je n'avais pas été ici ?

— Vous ne pouviez pas être ailleurs !

Sentant qu'il avait marqué un point, Lexie détourna son regard. Au loin, les lumières d'un chalutier se déplaçaient si lentement qu'il semblait presque immobile.

— Avez-vous faim ? lança-t-elle.

— Je n'ai rien mangé aujourd'hui !

— Voulez-vous dîner ?

— Si vous connaissez un endroit agréable...

— Oui, j'ai une idée.

— Pourrai-je utiliser ma carte de crédit ? J'ai dépensé tout l'argent liquide que j'avais pour venir ici.

— On trouvera bien une solution...

Tournant le dos au phare, ils rebroussèrent chemin sur le sable compact du rivage. Un espace infranchissable semblait les séparer, tandis qu'ils avançaient rapidement, le nez rougi par le froid. Une force impérieuse les poussait dans la même direction.

Jeremy passait en revue sa journée en silence, non sans éprouver un sentiment de culpabilité envers Nate et Alvin. Il avait manqué l'audioconférence, faute de connexion pendant la traversée du Pamlico Sound. Le moment était venu d'appeler Nate d'une ligne fixe – ce qui ne l'enchantait guère, car son agent lui en voudrait à mort du rendez-vous raté. Mais il lui proposerait une réunion, la semaine suivante, avec les producteurs ; il leur montrerait alors ses films et tracerait les grandes lignes du projet, ce qui était vraisemblablement l'objectif de l'audioconférence. Si cela ne permettait pas de calmer le jeu, s'il suffisait d'une brouille pour mettre fin à sa carrière avant qu'elle ait débuté, il ne tenait pas tant que ça à travailler pour la télévision.

Un peu plus facile avec Alvin. Il ne comptait plus être de retour à Boone Creek ce soir, pour le rencontrer. Mais il pouvait joindre son ami, et lui expliquer ce qui se passait. Alvin serait furieux de travailler seul, mais il aurait retrouvé sa bonne humeur dès le lendemain. Il figurait en effet parmi les rares individus que rien ne contrarie au-delà d'une journée.

À vrai dire, ces contretemps ne préoccupaient pas Jeremy outre mesure à cet instant. Seul comptait le fait qu'il marchait sur une plage tranquille du bout du monde, où soufflait une brise salée, et que Lexie venait de glisser son bras sous le sien.

Elle gravit les marches gauchies de l'ancien bungalow et suspendit sa veste au portemanteau, à côté de la

porte. Jeremy y suspendit la sienne, ainsi que sa sacoche. Comme elle le précédait dans le living, il fut frappé
à nouveau par sa beauté.

— Aimez-vous les pâtes ? entendit-il soudain.

— Oh oui ! J'en ai dévoré pendant toute mon
enfance : ma mère est italienne.

— J'avais justement l'intention d'en préparer.

— Nous dînons ici ?

— Je pense que nous n'avons pas le choix. Vous
n'avez plus d'argent sur vous, n'est-ce pas ?

La cuisine était exiguë, d'un jaune pâlissant, avec un
papier mural à fleurs décollé sur les bords, des placards
éraflés, une petite table sous la fenêtre. Sur le comptoir
étaient disposées les provisions qu'elle avait achetées.
D'un premier sac elle sortit une boîte de Cheerios et
une miche de pain. Quand elle se mit sur la pointe des
pieds pour les ranger dans le placard, Jeremy, debout à
côté de l'évier, aperçut sa peau en un éclair.

— Un petit coup de main ?

— Non, merci.

Elle se retourna, rajusta son chemisier, et sortit d'un
autre sac deux oignons qu'elle mit de côté, avec deux
grandes boîtes de tomates San Marzano.

— Voulez-vous boire quelque chose avant le dîner ?
J'ai un pack de six bières au frigo, si ça vous tente.

Jeremy feignit de s'offusquer.

— Vous avez de la bière ? Je pensais que vous
n'étiez pas une grande buveuse.

— Je bois peu !

— Un pack de six bières peut faire beaucoup de mal
à quelqu'un qui boit peu... Si je ne vous connaissais
pas, je pourrais m'imaginer que vous êtes venue ici pour
prendre une cuite ce week-end.

Elle le toisa d'un air enjoué, comme elle l'avait déjà
fait la veille.

— J'ai plus qu'il n'en faut pour tenir un bon mois ! En voulez-vous une ou non ?

— Oui, avec plaisir.

— Eh bien, allez-vous servir ! Je vais mettre la sauce en route.

Jeremy s'approcha du réfrigérateur et sortit deux bouteilles de Coors Light. Après les avoir décapsulées, il en plaça une sous les yeux de Lexie.

— J'ai horreur de boire seul, déclara-t-il pour se justifier.

Ils portèrent un toast, bouteille contre bouteille, mais sans un mot.

— J'insiste sur le fait que je hache très bien les oignons, reprit Jeremy, assis au comptoir, les jambes croisées.

— Je m'en souviendrai !

Un sourire plana sur les lèvres de Jeremy.

— Cette maison appartient depuis longtemps à votre famille ?

— Mes grands-parents l'ont achetée juste après la Seconde Guerre mondiale. À l'époque, il n'y avait pas la moindre route dans l'île. On roulait sur le sable pour arriver ici. Dans le séjour, certaines photos donnent une idée de ce que c'était...

— Je peux aller voir ?

— Allez-y, pendant que je termine mes préparatifs ! Il y a une salle de bains au bout du couloir, si vous voulez vous laver les mains avant de dîner. La chambre d'amis est à droite...

Jeremy admira, dans le séjour, des photos de la vie insulaire au bon vieux temps, et remarqua la valise de Lexie près du canapé. Après une courte hésitation, il s'en empara, puis s'engagea dans le couloir. À gauche, s'ouvrait une vaste chambre, avec un grand lit surélevé, et un édredon imprimé de coquillages ; d'autres photos des Outer Banks ornaient les murs. Supposant que c'était la chambre de Lexie, il déposa la valise sur le seuil.

Il traversa le couloir et entra dans la seconde chambre dont le décor évoquait la navigation : des rideaux bleu marine contrastaient joliment avec le bois des tables basses et de la commode. En abandonnant ses chaussures et ses chaussettes au pied du lit, il se demanda comment il pourrait dormir, sachant Lexie seule au bout du couloir.

Face au miroir de la salle de bains, il chercha à remettre un peu d'ordre dans ses cheveux. Une fine couche de sel enduisait sa peau ; après s'être lavé les mains, il s'éclaboussa le visage, et regagna la cuisine en se sentant un peu mieux. Les notes mélancoliques de « Yesterday » des Beatles sortaient d'une petite radio posée sur le bord de la fenêtre.

— Prête à accepter mon aide ? demanda-t-il.

Un saladier de taille moyenne, empli de tronçons de tomates et d'olives, était posé à côté de Lexie. Tout en rinçant la laitue, elle lui désigna les oignons d'un hochement de tête.

— J'en aurai bientôt fini avec la salade... Pendant ce temps, pourriez-vous éplucher les oignons ?

— Volontiers. Ensuite, je les coupe en dés ?

— Non, épluchez-les seulement ! Le couteau est dans ce tiroir.

Muni d'un couteau à découper, Jeremy prit les oignons sur le comptoir. Ils s'affairèrent un moment sans parler, en écoutant la musique. Lexie tentait d'oublier que leurs épaules se frôlaient presque, mais elle ne se lassait pas d'admirer du coin de l'œil sa grâce désinvolte, sa ligne de hanche, ses longues jambes, sa carrure et ses pommettes saillantes.

Il lui tendit un oignon épluché.

— Comme ça ?

— Exactement !

— Maintenant, je le découpe en dés ?

— Surtout pas ! Vous allez gâcher ma sauce, et je ne vous le pardonnerai jamais.

— Il faut hacher les oignons. Ma mère, d'origine italienne...

— Ma recette est différente.

— Vous allez mettre ces gros oignons directement dans la sauce ?

— Je les tranche d'abord en deux.

— Vous me permettez de m'en charger ?

— Non, merci. Je vous prie de vous tenir tranquille ! D'ailleurs, je suis la cuisinière ; observez-moi attentivement, et considérez-vous comme une « petite main »...

Jeremy observa Lexie un instant : depuis qu'ils étaient rentrés, ses joues rosies par le froid avaient retrouvé leur doux éclat naturel.

— Une « petite main » ?

— Votre mère est italienne, mais je vous rappelle que j'ai été élevée par une grand-mère qui essayait à peu près toutes les recettes imaginables.

— C'est pourquoi vous êtes une cuisinière chevronnée ?

— Du moins, Doris en est une depuis longtemps. J'étais sa petite main et j'ai appris en la regardant. À votre tour !

Jeremy prit le second oignon.

— Eh bien, dites-moi quelle est la particularité de votre recette, en dehors du fait que vous utilisez des oignons aussi gros que des balles de base-ball !

Lexie trancha l'oignon déjà épluché.

— Puisque vous avez une mère italienne, vous avez sans doute entendu parler des tomates San Marzano.

— Évidemment ! Ce sont des tomates récoltées à San Marzano.

Lexie se mit à rire.

— Ce sont les tomates les plus parfumées, surtout pour les sauces. Regardez-moi faire !

Elle sortit une casserole et alluma le brûleur de la cuisinière. Une flamme bleue apparut ; elle posa la casserole.

— Je suis déjà impressionné, affirma Jeremy en épluchant le second oignon.

Il prit sa bière et s'accouda au comptoir.

— Vous devriez faire une émission sur la cuisine à la télé !

Indifférente aux petits coups de griffe de Jeremy, Lexie versa le contenu des deux boîtes dans la casserole, et ajouta une plaquette de beurre.

Il regarda, par-dessus son épaule, le beurre en train de fondre.

— Très sain ! Mon médecin m'a conseillé un régime riche en cholestérol.

— Seriez-vous moqueur ?

— On me l'a déjà dit... mais je suis sensible à votre remarque.

— Le second oignon est prêt ?

— Votre marmiton est à vos ordres !

Il lui tendit l'oignon épluché, qu'elle trancha en deux, avant d'ajouter les quatre moitiés dans la sauce. Elle tourna le mélange un moment avec une longue cuillère en bois, pour l'amener à ébullition, puis elle baissa la flamme.

— C'est tout pour l'instant ! dit-elle, en se dirigeant vers l'évier. La sauce sera prête d'ici une heure et demie.

Comme elle se lavait les mains, Jeremy fronça les sourcils en scrutant le contenu de la casserole.

— C'est tout ? Ni ail, ni sel, ni poivre ? Ni saucisse ? Ni viande hachée ?

Lexie hocha la tête.

— Trois ingrédients suffisent ! Nous verserons la sauce sur les spaghettis, avant de les saupoudrer d'un peu de parmesan fraîchement râpé.

— Très italien...

— C'est de cette façon que les habitants de San Marzano ont préparé leur sauce pendant des siècles. San Marzano... en Italie !

Elle se rinça les mains sous le robinet et les essuya avec un torchon.

— Comme nous avons un peu de temps avant de dîner, je vais faire le ménage. Vous avez donc quartier libre.

— Ne vous inquiétez pas pour moi ; je saurai me distraire.

— Vous pouvez prendre une douche si vous voulez. Je vais vous préparer des serviettes de bain.

Jeremy, dont le cou et les bras étaient encore enduits de sel, accepta volontiers.

— Votre chambre sera prête dans une minute, lui annonça Lexie.

Un sourire aux lèvres, elle saisit sa bouteille de bière avant de s'éclipser. Elle avait senti le regard de Jeremy effleurer ses hanches. Était-il aussi troublé qu'elle ?

Du placard, au fond du couloir, elle sortit deux serviettes, qu'elle alla déposer sur le lit de la chambre d'amis, avec un assortiment de shampoings et un savon intact. En apercevant son propre reflet dans le miroir de la salle de bains, elle s'imagina brusquement Jeremy, drapé dans une serviette de bain, après sa douche. Émue comme une adolescente, elle s'entendit soupirer.

— Où êtes-vous, Lexie ? appela Jeremy.

— Dans la salle de bains... Je vérifie que vous ne manquerez de rien.

Il arriva derrière elle.

— Auriez-vous par hasard un rasoir jetable dans l'un de ces tiroirs ?

— Non, je regrette. Je vais voir dans ma salle de bains, mais...

— Pas de problème, décida Jeremy, en passant la main sur ses favoris. Tant pis, si j'ai l'air un peu négligé ce soir.

Va pour « négligé » ! se dit Lexie. Elle tourna la tête pour cacher la rougeur de ses joues, puis lui désigna les shampoings.

— Prenez celui qui vous convient, et souvenez-vous que l'eau met un certain temps à chauffer. Soyez patient !

— Il me reste à vous demander l'autorisation de passer quelques coups de fil.

— Allez-y ! Le téléphone est dans la cuisine.

Elle fila en direction de sa chambre et sentit, sans même se retourner, qu'il la suivait du regard. Une fois seule, elle s'adossa à la porte, bouleversée. Rien ne s'était passé entre eux, et rien ne se passerait ! Après s'être enfermée, elle

crut avoir bloqué en même temps le cours de ses pensées... mais elle aperçut sa valise, déposée dans la chambre par Jeremy.

L'idée qu'il était entré là un instant plus tôt lui procura une telle excitation coupable qu'elle dut admettre l'évidence : ses bonnes résolutions n'étaient qu'un leurre.

Quand Jeremy revint dans la cuisine, après sa douche, il huma l'odeur de la sauce qui mijotait sur le feu. Puis il termina sa bière, jeta la bouteille dans la poubelle sous l'évier, en prit une autre dans le réfrigérateur. Sur l'étagère du bas, il aperçut un bloc de parmesan et un bocal d'olives ; il était sur le point d'en piquer une, mais se retint.

Du téléphone fixe, il composa alors le numéro de Nate, à son bureau.

Pendant les vingt premières secondes de leur conversation, il garda le combiné à bonne distance de son oreille : son agent était dans une colère noire, mais une fois calmé, il accepta sans se faire prier le rendez-vous de la semaine suivante. Pour conclure, Jeremy lui promit de le rappeler le lendemain matin.

Cependant, Alvin était injoignable. Après avoir obtenu deux fois sa boîte vocale, il constata, sur la pendule de la cuisine, qu'il était près de six heures. Son ami devait se trouver quelque part sur la route ; avec un peu de chance, ils pourraient se parler un peu plus tard, avant l'heure de filmer le cimetière.

Faute de mieux – Lexie n'était toujours pas réapparue – Jeremy se glissa dehors par la porte de derrière. Le froid était âpre, et une bise glaciale soufflait. Bien que l'océan fût hors de vue, le grondement régulier des vagues parvenait jusqu'à la maison et le plongea dans un état proche de la transe.

Revenu dans la pénombre du séjour, il aperçut un rai de lumière sous la porte fermée de Lexie. Que pouvait-il faire en l'attendant, sinon allumer la petite lampe de lecture, près de l'âtre ? Avec une lumière juste suffisante pour projeter des ombres autour de la pièce, il parcourut les livres posés sur le manteau de la cheminée, avant de se souvenir du carnet de Doris. Dans sa hâte de rejoindre Lexie, il ne l'avait pas encore ouvert. Il alla donc le sortir de sa sacoche, et revint s'asseoir dans un fauteuil. En s'installant, il sentit la tension de ses épaules céder pour la première fois depuis des heures.

Quel délice ! Ou plutôt, se dit-il, qu'y a-t-il de meilleur au monde ?

En entendant Jeremy sortir de sa chambre, Lexie, debout près de la fenêtre, avait avalé une gorgée de bière, dans l'espoir de se calmer.

Leur conversation, dans la cuisine, était restée superficielle. Ils se tenaient l'un comme l'autre sur leurs gardes, jusqu'au moment où sonnerait l'heure des explications. Elle aurait intérêt à ne pas changer d'attitude lorsqu'elle le rejoindrait ; mais, en reposant sa bière, elle s'aperçut qu'elle n'avait plus la moindre envie de jouer à ce jeu-là.

Même si elle avait conscience du danger, tout l'attirait maintenant vers lui : son apparition imprévisible sur la plage, son sourire désinvolte, ses cheveux ébouriffés, son expression presque enfantine. L'homme qu'elle croyait connaître devenait un inconnu, dont elle souhaitait découvrir, coûte que coûte, les facettes cachées. Où cela allait-il la mener ?

Deux jours plus tôt elle n'aurait jamais cru un tel changement possible, surtout à l'égard d'un étranger, ou presque. Elle avait réagi à ses chagrins d'amour en se réfugiant dans la solitude ; mais que vaut une vie sans risques ? Si elle devait changer, c'était maintenant ou jamais.

Après sa douche, elle s'assit au bord du lit et sortit un flacon de la poche extérieure de sa valise. Puis elle appliqua une lotion sur ses bras, ses jambes, ses seins et son ventre, avec la sensation de vibrer délicieusement.

Dans sa hâte de partir, elle n'avait emporté qu'une poignée de vêtements, mais elle finit par dénicher son jean favori au milieu de ses affaires. Un vieux jean passé, déchiré aux genoux, et aux bords effilochés ; la toile, assouplie par de nombreux lavages, moulait sa silhouette – ce que remarquerait certainement Jeremy.

Elle enfila un chemisier blanc à manches longues, sans même le rentrer dans son jean, puis elle roula ses manches jusqu'aux coudes. Devant son miroir, elle boutonna un bouton de moins qu'à l'accoutumée, mettant ainsi son décolleté en valeur.

Après avoir séché ses cheveux, elle les brossa longuement. Quant au maquillage... elle fit de son mieux avec les moyens du bord : un blush dont elle appliqua un soupçon sur les joues, un eye-liner, un tube de rouge à lèvres. Elle regretta de ne pas avoir le moindre flacon de parfum. Tant pis.

Une fois prête, elle tira sur son chemisier, face à la glace, pour s'assurer qu'elle était satisfaite de son image. Un sourire flotta sur ses lèvres. Depuis combien de temps ne s'était-elle pas préoccupée sérieusement de son apparence ?

Quand elle entra, Jeremy était assis, les pieds surélevés. En la voyant arriver, il parut sur le point de lui dire quelque chose, mais aucun mot ne se forma sur ses lèvres.

Il la regarda avec attention, simplement, en silence.

Le regard rivé sur elle, il comprenait soudain pourquoi il s'était donné tant de mal pour la retrouver : qu'il le veuille ou non, il était tombé amoureux.

— Vous êtes... éblouissante, murmura-t-il enfin.

— Merci, fit-elle, non moins émue.

Elle soutint son regard et comprit, à cet instant, que le message qu'elle lisait dans ses yeux n'était que le reflet de son propre désir.

15.

Ils restèrent un moment immobiles, puis Lexie détourna les yeux en soupirant. Toujours émue, elle souleva légèrement sa bouteille de bière.

— Je crois qu'il m'en faudrait une autre... Et vous ?

— C'est déjà fait ! Merci.

— Je dois surveiller la sauce... Je reviens dans une minute.

Lexie regagna la cuisine d'un pas mal assuré et se posta devant la cuisinière. La cuillère en bois avait laissé une trace rouge sur le comptoir, elle la reposa exactement au même endroit après avoir tourné la sauce. Elle prit ensuite, dans le réfrigérateur, une autre bière qu'elle posa à côté des olives ; mais elle manquait de poigne pour ouvrir le bocal avec ses mains tremblantes.

Jeremy, qu'elle n'avait pas entendu entrer, lui proposa de l'aide.

— Volontiers, fit-elle, en se demandant si son trouble transparaissait sur son visage.

Tandis qu'il dévissait le couvercle, elle admira les muscles de ses avant-bras. Puis il ouvrit sa bière, qu'il lui tendit.

Il fuyait son regard et semblait résolu à se taire. Elle le regarda s'accouder au comptoir, dans la cuisine silencieuse. Le plafonnier était allumé, mais la lumière était douce depuis que les dernières lueurs du crépuscule n'inondaient plus la pièce.

Lexie savoura une gorgée de bière, comme elle savourait chacune de ses émotions, et la manière dont Jeremy la contemplait. Elle brûlait d'envie de poser une main sur son bras, mais elle se contenta de tourner la tête, avant de se diriger vers le placard.

Un peu d'huile d'olive et de vinaigre balsamique dans un petit bol, avec du sel et du poivre ; la vinaigrette était prête.

— Ça embaume, dit Jeremy.

Lexie versa les olives dans un autre bol.

— Nous dînerons dans une heure, annonça-t-elle, avec plus d'assurance à mesure qu'elle parlait. Je n'attendais pas d'invités, nous n'aurons donc que ces olives à grignoter... En été, il fait délicieusement bon sous le porche, mais on y gèle ce soir, et les chaises de la cuisine ne sont pas très confortables...

— Alors ?

— Retournons dans le séjour !

Il la devança et prit le carnet de Doris sur le fauteuil. Lexie déposa les olives sur la table basse. Assis près d'elle, il respira une bouffée de son shampoing aux senteurs florales.

De la cuisine, s'échappait le son étouffé de la radio.

— Vous avez emporté le carnet de Doris, remarqua Lexie.

— Elle a bien voulu me le prêter.

— Eh bien ?

— Je n'ai parcouru que les premières pages, mais il y a d'innombrables détails...

— Vous croyez maintenant qu'elle a pu prédire le sexe de tous ces bébés ?

— Non. Je pense qu'elle s'est peut-être contentée de noter les cas dans lesquels elle avait vu juste.

— Avez-vous remarqué sa manière d'écrire ? Parfois au stylo, parfois au crayon... Il lui arrive de paraître très pressée, ou au contraire de prendre son temps...

— Je ne prétends pas que son carnet n'est pas convaincant ! Mais, selon moi, on ne peut pas prédire le sexe d'un bébé en tenant la main d'une femme.

— Parce que c'est votre point de vue ?

— Non ! Parce que c'est impossible !

— Vous voulez dire « statistiquement improbable ».

— J'ai dit « impossible » !

— Eh bien, monsieur le sceptique, où en est votre reportage ?

Jeremy ne put s'empêcher de gratter nerveusement l'étiquette de sa bouteille de bière avec son pouce.

— Il est en bonne voie... mais j'aimerais terminer ma

lecture de certains journaux intimes, à la bibliothèque. J'y trouverai peut-être de quoi pimenter un peu l'histoire.

— Avez-vous découvert la clef de l'énigme ?

— Oui, je n'ai plus qu'à rassembler des preuves. J'espère que le temps se montrera coopérant.

— Vous avez de la chance : à la radio, la météo annonce du brouillard pendant le week-end.

— Tant mieux ! La réalité est, hélas, beaucoup moins passionnante que la légende.

— Vous regrettez de vous être déplacé ?

— Absolument pas. Pour rien au monde je n'aurais manqué ce voyage...

Comprenant à demi-mot, Lexie se tourna vers lui. Le menton appuyé sur une main, elle allongea une jambe sur le canapé. Elle aimait leur intimité croissante, et la sensation qu'il la désirait.

— Eh bien, dit-elle, penchée légèrement en avant, donnez-moi la clef de l'énigme !

À la lumière de la lampe, elle semblait nimbée d'un halo diaphane.

— Je préférerais vous la *montrer*...

— D'autant plus que c'est moi qui vous ramène à Boone Creek ?

— Très juste !

— Et quand voulez-vous rentrer ?

— Demain, si possible...

Jeremy faillit prendre Lexie dans ses bras, séance tenante, mais la moindre précipitation risquait de compromettre ses chances.

— Je dois voir Alvin, précisa-t-il. Alvin est l'un de mes amis, cameraman à New York... Il vient pour filmer...

— Le cimetière ?

— Oui, et il doit être en train d'arriver à Boone Creek.

— Alors, vous auriez dû l'accueillir ?

— Probablement.

— Très bien, dit-elle, touchée par l'effort qu'il avait fait en venant la voir un jour pareil. Nous pouvons prendre un ferry à la première heure et être de retour en ville vers dix heures.

— Merci !

— Vous comptez filmer demain soir ?

— J'ai laissé à Alvin un mot lui conseillant de se rendre au cimetière dès ce soir, mais nous devrons aller ailleurs aussi. Nous aurons demain une journée chargée, d'autant qu'il me reste certains points à vérifier.

— Et les danses paysannes ? Nous avions prévu que je danserais avec vous si vous trouviez la clef de l'énigme...

Jeremy baissa la tête.

— Je ferai mon possible pour venir... J'en meurs d'envie !

— Quand repartez-vous à New York ? demanda Lexie, après un long silence.

— Samedi. J'ai un rendez-vous important la semaine prochaine.

Elle s'attendait à cette réponse, mais sentit son cœur se serrer.

— Retour à la *vraie* vie ?

Jeremy hocha la tête.

— Je ne mène pas une vie trépidante à New York ! Mon travail est ma priorité, et je consacre une grande partie de mon temps à la recherche ou à l'écriture, des activités plutôt austères. En fait, j'ai une certaine expérience de la solitude...

Lexie haussa les sourcils.

— Ne cherchez pas à m'apitoyer sur votre sort, ça ne marchera pas.

— Même si je me plains de mes effroyables voisins ?

— Même dans ce cas !

Jeremy ébaucha un sourire.

— Je ne suis pas attiré par le tourbillon de la vie new-yorkaise, contrairement à ce que vous croyez. J'habite New York parce que ma famille y réside et que je m'y sens chez moi, comme vous à Boone Creek.

— Vous vous sentez proche de votre famille ?

— Oui, nous nous réunissons pour dîner presque chaque week-end chez mes parents, dans le Queens. Mon père a eu une crise cardiaque il y a quelques années ; ce n'est pas un repos pour lui, mais il adore ces retrouvailles familiales. Un vrai zoo ! Des gosses courant dans tous les coins, ma mère à la cuisine, mes frères et leurs épouses au jardin, derrière la maison. Eux vivent dans le même quartier que mes parents, ils les voient plus souvent que moi.

Lexie avala une gorgée de bière, en essayant de s'imaginer ces dîners de famille.

— Ça me paraît sympathique...

— Il y a aussi des moments pénibles.

— Je ne comprends pas !

Jeremy fit tourner tranquillement la bouteille de bière entre ses mains.

— Parfois, moi non plus.

Intriguée par son intonation, Lexie garda le silence, en espérant qu'il préciserait sa pensée.

— Avez-vous déjà souhaité une chose de tout votre cœur ? reprit-il... et vu, au moment où votre désir est sur le point de se réaliser, votre rêve s'échapper ?

— Nous avons tous des rêves irréalisables, je suppose...

— Peut-être.

— J'ai du mal à vous suivre !

Jeremy tourna brusquement son visage vers Lexie.

— Vous ne savez pas très bien qui je suis ! Il y a des choses d'ailleurs que je n'ai confiées à personne.

Les épaules contractées, elle s'adossa au canapé.

— Êtes-vous marié ?

— Non.

— Avez-vous une liaison à New York ?

— Non plus !

Jeremy resta silencieux, et son visage se voila.

— Ça ne me regarde pas en fait, articula Lexie.

— Votre première supposition était presque la bonne. J'ai été marié... et je suis maintenant divorcé.

Lexie, qui s'était attendue au pire, faillit rire de soulagement, mais Jeremy avait l'air triste.

— Elle s'appelait Maria. Nous étions, apparemment, aussi différents que le feu et la glace, et notre relation a surpris beaucoup de gens. En réalité, nous partagions les mêmes valeurs et convictions sur ce qui est important dans la vie... y compris notre désir d'avoir des enfants. Elle en voulait quatre, moi cinq. De nos jours, c'est beaucoup, mais nous appartenons à des familles nombreuses.

Jeremy parut hésiter un instant.

— Nous pensions, reprit-il, qu'il n'y aurait aucun problème ; mais comme Maria n'était pas enceinte au bout de six mois, nous avons fait des tests de routine. C'était normal pour elle, pas pour moi. Des résultats sans commentaire... Ce sont des choses qui arrivent, m'a-t-on dit. Quand elle a appris la nouvelle, elle a décidé de me quitter. Maintenant, je suis heureux de voir ma famille, mais, en présence de mes neveux et nièces, je pense toujours aux enfants que je n'aurai jamais. Ça peut sembler bizarre, mais si vous saviez à quel point je désirais en avoir !

Lexie le dévisagea, pensive.

— Votre femme vous a quitté parce que vous ne pouviez pas lui faire un enfant ?

— Pas tout de suite, mais pour finir...

— Les médecins n'ont pas trouvé de solution ?

— Apparemment non, fit Jeremy, un peu gêné. Ils n'ont pas décrété que j'étais absolument stérile, mais, d'après eux, j'ai peu de chances d'être fécond. Elle ne l'a pas supporté !

— Avez-vous songé à adopter un enfant ? Ou à trouver un donneur ?

— N'allez pas croire que Maria n'a pas de cœur. Si vous la connaissiez, vous pourriez la comprendre ! Elle rêvait depuis toujours d'avoir un enfant... Ses sœurs sont devenues mères, et, si je n'avais pas eu ce problème, elle aurait mis au monde un enfant elle aussi.

Jeremy leva les yeux au ciel.

— Pendant longtemps, je n'ai pas voulu accepter ce verdict. Et quand j'ai fini par l'admettre, je me suis senti lamentable. Vous allez vous moquer de moi, mais j'avais l'impression de n'être plus rien.

Jeremy haussa les épaules, et poursuivit son monologue calmement.

— Bien sûr, nous aurions pu envisager une adoption, ou trouver un donneur... Je l'ai suggéré à Maria. Elle n'avait pas envie de cela : elle voulait être enceinte et donner naissance à un enfant dont son mari serait le géniteur... Nos relations se sont dégradées petit à petit, mais elle n'était pas entièrement fautive. J'ai changé moi aussi. Je suis devenu maussade... Je voyageais de plus en plus souvent pour des raisons professionnelles... et j'ai peut-être cherché à l'éloigner de moi.

Lexie scruta un moment le visage de Jeremy.

— Pourquoi ces confidences ?

Jeremy avala une gorgée de bière et se remit à gratter l'étiquette de sa bière.

— Peut-être pour *te* faire comprendre, Lexie, ce que *tu* risques avec quelqu'un comme moi.

Sentant ses joues s'empourprer, Lexie tourna la tête.

— On ne doit jamais dire des choses que l'on ne pense pas !

— Pourquoi crois-tu que je ne les pense pas ?

Dehors, le vent redoubla, et elle l'entendit mugir contre la porte.

— Parce que ça ne te ressemble pas, et ça ne correspond pas à ce que tu viens de me raconter. Toi et moi, nous sommes totalement différents... Nous habitons aux antipodes l'un de l'autre. Tu as une grande famille que tu vois souvent ; je n'ai que Doris qui a besoin de moi ici, d'autant que sa santé laisse à désirer. Tu aimes les villes, j'aime les petites bourgades. Tu es très attaché à ta carrière... et moi à mon travail à la bibliothèque. Si l'un de nous deux doit renoncer à ses choix...

Lexie ferma un instant les yeux.

— Certaines personnes en sont capables, reprit-elle, mais c'est une rude épreuve à surmonter. Tu m'as dit toi-même que tu es tombé amoureux de Maria parce que vous partagiez les mêmes valeurs ; en ce qui nous concerne, ce n'est pas le cas. Et si je refusais de me sacrifier, je trouverais également injuste d'attendre un sacrifice de ta part.

Lexie baissa les yeux, et le tic-tac de la pendule, posée sur la cheminée, résonna dans la pièce. Devant son joli visage, voilé de tristesse, Jeremy craignit soudain de laisser s'envoler son unique chance.

— Comment sais-tu qu'il s'agit d'un sacrifice pour moi ? Si je te disais que je suis plus tenté de rester ici que de reprendre mon ancien mode de vie ?

Il tendit un bras et orienta, du bout du doigt, la joue de Lexie vers lui. Électrisée par ce contact, elle parvint avec peine à trouver le ton juste.

— Je te répondrais que j'ai vécu des moments extraordinaires depuis deux jours... que j'ai été... enchantée de te rencontrer... et que j'aimerais trouver une solution pour nous. Enfin, je t'avouerais que je suis flattée...

— Mais tu ne veux pas tenter ta chance ?

— Jeremy, je...

— Ça va, dit-il ; je comprends.

— Non, tu ne comprends pas ! Tu m'as entendue, mais tu ne m'as pas comprise. Bien sûr que j'aimerais tenter ma chance avec toi ! Tu es intelligent et charmant... D'accord, tu es un peu trop entreprenant parfois, mais...

Jeremy rit malgré lui, et Lexie poursuivit en pesant ses mots.

— Je veux dire que nos deux dernières journées ont été un enchantement, mais certains événements de mon passé m'ont blessée moi aussi.

Elle lui parla brièvement de M. Renaissance et conclut d'un air presque coupable :

— Voilà pourquoi j'essaie d'être réaliste. Je ne prétends pas que toi tu disparaîtras ; mais peux-tu affirmer sincèrement que nos sentiments ont un avenir si une grande distance nous sépare ?

— Oui, je l'affirme.

— Tu es sincère, mais demain ? Et dans un mois ?

Le vent grondait autour du cottage, projetant du sable contre les fenêtres. L'air pénétrait à travers les carreaux vétustes et gonflait les rideaux.

Jeremy contempla Lexie avec la certitude qu'il l'aimait.

— Lexie, je...

Elle leva les mains pour interrompre une probable déclaration d'amour.

— Je t'en prie... ne dis rien ! Je ne suis pas encore prête... Pour l'instant, contentons-nous de dîner paisiblement ensemble, si tu veux.

Elle hésita avant de poser avec précaution sa bouteille sur la table.

— Il faudrait que je jette un coup d'œil sur les pâtes...

Le cœur serré, Jeremy la regarda se lever. Sur le seuil de la cuisine, elle se retourna.

— Je tiens à ajouter que l'attitude de ton ex-épouse me choque. Il me semble qu'elle n'a pas été à la hauteur... On ne quitte pas son mari sous un tel prétexte, et le fait que tu n'aies rien d'autre à me dire à sa décharge m'incite à penser qu'elle s'est mal conduite. Crois-moi, je sais ce que signifie le fait d'avoir des enfants ! Il faut en prendre soin, les élever, les aimer, les aider ; et cela n'a pas grand-chose à voir avec la personne avec qui on les a conçus une nuit, dans une chambre à coucher, ou avec l'expérience d'une grossesse.

Lexie s'éclipsa en direction de la cuisine, tandis que Billie Holiday chantait « I'll Be Seeing You » à la radio. Jeremy se leva pour la suivre : il venait de comprendre qu'elle était la raison de sa venue à Boone Creek, et la réponse aux questions qu'il se posait depuis longtemps.

— Merci de m'avoir dit cela, murmura-t-il.

— Je t'en prie...

Comme elle fuyait son regard, Jeremy comprit qu'elle cherchait à rester forte malgré les émotions qui la secouaient ; il admira à la fois son tempérament passionné et sa réserve.

Il s'avança d'un pas.

— Puis-je te demander une faveur ? Comme je ne suis pas sûr de pouvoir me libérer demain soir, accepterais-tu de m'accorder cette danse ?

Lexie leva les yeux, ébahie.

— Ici ? Maintenant ?

Il s'approcha, prit en silence sa main qu'il porta à ses lèvres, puis il lui baisa les doigts. Un bras glissé autour de ses épaules, il l'enlaça tendrement en murmurant son prénom, et elle se laissa entraîner.

Au son de la mélodie, ils décrivirent d'abord des cercles lents à travers la minuscule cuisine. De plus en plus détendue à mesure qu'ils dansaient, Lexie sentait la main de Jeremy effleurer doucement son dos. Les yeux fermés, dans la chaleur de son étreinte, elle abandonna sa tête sur son épaule. Ses résistances avaient cédé... mais n'était-ce pas ce qu'elle avait souhaité depuis le début ?

Au-delà des fenêtres, les vagues continuaient à déferler vers la dune. La bise soufflait dans la nuit noire, tandis que le dîner mijotait sur la cuisinière.

Elle leva enfin les yeux pour rencontrer son regard ; il resserra son étreinte. Leurs lèvres se frôlèrent une fois, puis deux, et une troisième fois longuement. Après avoir pris du recul un instant, pour s'assurer de son consentement, il l'embrassa avec fougue. Enivrée au contact de sa langue, elle passa une main sur la barbe de plusieurs jours. Pour toute réponse, il baisa sa joue et son cou de sa bouche brûlante.

Debout dans la cuisine, ils se savourèrent l'un l'autre, sans précipitation. Après une courte pause pour éteindre le brûleur, Lexie le prit par la main et l'entraîna dans sa chambre.

Ils firent l'amour lentement. En lui répétant qu'il l'aimait et en murmurant son prénom comme une incantation, Jeremy promenait ses mains sur son corps, inlassablement, pour se prouver qu'il ne rêvait pas. Ils passèrent des heures au lit, à se griser de caresses et à rire de bon cœur.

Lexie se leva alors, passa un peignoir, et Jeremy enfila son jean avant de la rejoindre dans la cuisine, où elle avait allumé une bougie. Émerveillé par ses joues rosies, il dévora des pâtes sublimes à la lueur de la flamme. Bizarrement, ce dîner en tête à tête, lui sans chemise, elle nue sous son fin peignoir, lui semblait encore plus intime que tout ce qui s'était passé.

Quand ils se retrouvèrent au lit, il se contenta de l'enlacer et de la regarder s'endormir dans ses bras. De temps à autre, il chassait une mèche de ses yeux en se remémorant chaque détail et en sentant, au fond de son être, qu'il avait rencontré la femme avec qui il souhaitait vivre désormais.

Jeremy se réveilla peu avant l'aube et s'aperçut qu'il était seul. Il s'assit et tapota la couverture pour s'en assurer, puis sauta du lit et enfila son jean. Les vêtements de Lexie étaient éparpillés par terre, à l'exception de son peignoir.

Les bras croisés, il s'engagea en frissonnant dans le couloir. Lexie était assise au coin du feu, une tasse de lait à côté d'elle. Sur ses genoux reposait le carnet de Doris, ouvert à l'une des premières pages, mais elle ne lisait pas.

Elle regardait par la fenêtre, dans la nuit noire.

— Salut, fit-elle, alertée par le crissement du plancher.

Malgré la pénombre, Jeremy comprit que quelque chose la contrariait. Il s'assit sur l'accoudoir du fauteuil et glissa un bras autour des épaules de Lexie.

— Ça ne va pas ?

— Mais si !

— Que fais-tu là au milieu de la nuit ?

— Je ne dormais plus... D'ailleurs c'est bientôt l'heure de se lever pour prendre le ferry.

Jeremy hocha la tête, décontenancé.

— Es-tu furieuse contre moi ?

— Non.

— Tu regrettes ce qui s'est passé entre nous ?

— Je ne regrette rien.

Elle se tut, et Jeremy la serra dans ses bras en essayant de la croire.

— Ce carnet est très intéressant, observa-t-il sans insister. J'ai l'intention de prendre mon temps pour le lire...

— Je ne l'avais pas parcouru depuis des années. Il évoque pour moi certains souvenirs...

— Par exemple ?

Lexie hésita avant de lui désigner la page ouverte sur ses genoux.

— As-tu déjà lu ce passage ?

— Non !

— Alors, lis-le !

Jeremy parcourut quelques lignes qui lui semblèrent presque identiques à celles dont il avait déjà pris connaissance : prénoms des parents, durée de la grossesse, et annonce qu'une fille allait naître.

Après avoir terminé sa lecture, il interrogea Lexie du regard.

— Qu'en dis-tu ? souffla-t-elle alors.

— Précise ta question, je te prie.

— Les deux prénoms – Jim et Claire – ne te disent rien ?

— Non... Pourquoi ?

Lexie baissa les yeux.

— Il s'agit de mes parents. La page leur annonce la naissance d'une fille.

Jeremy haussa les sourcils, intrigué.

— Je me disais, reprit Lexie, que nous croyons nous connaître, mais tu ignores le prénom de mes parents et j'ignore celui des tiens.

Jeremy sentit sa gorge se nouer.

— Tu es contrariée à l'idée que nous nous connaissions si peu ?

— Non, ce qui me chagrine... c'est que je ne sais pas si nous aurons l'occasion de mieux nous connaître.

Avec une tendresse poignante, elle l'entoura de ses bras, et ils restèrent longtemps enlacés dans le fauteuil, en souhaitant ne plus bouger jusqu'à la fin des temps.

16.

— C'est ton ami ? fit Lexie, en désignant la cellule de détention d'un geste discret.

Bien qu'elle soit née à Boone Creek, elle visitait pour la première fois la prison du comté.

— D'habitude, il n'est pas comme ça, dit Jeremy, un peu consterné.

Au début de la matinée, ils avaient plié bagage et fermé le cottage à regret. Après leur descente du ferry, à Swan Quarter, la connexion du portable de Jeremy s'était rétablie, et il avait pu écouter ses messages. Nate en avait laissé quatre concernant leur prochain rendez-vous ; quant à Alvin, il avait laissé un unique message affolé, annonçant son arrestation.

La jeune femme avait déposé Jeremy devant sa voiture. Il l'avait suivie jusqu'à Boone Creek, soucieux à cause d'Alvin, et préoccupé aussi par l'attitude de Lexie : elle était d'une humeur étrange depuis l'aube de ce matin blafard.

Elle l'avait laissé passer son bras autour de ses épaules sur le ferry, mais elle s'était montrée peu bavarde, le regard rivé sur les eaux du Pamlico Sound. Elle ne souriait que furtivement, et ne répondait pas aux pressions de sa main. Aucune allusion à ses sentiments, alors qu'elle évoquait avec insistance les nombreux naufrages survenus au large ! Et quand il cherchait à orienter différemment la conversation, elle faisait mine de ne pas comprendre, ou bien elle s'abstenait de répondre.

Cependant, Alvin languissait dans la prison du comté et donnait la sensation d'y avoir passé une vie entière ; ce fut du moins l'impression de Lexie. Affublé d'un tee-shirt noir Metallica, d'un pantalon de cuir, d'un blouson et d'un bracelet clouté, il semblait fou furieux.

— Qu'est-ce je fiche dans ce patelin ? Rien ne se passe normalement ici !

Rouge de colère, il s'exprimait sur ce ton coléreux depuis leur arrivée, en s'agrippant aux barreaux de la cellule.

— Et maintenant, qu'attendez-vous pour me tirer du trou ?

Rodney, morose, se tenait les bras croisés ; cela faisait huit heures qu'il ignorait le prisonnier, qui n'arrêtait pas de geindre. Jeremy et Lexie l'intéressaient davantage, car, d'après Jed, Jeremy n'était pas rentré la veille, et Lexie n'avait pas dormi chez elle non plus. Une simple coïncidence ? Il en doutait fort, et n'était pas loin de conclure qu'ils avaient passé la nuit ensemble ; ce qui était de très mauvais augure.

— Nous allons trouver une solution, fit Jeremy pour ne pas irriter Rodney inutilement. Raconte-moi ce qui t'arrive !

— Ce qui m'arrive ? brailla Alvin, hagard. Eh bien je vais te le dire ! Ils sont cinglés... D'abord, je me perds en cherchant cette putain de ville. Je roule sur la grand-route, je dépasse deux stations-service, et je continue parce que je ne vois rien à l'horizon. Ensuite, je tourne en rond dans un marécage, pendant un temps fou... Il est près de neuf heures quand j'arrive enfin en ville... J'espérais trouver facilement *Greenleaf* : le seul endroit où l'on peut dormir dans le bled. Eh bien, je me reperds ! À cause d'un type à la station-service qui me tient la jambe pendant des heures...

— Tully, acquiesça Jeremy.

— Comment ?

— Le type à qui tu as parlé s'appelle Tully.

— Peu importe ! J'arrive finalement à *Greenleaf*... Un géant hirsute me regarde d'un sale œil ; il me donne ton mot et me colle dans une chambre remplie d'animaux empaillés...

— Toutes les chambres sont pareilles.

— Je m'en moque ! Et, bien sûr, tu n'es pas dans les parages.

— Je suis désolé...

— Tu vas me laisser finir ? Grâce aux indications que tu m'as laissées, je file au cimetière, où j'arrive juste à temps pour voir les lumières. C'est fantastique... Je commence à me sentir mieux, et je décide d'aller boire un verre avant de rentrer. Je m'arrête à un bar, le *Lookilu*, le seul endroit encore ouvert, apparemment. Il n'y a pas grand monde, et je me mets à parler à une certaine Rachel. Ça marche du tonnerre, mais tout à coup ce type entre... avec l'air d'avoir avalé un porc-épic.

Alvin hocha du chef en direction de Rodney, qui sourit, les lèvres pincées.

— Un moment après, reprit Alvin, je retourne à ma voiture, le type tape au carreau avec une lampe torche et me prie de sortir. Je lui demande pourquoi ; il me répète de sortir et me déclare que je ferais mieux de ne pas conduire après ce que j'ai bu. Je lui réponds que je me sens parfaitement bien et que je suis venu travailler avec toi. Il n'en a pas fallu davantage pour qu'il me boucle pour la nuit ! Maintenant, dépêche-toi de me sortir de là !

Lexie se tourna vers Rodney.

— Ça s'est passé comme ça ?

— Jusqu'à un certain point... mais il oublie qu'il m'a traité de crétin et menacé de porter plainte si je ne le laissais pas partir. Il paraissait si excité que j'ai craint qu'il soit drogué, ou qu'il devienne violent. Je l'ai arrêté pour son bien ! Et puis, il m'a traité aussi de tête de lard...

— C'était du harcèlement ; je n'avais rien fait !

— Vous étiez sur le point de conduire en état d'ivresse.

— Deux bières ! Je n'avais bu que deux bières ! protesta Alvin. Demandez au barman, il vous le dira !

— C'est déjà fait. D'après lui, vous avez consommé sept boissons.

— Il ment !

Alvin regardait Jeremy à travers les barreaux, le visage paniqué.

— J'ai consommé deux boissons ! Je ne conduis jamais en état d'ivresse. Je te le jure, Jeremy, sur la bible de ma mère !

Jeremy et Lexie interrogèrent Rodney du regard.

— J'ai fait mon devoir, bougonna-t-il, en haussant les épaules.

— Votre devoir ? C'est votre devoir d'arrêter un innocent ? Chez nous, en Amérique ? Eh bien vous allez avoir de mes nouvelles ! Si je porte plainte, vous ne pourrez même plus être agent de sécurité à Wal-Mart !

— Je me charge de parler à Rodney, chuchota Lexie, sentant que l'altercation pourrait s'éterniser.

Dès qu'elle s'éloigna avec le shérif adjoint, Alvin se tut.

— On va te tirer de là, fit Jeremy, rassurant.

— Ma place n'est pas ici !

— Je sais, mais tu n'arranges pas les choses.

— Il me persécute !

— Peut-être, mais faisons confiance à Lexie.

— Que se passe-t-il vraiment ? demanda Lexie à Rodney, dans le corridor.

Tourné vers la cellule, il évita son regard.

— Où étais-tu hier soir ?

— Au cottage, sur la plage.

— Avec lui ?

— Nous ne sommes pas partis ensemble, répondit Lexie, après un instant d'hésitation.

La réponse de Lexie n'était pas claire, mais Rodney se rendit brusquement compte qu'il ne tenait pas à en savoir plus.

— Honnêtement, pourquoi l'as-tu arrêté ?

— Je n'en avais pas l'intention, il l'a bien cherché !

— Rodney...

Le shérif adjoint baissa la tête.

— Il draguait Rachel, et tu sais comment elle est quand elle boit : aguicheuse et sans une once de bon sens... Je sais que ça ne me regarde pas, mais quelqu'un doit veiller sur cette fille ! Donc, quand il est parti, je suis allé lui parler pour savoir s'il comptait aller chez elle et quel genre de type c'était. Il s'est mis à m'insulter, et comme je n'étais pas spécialement de bonne humeur...

Comme elle devinait la raison de son humeur ténébreuse, Lexie se garda d'intervenir.

— En réalité, reprit-il, pour se justifier, il allait se mettre au volant après avoir bu. C'est illégal !

— Avait-il dépassé la limite autorisée ?

— Aucune idée ! Je n'ai pas vérifié.

— Rodney !

— Il m'a mis en colère, Lexie. Il est grossier, a une allure bizarre ; il draguait Rachel, m'a insulté, et m'a dit pour finir qu'il travaille avec ce type...

Rodney hocha la tête en direction de Jeremy, et Lexie posa une main sur son épaule.

— Maintenant, écoute-moi. Tu sais que tu vas avoir de graves ennuis si tu le gardes en cellule sans raison valable. Pense à la réaction du maire ! S'il découvre ce que tu as fait au cameraman – alors que lui-même s'est donné tant de mal dans cette affaire –, jamais il ne te pardonnera. Enfin, conclut Lexie après un silence, je te signale que plus tôt tu le libéreras, plus tôt ils repartiront tous les deux.

— Tu penses vraiment qu'*il* va partir ?

— Son vol est pour demain.

Rodney se décida enfin à regarder Lexie dans les yeux.

— Tu pars avec lui ?

Lexie, qui se posait la question depuis le début de la matinée, répondit non sans peine :

— Non, Rodney, je suis chez moi à Boone Creek, et j'y reste.

Dix minutes après, Alvin se dirigeait vers le parking, entre Jeremy et Lexie. Debout sur le seuil, Rodney les regardait s'éloigner.

— Pas un mot ! chuchota Jeremy, en serrant fermement le bras de son ami. Contente-toi de marcher...

— C'est un péquenaud, armé d'un revolver !

— Non ! protesta Lexie. Je vous assure que c'est un type bien.

— Il m'a arrêté sans raison valable !

— Oui, mais il doit veiller sur notre ville.

Jeremy fit signe à Alvin de s'asseoir à l'arrière de la voiture, et celui-ci se remit aussitôt à geindre.

— Je n'ai pas dit mon dernier mot ! Je vais appeler le procureur pour faire virer ce type.

— Vous feriez mieux de laisser tomber, déclara Lexie en l'observant par la portière ouverte.

— Laisser tomber ? Vous êtes folle ! Il a eu tort, et vous le savez parfaitement.

— Il a eu tort... mais comme il n'y a pas eu d'inculpation, vous allez laisser tomber !

— Qui êtes-vous pour me donner des ordres ?

— Je m'appelle Lexie Darnell. Non seulement je suis une amie de Jeremy, mais je vis dans la même ville que Rodney. Je vous jure que je me sens beaucoup plus en sécurité grâce à lui ; et tous les habitants de Boone Creek vous en diraient autant. Quant à vous, il vous fichera la paix puisque vous repartez demain ! Enfin, avouez que ça fera une bonne anecdote à raconter quand vous serez à New York !

Alvin la dévisagea d'un air hébété avant d'adresser un clin d'œil à Jeremy.

— C'est *elle* ?

Jeremy acquiesça d'un signe de tête.

— Un peu arrogante... mais jolie, reprit Alvin.

— En plus, elle sait cuisiner à l'italienne.

— Comme ta mère ?

— Peut-être mieux.

— Penses-tu qu'elle a raison de m'inciter à jeter l'éponge ?

— Elle connaît la ville beaucoup mieux que nous deux réunis, et elle ne m'a pas une seule fois induit en erreur !

— Alors, elle est intelligente ?

— Extrêmement.

Alvin prit un air narquois.

— Je parie que vous avez passé la nuit ensemble !

Silence de Jeremy.

— Une sacrée nana, bougonna Alvin.

Lexie, exaspérée, finit par les interrompre.

— Dites donc, les gars ! Vous êtes-vous rendu compte que j'entends votre conversation ?

— Pardon ! Nous avons pris de mauvaises habitudes... maugréa Jeremy.

— On y va ? proposa Lexie.

Jeremy interrogea du regard son ami, qui semblait pensif.

— D'accord, allons-y ! fit Alvin en haussant les épaules. J'accepte d'oublier ce qui m'est arrivé... mais à une condition.

— Laquelle ?

— Ton histoire de cuisine italienne m'a mis en appétit, je n'ai rien mangé depuis hier ! Invitez-moi à déjeuner, et je laisse tomber l'incident. Et en plus, je vous raconte comment s'est passé mon tournage au cimetière.

Épuisé par le manque de sommeil, Rodney les regarda s'éloigner avant de rentrer. Il n'aurait pas dû arrêter Alvin, mais il n'allait pas se culpabiliser pour si peu. Ce type s'était mis à l'insulter et à prendre de grands airs, alors qu'il comptait exercer une simple pression sur lui...

Après s'être frotté le sommet du crâne, il décida de ne plus y penser : affaire classée ! Restait le fait que Lexie et Jeremy avaient passé la nuit ensemble. Leur attitude confirmait ses soupçons. Rien à voir avec la manière dont ils s'étaient comportés à la soirée du maire ! Quelque chose avait changé entre eux ; il en avait eu l'absolue certitude au moment où Lexie avait rusé pour répondre à sa question. « Nous ne sommes pas partis ensemble », lui avait-elle déclaré, alors qu'il voulait simplement savoir si elle était allée à la plage avec lui ce soir-là. Après une telle affirmation, point n'était besoin d'être ingénieur de l'aérospatiale pour en avoir le cœur net.

C'était une triste évidence qui le désolait, et il regretta encore une fois de ne pas mieux comprendre la personnalité de Lexie. Il lui était arrivé de se sentir proche d'elle... mais il avait maintenant la preuve qu'il ne devait vraiment rien espérer. Elle allait commettre la même erreur une seconde fois ! N'avait-elle pas compris, après avoir été déçue par le premier étranger de passage ? Avait-elle oublié sa dépression à la suite de cette aventure ? Pourquoi courait-elle au-devant de nouvelles déceptions ?

Lucide ou non, conclut Rodney, elle avait préféré – du moins le temps d'une soirée – agir selon son bon plaisir. C'était absurde, et il ne supportait plus de s'inquiéter pour elle, de souffrir pour ses beaux yeux. Il l'aimait toujours, sans doute, mais il avait passé trop d'heures à essayer de deviner les sentiments qu'elle lui portait. Elle devait se décider maintenant ou jamais !

Jed, assis à l'une des tables d'*Herbs*, fronça les sourcils et croisa les bras en voyant Alvin, Jeremy et Lexie s'installer dans un box, devant les vitres.

— Notre charmant hôtelier ne semble pas enchanté de nous rencontrer, chuchota Alvin.

En effet, les yeux de Jed n'étaient plus que deux fentes étroites, constata Jeremy.

— Oui, c'est bizarre ! Il était plutôt aimable avec moi... Qu'as-tu fait pour lui déplaire ?

— Rien du tout. Je me suis simplement présenté à l'accueil.

— Peut-être qu'il n'aime pas ton style.

— Que reproches-tu à mon style ?

Lexie haussa les sourcils, amusée.

— Je n'en sais rien, mais tout le monde n'aime pas Metallica, suggéra Jeremy.

— Tant pis ! ricana Alvin.

Jeremy adressa un clin d'œil à Lexie, qui lui sourit machinalement ; mais son esprit semblait ailleurs.

— Mon tournage d'hier soir s'est très bien passé ! proclama Alvin en saisissant le menu. J'ai filmé sous deux angles différents et j'ai visionné les images en play-back. Formidable ! Ils vont adorer ça à la télé... À propos, je dois rappeler Nate : il n'arrivait pas à te joindre et a passé l'après-midi à me harceler. Je me demande comment tu fais pour le supporter, Jeremy.

Voyant Lexie perplexe, Jeremy se pencha vers elle.

— Il s'agit de mon agent.

— Il vient lui aussi ?

— Non. Il est bien trop occupé à rêver de ma carrière ! D'ailleurs, il ne met jamais les pieds hors de New York. C'est le genre de type qui aimerait construire des immeubles d'habitation sur Central Park.

Lexie ébaucha un sourire.

— Vous deux, demanda Alvin, dans quelles circonstances vous êtes-vous rencontrés ?

Lexie ne semblait pas tentée de répondre, alors Jeremy préféra rester dans le vague.

— Elle est bibliothécaire et elle m'a aidé dans mes recherches...

— Vous avez dû passer pas mal de temps ensemble !

— Il y avait de nombreux documents à consulter, précisa Jeremy, gêné.

Alvin sentit que quelque chose ne tournait pas rond. Étaient-ils en train de panser leurs blessures après une querelle d'amoureux ? Si c'était le cas, que d'émotions en une seule matinée !

Renonçant à en savoir davantage, il parcourait la carte des hors-d'œuvre quand Rachel s'approcha de leur table d'un air désinvolte.

— Salut, Alvin.

— Ah, Rachel !

— Je vous attendais au petit déjeuner ! Mieux vaut tard que jamais...

— Navré, mais je ne me suis pas réveillé à temps, répliqua rapidement Alvin, en adressant un coup d'œil complice à Jeremy et Lexie.

Rachel sortit un petit bloc-notes de la poche de son tablier et prit, derrière son oreille, un crayon qu'elle humecta du bout de la langue.

— Qu'est-ce que je vous sers maintenant ?

Jeremy commanda un sandwich, Alvin une bisque de homards.

— Je n'ai pas très faim, annonça Lexie. Doris est par ici ?

— Non, fit Rachel, elle n'est pas venue aujourd'hui. Elle était fatiguée et a décidé de prendre une journée de repos. Elle a travaillé tard, hier soir, pour préparer le week-end.

Sentant Lexie sur le qui-vive, Rachel ajouta d'un ton rassurant que Doris avait une « bonne voix » au téléphone.

— Je vais peut-être aller voir comment elle se porte.

Après avoir quêté un regard approbateur autour de la table, Lexie se leva. Rachel fit un pas de côté pour la laisser passer.

— Je t'accompagne ? proposa Jeremy.

— Non, merci. Tu as du travail, et moi aussi. On peut se retrouver plus tard à la bibliothèque. Tu voulais terminer la lecture des journaux intimes, non ?

— Effectivement, murmura Jeremy, frappé par sa froideur, et désolé de ne pas passer l'après-midi avec elle.

— Alors, retrouvons-nous à quatre heures.

— Très bien, mais donne-moi vite des nouvelles de Doris !

— Rachel l'a dit, il n'y a pas de raison de s'inquiéter ! Je vais reprendre son carnet sur le siège arrière, si tu es d'accord.

— Aucun problème !

Lexie se tourna vers le cameraman.

— Ravie d'avoir fait votre connaissance, Alvin.

— Moi de même !

Lexie s'éloigna, et Rachel disparut dans la cuisine.

— Maintenant tu passes aux aveux, mon cher ! décréta Alvin, penché vers son ami.

— Qu'est-ce tu racontes ? protesta Jeremy.

— Tu sais de quoi je parle. Tu tombes sous son charme, vous passez la nuit ensemble, mais quand vous venez me sortir de prison, vous semblez à peine vous connaître. Finalement, elle saute sur le premier prétexte pour te fausser compagnie...

— Doris est sa grand-mère. Elle s'inquiète au sujet de sa santé...

Alvin parut sceptique.

— J'ai quand même remarqué que tu lui jetais des regards de chien battu... et qu'elle faisait semblant de ne pas s'en apercevoir. Vous vous êtes disputés ?

— Non...

Jeremy s'interrompit et laissa planer son regard autour du restaurant. Il aperçut trois membres du conseil municipal à une table en angle, ainsi que la bénévole « entre deux âges » de la bibliothèque. Tous lui adressèrent un petit salut.

— En fait, je n'y comprends rien. C'était le septième ciel, et brusquement...

Comme Jeremy se taisait, Alvin s'adossa à son siège.

— Remarque bien, ça ne pouvait pas durer.

— Ça aurait pu !

— Ah bon ? Comment ? Tu envisages de t'installer dans ce trou perdu ? À moins qu'elle te rejoigne à New York ?

Jeremy plia plusieurs fois sa serviette sans répondre ; il était décidé à ignorer l'évidence.

Le cameraman haussa les sourcils.

— J'aimerais faire plus ample connaissance avec cette jeune femme... Depuis Maria, tu n'avais jamais eu personne dans la peau à ce point !

Jeremy leva les yeux sans un mot, car Alvin avait vu juste.

Assise dans son lit, Doris jeta un coup d'œil par-dessus ses lunettes quand Lexie passa la tête dans l'embrasure de la porte.

— Lexie, que fais-tu ici ? Entre vite !

Doris posa son livre ouvert sur ses genoux. Elle était encore en pyjama, mais paraissait en assez bonne forme malgré un teint légèrement blafard.

Lexie traversa la pièce.

— Rachel m'a appris que tu restais chez toi aujourd'hui. Je viens prendre de tes nouvelles.

— Une légère fatigue, c'est tout. Tu n'es pas au cottage ?

— J'y étais, répliqua Lexie, en s'asseyant au bord du lit, mais j'ai dû revenir.

— Oh !

— Jeremy m'a rejointe.

Doris leva les mains, impuissante.

— Qu'y puis-je ? Je ne lui ai pas dit où tu étais, et ce n'est pas moi qui lui ai suggéré d'aller te chercher.

Lexie serra le bras de Doris pour la rassurer.

— Je sais !

— Mais comment a-t-il fait pour te trouver ?

— Je lui ai parlé l'autre jour du cottage, et il en a tiré des conclusions... Si tu savais comme j'étais ébahie quand je l'ai vu longer la plage !

Doris observa un moment sa petite-fille, avant de se redresser un peu plus dans son lit.

— Tu étais donc là-bas hier soir, et... ?

— Je lui ai fait ta fameuse sauce tomate, précisa Lexie en souriant.

— Oh !

— Il était impressionné. (Lexie passa sa main dans ses cheveux.) À propos, je t'ai rapporté ton carnet ; il est dans le séjour.

Doris enleva ses lunettes de lecture, qu'elle essuya avec un coin du drap.

— Cela ne m'explique pas pourquoi tu es déjà revenue.

— Jeremy m'a demandé de le ramener. Un de ses amis, cameraman à New York, est venu filmer les lumières. Ils ont l'intention de tourner ce soir.

— À quoi ressemble son ami ?

— Mi-punk mi-motocycliste appartenant à un gang...

Lexie se taisait, alors Doris se pencha pour prendre sa main, qu'elle serra doucement en regardant attentivement son visage.

— Si tu me parlais de la véritable raison de ton retour ?

Lexie promena un doigt sur les coutures de l'édredon.

— Non, je n'y tiens pas. C'est à moi de trouver par moi-même.

Doris hocha la tête : Lexie était une fille énergique, qu'il valait mieux ne pas contredire dans certaines situations.

17.

Debout sur le porche d'*Herbs*, Jeremy consulta sa montre. Il attendait qu'Alvin termine sa conversation avec Rachel. Alvin jouait le grand jeu, et Rachel ne semblait guère pressée de lui dire au revoir, ce qui était, en principe, bon signe. Jeremy avait cependant l'impression que la serveuse était plus polie qu'intéressée, et que son ami ne percevait pas les nuances. D'ailleurs, il avait toujours eu du mal avec les nuances.

Quand Alvin et Rachel se séparèrent enfin, Alvin rejoignit Jeremy, un sourire aux lèvres, comme s'il avait déjà oublié les événements de la veille.

— Tu as vu ? souffla-t-il, en approchant. On dirait qu'elle m'aime bien.

— Tu crois ?

— Pourquoi pas ? Quelle femme, mon vieux ! J'adore sa façon de parler... Elle est si... sexy.

— Tout te paraît sexy.

— Non ! Seulement presque tout...

— Tu la verras peut-être ce soir au bal. On pourrait y faire un saut avant d'aller filmer.

— Il y a un bal ce soir ?

— Des danses paysannes à la grange à tabac. La ville se déplace au grand complet ; elle y sera certainement.

— Très bien, fit Alvin en descendant les marches du porche.

Puis il glissa entre ses dents :

— Je me demande pourquoi elle n'y a pas fait allusion.

Rachel feuilletait d'un air absent ses tickets de commande, en regardant Alvin s'éloigner du restaurant avec Jeremy.

Elle était d'abord restée distante quand il avait pris un siège à côté d'elle au *Lookilu* ; mais dès qu'elle avait appris les raisons de sa présence à Boone Creek et le fait qu'il connaissait Jeremy, ils avaient engagé une véritable conversation, et il lui avait parlé de New York pendant une bonne heure. À l'entendre, une ville paradisiaque ! Elle lui avait dit qu'elle espérait y venir un jour ; il avait aussitôt griffonné son numéro de téléphone sur la couverture de son bloc, en lui disant de l'appeler. Il promettait même de prendre des billets pour *Regis and Kelly* si elle voulait.

Aussi flattée fût-elle, elle ne l'appellerait pas. Elle n'appréciait guère les tatouages, et même si elle n'avait pas eu beaucoup de chance en amour jusque-là, elle était résolue depuis longtemps à ne jamais sortir avec un homme ayant plus de piercings qu'elle à l'oreille. Et puis, Rodney n'était peut-être pas pour rien dans son manque d'intérêt pour Alvin...

Rodney passait souvent au *Lookilu* pour s'assurer que personne ne prendrait le volant en état d'ébriété, et les habitués s'attendaient toujours à le voir apparaître au cours de la nuit. Il circulait autour du bar, disait bonjour aux uns et aux autres ; si quelqu'un paraissait se livrer à des excès, il lui annonçait qu'il le tenait à l'œil. Malgré ses airs intimidants, il n'hésitait pas à proposer de ramener les buveurs chez eux. Il avait pu, ainsi, s'abstenir de toute arrestation depuis quatre ans. Au début, le patron du *Lookilu* avait maudit la présence du shérif adjoint dans le bar, mais puisque personne ne semblait s'en formaliser, il lui arrivait maintenant d'appeler lui-même Rodney quand l'un de ses clients avait besoin d'être ramené en voiture.

La veille, Rodney était passé, comme de coutume, et l'avait immédiatement aperçue au bar, se souvint Rachel. Au lieu de lui sourire et de venir lui parler, il lui avait semblé vaguement déçu quand il l'avait aperçue avec Alvin.

Après cette réaction inattendue, et très passagère, il avait pris un air furieux. Était-il jaloux ? À tout hasard, elle était partie immédiatement après lui. Au volant de sa voiture, elle n'avait cessé de se rejouer la scène, en se demandant si elle avait bien vu ou si elle s'était raconté des histoires. Une fois couchée, elle avait conclu qu'elle n'aurait pas détesté que Rodney soit réellement jaloux.

Qui sait, il y avait peut-être un peu d'espoir ?

Après avoir pris la voiture d'Alvin, restée près du *Lookilu*, le journaliste et le cameraman se rendirent à *Greenleaf*. Alvin se doucha rapidement, Jeremy se changea, puis mit son ami au courant de ses recherches pendant plusieurs heures. Se concentrer sur son travail était le meilleur moyen de calmer ses inquiétudes à propos de Lexie.

Les films d'Alvin étaient excellents, ainsi qu'il l'avait proclamé, et surtout si on les comparait à ceux qu'avait tournés Jeremy. Leur netteté et leur précision, combinées à un play-back au ralenti, permettaient de remarquer des détails passés inaperçus. Mieux encore, il pourrait faire certains arrêts sur image pour faciliter la compréhension du public.

Ensuite, Jeremy promena Alvin dans le temps, grâce aux références historiques qui l'avaient mené à ses conclusions. Mais quand il s'acharna à lui exposer ses preuves dans les moindres détails – cartes, notes sur les carrières, niveau des eaux, cycles lunaires, projets de construction divers, précisions sur la réfraction de la lumière –, Alvin se mit à bâiller. Il ne s'était jamais intéressé au travail de fourmi de Jeremy, et le persuada finalement de l'emmener de l'autre côté du pont, à l'usine de papier, pour qu'il la voie de ses propres yeux.

Ils passèrent quelques minutes à explorer la cour, où des troncs d'arbres étaient chargés sur les quais ; sur le chemin du retour, le journaliste indiqua à Alvin l'endroit où ils tourneraient plus tard. De là, il l'amena au cimetière, pour lui donner l'occasion de filmer le lieu à la lumière du jour.

Alvin plaça sa caméra en plusieurs endroits, tandis que Jeremy faisait les cent pas. Le calme du cimetière le ramenait fatalement à Lexie. Il repensait à leur nuit d'amour, en cherchant encore à comprendre la raison pour laquelle elle s'était levée au milieu de la nuit. Malgré ses dénégations, il savait qu'elle éprouvait des regrets, et peut-être des remords, mais il n'y voyait pas plus clair pour autant.

Évidemment, il allait partir, mais il lui avait répété à plusieurs reprises qu'ils trouveraient une solution. Et comment nier qu'ils se connaissaient à peine ? Il avait cependant pris conscience, en un temps si bref, qu'il l'aimerait jusqu'à la fin de ses jours. L'essentiel était qu'ils tentent leur chance.

Alvin, il en convint, était lucide. Malgré ses inquiétudes au sujet de Doris, Lexie donnait l'impression d'avoir saisi le premier prétexte pour s'éloigner. Il n'aurait su dire si elle le fuyait par amour ; ou si, au contraire, elle évitait de s'attarder parce qu'elle ne l'aimait pas.

Pendant la nuit, il avait eu la certitude qu'ils étaient sur la même longue d'onde. Mais maintenant...

Si seulement ils avaient passé l'après-midi ensemble ! Il voulait qu'elle lui confie ses inquiétudes, la réconforter ; il voulait la serrer dans ses bras et l'embrasser, en l'assurant que leur amour leur permettrait de surmonter les obstacles. Il voulait lui déclarer qu'il ne pourrait vivre sans elle, que ses sentiments étaient sincères, et surtout l'entendre dire qu'elle les partageait.

Au loin, Alvin, perdu dans ses pensées, et indifférent aux soucis de son ami, traînait sa caméra et son trépied : il se dirigeait vers la partie du cimetière où la silhouette de Lexie s'était évanouie la première fois.

Jeremy hésita un moment, puis, se fiant à son intuition, se mit à explorer les lieux ; il marchait lentement. Quelques minutes après, l'évidence lui sauta aux yeux. Après avoir franchi une petite butte, il s'arrêta au pied d'une azalée revenue à l'état sauvage et entourée de végétation, mais face à un espace parfaitement entretenu. Accroupi, il remit en place les fleurs que Lexie avait dû apporter dans son sac, et comprit soudain pourquoi ni Doris ni Lexie ne souhaitaient que des touristes affluent au cimetière.

Dans les ténèbres, il avait sous les yeux les tombes de Claire et James Darnell. Pourquoi n'y avait-il pas pensé plus tôt ?

En revenant du cimetière, Jeremy déposa Alvin à *Greenleaf* pour une sieste, puis il retourna à la bibliothèque, en se répétant ce qu'il allait dire à Lexie.

La bibliothèque paraissait plus animée que d'habitude, vue de l'extérieur. Les gens déambulaient par groupes de deux ou trois sur le trottoir, et, un doigt levé vers la façade, admiraient l'architecture, en préambule à la visite guidée des demeures historiques. La plupart tenaient une brochure identique à celle que lui avait envoyée Doris, et lisaient à haute voix les commentaires qui vantaient les caractéristiques exceptionnelles de l'édifice.

À l'intérieur, le personnel se préparait aussi. Quelques bénévoles balayaient et époussetaient ; deux autres installaient des lampes Tiffany. Jeremy supposa que, dès le début de la visite guidée, la lumière des plafonniers serait tamisée pour donner à la bibliothèque une ambiance plus compassée.

Il remarqua que la salle des enfants était beaucoup mieux rangée que lors de son précédent passage, et il monta au premier étage, où la porte de Lexie était restée ouverte. Il se concentra un moment avant d'entrer, et il l'aperçut : penchée sur le bureau à peu près déblayé, elle faisait son possible, comme ses collègues, pour mettre de l'ordre. Plusieurs piles de papiers s'entassaient sous le meuble.

— Salut ! lança-t-il.

Lexie se leva et lissa son chemisier d'une main.

— Tu me surprends en train de rendre cet endroit plus avenant.

— Un lourd week-end t'attend !

— J'aurais mieux fait de m'y mettre avant, mais quand on se laisse déborder...

Légèrement décoiffée, elle n'en était pas moins désirable.

— Les meilleurs d'entre nous ont ce problème.

— En principe, pas moi.

Au lieu de s'approcher de Jeremy, Lexie prit une autre pile et plongea à nouveau la tête sous son bureau.

— Doris va bien ?

— Ça va. Comme nous l'a dit Rachel, elle est un peu lasse, mais elle sera d'attaque demain.

La tête de Lexie réapparut, tandis qu'elle s'emparait d'une deuxième pile de papiers.

— Si tu as le temps, passe la voir avant ton départ ; elle sera sûrement contente.

D'abord silencieux, Jeremy s'approcha de Lexie, qui se retrancha derrière son bureau en faisant mine de n'avoir rien vu.

— Qu'y a-t-il, Lexie ?

Elle effectua de menus rangements sur son bureau.

— Je suis très occupée !

— Je voudrais savoir ce qui t'arrive ?

— Rien.

— Tu évites mon regard !

Leurs yeux se croisèrent pour la première fois depuis la veille. Jeremy sentit poindre l'hostilité de Lexie, mais était-elle furieuse contre lui ou contre elle-même ?

— Je ne sais pas ce que tu veux me faire dire, bredouilla-t-elle. Je t'ai déjà expliqué que je suis assez débordée en ce moment...

Lexie cherchait manifestement prétexte à une dispute, se dit Jeremy.

— Je peux t'aider ?

— Non, je vais m'en sortir.

La tête baissée, elle glissa encore une pile de dossiers sous son bureau.

— Comment va Alvin ?

— Rassure-toi, il s'est calmé !

— Très bien. As-tu fini tes recherches ?

— À peu près...

La tête de Lexie émergea.

— J'ai ressorti les journaux intimes. Ils sont sur le bureau, dans la pièce réservée aux livres rares.

Jeremy ébaucha un sourire.

— Merci...

— Si tu as besoin de quoi que ce soit avant de partir, je reste ici encore une heure environ. La visite guidée commence à sept heures... Arrange-toi pour t'en aller avant six heures et demie, parce que nous éteignons les plafonniers.

— Je croyais que la pièce réservée aux livres rares fermait à cinq heures.

— Tu repars demain, alors j'ai décidé d'assouplir le règlement, pour une fois...

— D'autant plus que nous sommes amis, non ?

Lexie sourit machinalement.

— Bien sûr que nous sommes amis !

Jeremy se dirigea vers la pièce réservée aux livres rares en pensant à leur échange. Son entrevue avec Lexie ne s'était pas passée comme il l'espérait. Il avait imaginé, sans trop y croire, qu'elle le suivrait à New York ; mais il se faisait de moins en moins d'illusions. En fait, ça allait de mal en pis : non seulement elle gardait ses distances, mais elle semblait maintenant le mettre en quarantaine.

Sa froideur avait beau le contrarier, elle se justifiait dans une certaine mesure. L'explication, c'est qu'il vivait à New York et elle dans cette petite ville. La veille, au cottage, il n'avait eu aucun mal à se persuader que tout s'arrangerait entre eux par magie. Il avait cru sincèrement trouver une solution, car les gens qui s'aiment ont souvent cette chance.

Anticiper était son mode de réaction quand il rencontrait des difficultés. Il réfléchissait, faisait des suppositions et élaborait des scénarios à long terme, dans l'espoir de trouver une issue.

C'était aussi ce qu'il attendait d'elle. Mais certainement pas qu'elle le traite comme un paria ! Ni qu'elle

se conduise comme si rien ne s'était passé entre eux...
ou comme si elle regrettait leur soirée au cottage.

Il s'assit et classa les journaux intimes posés sur le
bureau en deux tas : sept qu'il avait déjà lus, et quatre
autres. Aucun des sept ne lui avait paru spécialement
intéressant, bien que deux énumèrent les enterrements
célébrés à Cedar Creek.

Il tendit la main vers un document qu'il n'avait pas
encore lu, et parcourut certains passages au hasard.
Rédigé entre 1912 et 1914, par une adolescente dénom-
mée Anne Dempsey, le journal était un compte rendu
au jour le jour de sa vie quotidienne. Les gens qu'elle
aimait, la nourriture, les impressions sur ses parents et
amis, la souffrance de se sentir incomprise. Les états
d'âme d'une jeune fille, rappelant étrangement l'angoisse des jeunes d'aujourd'hui. Il relégua le témoi-
gnage dans la pile de ceux qui ne présentaient pas
d'intérêt historique pour lui.

Écrits aux environs de 1920, les deux documents qu'il
parcourut ensuite relataient également des anecdotes personnelles. Un pêcheur décrivait avec précision les
marées et ses parties de pêche. Dans le second, une
institutrice bavarde, prénommée Glenara, narrait l'évolution de ses sentiments – sur une période de huit mois –
pour un jeune médecin de passage, ainsi que ses
réflexions sur les élèves et les gens qu'elle connaissait
en ville. Quelques pages concernaient la vie sociale de
Boone Creek, la contemplation des voiliers sur la
Pamlico River, les offices religieux, les parties de bridge,
et les promenades le long de Main Street, le samedi
après-midi. Pas de mention de Cedar Creek.

Jeremy supposa que le dernier journal lui ferait également perdre son temps. Mais abandonner ses recherches était synonyme de départ ; et il ne pourrait pas s'en
aller sans tenter de parler encore une fois avec Lexie,

au moins dans l'espoir de garder le contact. La veille, il aurait foncé dans son bureau en lui disant la première chose qui lui passait par la tête. Mais l'évolution récente de leurs relations, et l'air perturbé qu'elle affichait, le déconcertaient totalement.

Devait-il se montrer distant ? Ou bien tenter de lui parler, bien qu'elle meure d'envie de lui chercher querelle ? Ferait-il mine de croire qu'elle souhaitait toujours connaître la clef de l'énigme ? Devait-il l'inviter à dîner ? La serrer simplement dans ses bras ?

La dramatisation est toujours un facteur de trouble dans un couple. Lexie semblait exiger qu'il ait en toutes circonstances le mot juste et la réaction qu'elle attendait. C'était trop en demander !

Oui, il l'aimait, et réfléchissait lui aussi à leur avenir. Mais alors qu'il cherchait une solution, elle se comportait comme si elle se préparait déjà à tourner la page.

Il se rappela leur conversation.

Si tu as le temps, passe la voir avant ton départ. Elle aurait dû dire : « Nous passerons la voir ! »

Et sa dernière remarque ? *Bien sûr que nous sommes amis* ! Il s'était mordu la langue pour ne pas protester : « Amis ! Après la nuit que nous avons passée, tu considères que nous sommes de simples amis ? Ça ne signifie rien d'autre pour toi ? »

Parle-t-on ainsi à un homme que l'on aime et que l'on souhaite revoir ? Plus il y songeait, plus il avait envie de réagir de la même façon. Tu prends tes distances ? Je peux en faire autant. Tu me cherches querelle ? Eh bien, vas-y ! Après tout, il n'avait rien à se reprocher : les responsabilités étaient partagées. Il avait voulu lui déclarer ses sentiments, mais elle avait refusé de l'entendre. Quand il lui avait promis de trouver une solution, elle avait paru sceptique. Et, finalement, c'était elle (oui, *elle* !) qui l'avait entraîné dans sa chambre.

Il regarda par la fenêtre, les lèvres pincées. Pas question de jouer à ce jeu-là ! Si elle désirait lui parler, parfait. Sinon... qu'il le veuille ou non, il n'avait qu'à s'incliner devant la fatalité. Il n'allait pas se prosterner en la suppliant ; elle tenait leur avenir entre ses mains.

Puisqu'elle savait où il était, il décida de quitter la bibliothèque dès qu'il aurait terminé, et de regagner *Greenleaf.* Il lui donnerait ainsi l'opportunité de peser sérieusement le pour et le contre, et de comprendre qu'il ne supporterait pas plus longtemps ses mauvais traitements.

Dès qu'il fut parti, Lexie commença à se maudire d'avoir mal géré les événements. Sa visite à Doris ne l'avait pas aidée à y voir clair ; elle lui avait simplement permis de remettre l'inévitable à plus tard. Jeremy était réapparu comme si rien n'allait changer, comme s'il n'était pas à la veille de son départ...

Elle savait qu'il allait partir, exactement comme M. Renaissance ! Pourtant, le conte de fées de la nuit précédente éveillait en elle des illusions follement romantiques. S'il était parvenu à la retrouver dans ce lointain cottage, s'il avait eu le courage de lui faire certains aveux, pourquoi ne trouverait-il pas aussi un moyen de rester ?

Au fond de lui-même, il devait espérer qu'elle l'accompagnerait à New York. N'avait-il pas compris qu'elle faisait peu de cas de l'argent et de la célébrité ? Les magasins, les spectacles, ou le fait de pouvoir acheter des plats thaïlandais au milieu de la nuit, ne pesaient pas lourd dans la balance. Elle avait une autre conception de l'existence. Être ensemble, se promener la main dans la main, parler tranquillement en admirant un coucher de soleil, c'était cela la vie. Rien de spectaculaire ; mais que souhaiter de mieux ? Selon un vieil adage, qui souhaiterait sur son lit de mort avoir travaillé plus ardemment ? Avoir passé moins de temps à savourer un après-midi tranquille ou en compagnie de sa famille ?

Elle n'était pas naïve au point de nier les séductions du monde moderne. Mais le « soyez beaux, riches, célèbres, allez à des festivités mondaines, et vous serez heureux »... Un raisonnement absurde ; sinon pourquoi tant de gens riches, beaux et célèbres se droguaient-ils ? Pourquoi étaient-ils incapables de mener une vie conjugale harmonieuse ? Pourquoi les mettait-on si souvent sous les verrous ? Pourquoi paraissaient-ils malheureux dès qu'ils n'étaient plus sur le devant de la scène ?

Jeremy était sans doute attiré par ce mode de vie même s'il affirmait le contraire. Elle en avait eu l'intuition lors de leur première rencontre, et s'était juré de ne pas céder à son charme. Malgré tout, elle regrettait la manière dont elle venait de se comporter. D'accord, elle n'était pas prête à l'affronter à nouveau, mais elle aurait pu quand même lui parler franchement, au lieu de se mettre à l'abri derrière son bureau, en prétendant qu'il n'y avait aucun problème.

Oui, elle avait manqué de tact ! Quelle que fût la personnalité de Jeremy, il ne méritait pas ce traitement.

Des amis, avait-elle dit. *Bien sûr que nous sommes amis !*

La manière dont elle avait dit cela exaspérait Jeremy. Il hocha la tête, tapota son stylo d'un air absent contre son bloc-notes ; puis il fit rouler ses épaules pour se détendre, avança son siège et prit le dernier journal. Après l'avoir ouvert, il lui fallut à peine quelques secondes pour comprendre que le document serait différent.

Au lieu de rassembler de brefs commentaires personnels, il comportait un ensemble d'essais titrés et datés de 1955 à 1962. Le premier évoquait la construction de la St. Richard's Episcopal Church en 1859 : une ancienne implantation indienne aurait été alors découverte en creusant le site. Aux trois pages écrites à ce sujet succédait un texte sur le destin de la tannerie McTauten, édifiée sur les rives de Boone Creek en 1794. Le troisième essai, que Jeremy lut en haussant les sourcils, exposait le point de vue de l'auteur sur le sort des pionniers arrivés en 1587 sur Roanoke Island.

Se souvenant vaguement que l'un des journaux appartenait à un historien amateur, Jeremy feuilleta rapidement le carnet : il observa les titres, parcourut quelques paragraphes, survola certaines pages... jusqu'au moment où quelque chose l'intrigua. Il revint en arrière, et resta en arrêt devant une soudaine révélation.

Calé dans son fauteuil, il cligna les yeux en promenant ses doigts sur la page :

EXPLICATION DU MYSTÈRE DES LUMIÈRES AU CIMETIÈRE DE CEDAR CREEK

Depuis de nombreuses années, des citoyens de notre ville affirment avoir vu des fantômes apparaître au cimetière de Cedar Creek ; le Journal of the South *a publié, il y a trois ans un article à ce propos. Aucune explication n'a été donnée, mais, après avoir mené ma propre enquête, je crois avoir compris pourquoi des lumières apparaissent à certains moments plutôt qu'à d'autres.*

Je peux affirmer qu'il n'y a pas de fantômes. Ces lumières sont en fait celles de l'usine de papier Henrickson et s'expliquent par le passage du train sur le pont sur chevalets, par la position de Riker's Hill, et par les phases de la lune.

Jeremy retint son souffle en poursuivant sa lecture. Bien que l'auteur des lignes n'ait pas cherché à expli-

quer pourquoi le cimetière s'enfonçait – phénomène
sans lequel les lumières n'auraient sans doute pas été
visibles –, sa conclusion était essentiellement la même
que la sienne.

Cet homme avait résolu l'énigme près de quarante
ans plus tôt !

Quarante ans...

Il marqua la page avec un papier et retourna le livre
pour trouver un nom sur la couverture. Il se souvint
alors de sa première conversation avec le maire, et ses
soupçons s'ordonnèrent comme les pièces d'un puzzle.

Owen Gherkin ! Le journal avait été écrit par le père
du maire actuel, qui, selon ses propres dires, n'ignorait
rien de cette ville. Owen Gherkin avait, évidemment,
parlé à son fils, Tom, qui savait donc qu'il ne s'agissait
pas d'un phénomène paranormal, tout en prétendant le
contraire. Par conséquent, le maire n'avait cessé de
mentir, afin d'abuser de naïfs touristes en manipulant
un journaliste.

Et Lexie...

Lexie lui avait laissé entendre qu'il trouverait peut-
être dans les journaux intimes les réponses qu'il cherchait. Elle avait lu les écrits d'Owen Gherkin, et n'avait
pas hésité, elle aussi, à mentir pour jouer le jeu du
maire !

Jeremy se demanda combien d'autres personnes, à
Boone Creek, possédaient la clef du mystère. Il y a de
fortes chances que Doris soit au courant... Au cours de
leur conversation, elle lui avait appris sans détour ce
que les lumières n'étaient pas ; mais, comme le maire
et Lexie, elle ne lui en avait pas expliqué l'origine, alors
qu'elle la connaissait vraisemblablement.

En somme, l'histoire n'était qu'une vaste plaisante-
rie. La lettre, l'enquête, la soirée... Une vaste plaisan-
terie à *ses* dépens !

Lexie prenait maintenant ses distances, non sans lui avoir raconté que Doris l'avait emmenée au cimetière pour voir les esprits de ses parents. Elle avait fait en plus l'émouvante suggestion que Claire et James Darnell avaient voulu le rencontrer...

Coïncidence ? Complot ? Que dire de son changement d'attitude ? Elle paraissait souhaiter son départ ; comme si elle n'éprouvait rien pour lui et avait tout planifié...

Était-il victime d'une manipulation ? Si oui, pourquoi ?

Jeremy s'empara du carnet et fonça vers le bureau de Lexie, résolu à lui arracher des aveux. Il ne vit même pas les bénévoles tourner la tête quand il claqua la porte sans s'en rendre compte.

Celle de Lexie était entrouverte ; il la poussa pour entrer dans la pièce.

Après avoir caché les piles de papiers, Lexie astiquait le dessus du bureau à l'aide d'un chiffon. Une boîte d'encaustique à la main, elle leva les yeux lorsque Jeremy brandit le carnet.

— Salut ! lança-t-elle avec un sourire forcé, j'ai presque fini.

Jeremy la foudroya du regard.

— Arrête de te payer ma tête !

Le sentant furieux, elle glissa machinalement une mèche de cheveux derrière son oreille.

— Qu'est-ce que tu racontes ?

— Ce journal... Tu l'as lu, n'est-ce pas ?

— Oui, je l'ai lu, admit-elle, en reconnaissant le carnet d'Owen Gherkin.

— Sais-tu qu'il y a un passage sur les lumières de Cedar Creek ?

— Oui.

— Tu aurais dû m'en parler !

— Je t'ai parlé des journaux intimes dès ta première visite à la bibliothèque. Si j'ai bonne mémoire, je t'ai dit que tu pourrais y trouver ce que tu cherchais. T'en souviens-tu ?

— Ne triche pas ! Tu sais parfaitement ce que je cherchais.

— Et tu l'as trouvé, riposta Lexie, en haussant le ton. Je ne vois pas où est le problème.

— J'ai perdu mon temps. La totalité de la réponse se trouvait déjà dans ce document. Il n'y a aucun mystère, il n'y en a jamais eu, et tu joues la comédie depuis le début.

— Quelle comédie ?

— Inutile de nier !

— J'ai ici la preuve, rugit Jeremy, en brandissant à nouveau le carnet. Tu m'as menti effrontément !

Lexie, abasourdie, sentit elle aussi monter la colère.

— Pourquoi es-tu dans mon bureau ? Pour me mettre en accusation ?

— Tu savais !

— Non, je ne savais pas.

— Tu as lu les écrits d'Owen Gherkin !

— Et alors ? J'ai lu aussi le dernier article dans le journal, et bien d'autres, plus anciens. Comment pouvais-je me douter que Gherkin avait raison ? Je croyais à une simple hypothèse. Tu t'imagines que cette histoire me passionne ? Ça ne m'intéresse pas ! Ça ne m'a jamais intéressée ! C'est toi qui es venu enquêter à Boone Creek ; et si tu avais eu ce journal sous les yeux il y a deux jours, tu n'aurais eu aucune certitude toi non plus. Je suis persuadée que tu aurais mené de toute façon ta propre enquête.

Jeremy refusa de lui donner le bénéfice du doute.

— Là n'est pas la question ! C'est une vaste escroquerie : la visite guidée, les fantômes, la légende... Une arnaque pure et simple.

— Qu'est-ce que tu racontes ? Il s'agit d'une visite guidée des demeures historiques... à laquelle ils ont ajouté le cimetière, mine de rien ! Histoire d'organiser un agréable week-end, au milieu d'une saison sinistre. Personne n'est manipulé, personne n'est blessé... D'ailleurs, t'imagines-tu que les gens croient aux fantômes ? La plupart font semblant, parce que ça les amuse...

— Doris était au courant ?

— Au courant du journal d'Owen Gherkin ?

Lexie hocha la tête, furieuse d'être interrompue.

— À ton avis, comment le serait-elle ?

Jeremy leva un doigt, pour donner plus de poids à sa remarque.

— Il y a un point qui m'échappe ! Si vous ne souhaitiez pas, Doris et toi, que le cimetière soit inclus dans la visite guidée, pourquoi n'es-tu pas allée raconter simplement la vérité au journal ? Pourquoi m'avoir compromis en me faisant entrer dans votre petit jeu ?

— Je n'ai pas cherché à te compromettre, je ne joue aucun jeu... Il s'agit d'un week-end banal, et tu en fais toute une histoire !

— Le maire et toi vous en faites « toute une histoire » !

— Maintenant, tu me donnes le mauvais rôle...

Comme Jeremy se taisait, Lexie lui jeta un regard noir.

— Je te rappelle que je t'ai moi-même remis ce livre. Comment expliques-tu que je ne l'ai pas caché si j'avais d'aussi mauvaises intentions ?

— Aucune idée... Peut-être à cause du carnet de Doris. Vous n'arrêtez pas de me le fourrer sous les yeux depuis mon arrivée. Vous auriez pu manigancer ça en vous disant que je ne me déplacerais pas uniquement pour ce carnet...

Lexie se pencha au-dessus du bureau, le visage cramoisi.

— Tu dis des énormités !

— J'essaie de deviner pourquoi vous m'avez attiré ici.

— Je ne veux plus rien entendre ! s'exclama Lexie, les deux mains levées pour interrompre Jeremy.

— Je ne suis pas étonné.

Lexie rangea la boîte d'encaustique dans un tiroir de son bureau.

— Sors immédiatement, articula-t-elle. Tu n'as rien à faire ici, et je ne t'adresserai plus la parole. Allez, file !

Jeremy croisa les bras.

— Tu finis par dire ce que tu as pensé pendant la journée.

— Maintenant, tu lis dans les esprits ?

— Non, point n'est besoin d'être devin pour savoir ce qui te passe par la tête.

— À mon tour de lire dans ton esprit ! ricana Lexie, exaspérée par la prétention de Jeremy. Veux-tu que je te dise ce que je lis en toi ?

La bibliothèque entière pouvait l'entendre vociférer, mais Lexie s'en moquait.

— Tu m'apparais, reprit-elle, comme un beau parleur, qui ment comme il parle.

— Qu'est-ce que tu racontes ?

— Je sais ce que tu penses de notre ville, au fond de toi ! Une simple étape sur l'autoroute. Tu ne comprends même pas qu'un être humain ait envie de s'installer ici... Et, malgré ce que tu m'as dit hier soir, l'idée ne t'a jamais effleuré de vivre à Boone Creek.

— Qu'en sais-tu ?

— Je sais ! s'écria Lexie, avec une suffisance qu'elle se reprocha aussitôt. Quand il était question d'un sacrifice,

j'ai parfaitement compris que ce serait à moi de me déraciner... de dire adieu à ma famille, mes amis, ma ville natale, parce que New York vaut tellement mieux... Moi, la gentille petite femme qui suit son homme sans piper mot. Tu n'as pas pensé un seul instant que tu pourrais faire la démarche !

— Tu exagères.

— En quoi ? Avais-tu par hasard l'intention de te procurer la liste des agences immobilières avant ton départ ?

Lexie prit le téléphone.

— Je peux te simplifier la tâche, s'il le faut : Mme Reynolds a une agence de l'autre côté de la rue ; elle serait certainement ravie de te faire visiter quelques maisons ce soir, si tu cherches un logement.

Renonçant à plaider l'indulgence, Jeremy se contenta de dévisager Lexie, qui raccrocha aussitôt.

— Tu te tais ? Aurais-tu perdu l'usage de la parole ? Explique-moi plutôt ce que tu voulais dire quand tu affirmais que nous allions trouver une solution ! Tu t'imaginais que j'accepterais d'attendre tes visites pour de rapides parties de jambes en l'air, sans projet d'avenir ? Ou pensais-tu me convaincre que je perds mon temps ici et que je ferais mieux de te suivre comme un toutou ?

Un long silence succéda à ses mots vibrants de colère et de chagrin.

— Tu aurais dû me parler hier soir, articula enfin Jeremy, dont la voix avait baissé d'une octave.

— J'ai essayé ; tu ne voulais pas m'écouter...

— Alors, pourquoi as-tu...

La question de Jeremy resta en suspens, mais son sens était clair.

— Je ne sais pas, murmura Lexie, le regard ailleurs. Tu es sympathique, nous avions passé d'agréables journées ensemble, et mon humeur s'y prêtait peut-être.

— Une simple question d'humeur ?

— Pas hier soir... Mais ça ne change rien au fait que c'est terminé.

— Alors, tu me quittes ?

— Non, murmura Lexie, les larmes aux yeux. Ne me culpabilise pas ; c'est toi qui t'éloignes. Tu as fait irruption dans mon univers alors que tout allait bien. D'accord, je ne nageais pas dans la béatitude et j'étais parfois un peu seule, mais je n'avais pas à me plaindre. Ma vie ici me convient... Je suis contente de veiller sur la santé de Doris, de lire des histoires aux enfants, et même de participer à notre visite guidée des demeures historiques... que tu te prépares à tourner en dérision pour faire le malin à la télévision.

Après s'être dit leurs quatre vérités, ils restèrent un moment face à face, épuisés et muets.

— Ne sois pas comme ça, murmura Jeremy au bout d'un moment.

— Comment ? Comme quelqu'un qui dit la vérité ?

Lexie prit sa veste et mit son sac en bandoulière, avant de se diriger vers la porte. Jeremy fit un pas de côté ; elle le frôla au passage, sans un mot de plus.

— Où vas-tu ? soupira-t-il.

Lexie essuya une larme sur sa joue avant de s'éloigner.

— Je rentre à la maison. C'est exactement ce que tu te prépares à faire !

18.

Plus tard dans la soirée, Alvin et Jeremy placèrent leurs caméras près de la promenade en planches qui longeait la Pamlico River. Au loin, des flots de musique s'échappaient de la grange à tabac de Meyer, où avaient lieu les danses paysannes. Les magasins étaient déjà fermés ; même le *Lookilu* semblait désert.

— Et ensuite ? fit Alvin.

— Elle est partie.

— Tu ne l'as pas suivie ?

— Elle n'aurait pas accepté.

— Qu'en sais-tu ?

Jeremy se frotta les yeux en essayant de se souvenir de leur discussion. Les dernières heures à Boone Creek se perdaient déjà dans une sorte de brouillard. Il se revoyait vaguement dans la pièce aux livres rares, posant la pile de journaux intimes sur l'étagère et fermant la porte à clef derrière lui. Au volant de sa voiture, il avait ressassé les paroles de Lexie, avec tristesse et amertume, colère et regrets. Pendant quatre heures, allongé sur son lit à *Greenleaf*, il avait réfléchi à la manière dont il s'était conduit.

Était-il vraiment choqué par les révélations du journal intime qu'il avait lu et l'idée qu'on l'avait manipulé ? Ou bien, furieux contre Lexie, lui avait-il simplement cherché querelle ainsi qu'elle-même l'avait fait ?

Il n'en savait rien, et Alvin ne lui fut d'aucun secours lorsqu'il lui raconta les événements de la journée. Malgré sa fatigue ce soir et l'obligation d'aller filmer, il mourait d'envie de passer chez Lexie pour voir s'il y avait encore moyen d'arranger les choses... mais, il supposa qu'elle était au bal, avec tout le monde.

Il soupira en pensant aux ultimes instants à la bibliothèque.

— Je m'en suis douté quand j'ai vu la façon dont elle me regardait...

— Alors, c'est fini ?

— Oui, fini !

Alvin hocha la tête dans l'obscurité. Comment son ami avait-il pu s'éprendre à ce point et en si peu de temps ? La jeune femme n'avait rien d'irrésistible – à son avis – et ne correspondait pas à l'image éblouissante qu'il se faisait des femmes du Sud.

Bon, c'était une simple tocade, et Jeremy s'en remettrait dès qu'il serait à bord de l'avion du retour.

Jeremy finissait toujours par s'en remettre...

Au bal, Gherkin était assis seul à une table d'angle, une main sur le menton.

Il avait espéré que Jeremy passerait, de préférence en compagnie de Lexie ; mais, dès son arrivée, il avait entendu les ragots des bénévoles à propos de la querelle survenue à la bibliothèque. Une sérieuse dispute tournant, semblait-il, autour des journaux intimes et d'une prétendue arnaque.

Tout compte fait, il n'aurait pas dû offrir à la bibliothèque le journal intime de son père, mais ce document ne lui avait pas semblé compromettant à l'époque, et il donnait un aperçu assez exact de l'histoire de la ville. Sa place était donc là. Qui aurait pu prévoir les événements des quinze années suivantes ? Qui se serait douté que l'usine textile allait fermer ? Que la mine ne serait plus exploitée ? Que des centaines d'individus se retrouveraient au chômage ? Qu'un grand nombre de jeunes couples partiraient définitivement ? Et que, finalement, la ville devrait livrer bataille pour survivre ?

Peut-être avait-il eu tort d'inclure le cimetière dans la visite guidée et de proclamer qu'il y avait des fantômes, alors qu'il s'agissait simplement des lumières de l'équipe de nuit de l'usine de papier. Pourtant, la ville avait besoin d'un prétexte pour attirer les touristes de temps en temps et leur faire apprécier ses charmes ! Si les visiteurs affluaient, elle pourrait devenir un paradis pour les retraités comme Oriental, Washington, ou New Bern.

C'était la dernière chance de Boone Creek. Les retraités cherchent des endroits accueillants pour prendre leurs repas, placer leur argent, et faire leurs achats. Impossible à réaliser du jour au lendemain, mais il avait cette idée en tête, et il faut un commencement à tout. La visite du cimetière et de ses mystérieuses lumières avait permis de vendre des centaines de billets supplémentaires pour la visite guidée ; grâce à la présence de Jeremy, l'événement pourrait avoir un écho au niveau national.

Il avait toujours jugé le journaliste suffisamment astucieux pour trouver la clef de l'énigme par ses propres moyens, mais il ne se faisait aucun souci. Que risquait-on si Jeremy révélait la vérité sur une antenne nationale ? Ou même dans sa chronique ? Il serait question de Boone Creek dans l'Amérique entière, et certaines personnes souhaiteraient juger sur pièces. N'importe quelle forme de publicité plutôt qu'une absence de publicité... À moins, naturellement, qu'il utilise le terme d'« arnaque »...

Ce mot malsonnant n'avait pas de rapport avec la réalité. Certes, il savait à quoi s'en tenir sur les fantômes, mais il n'était pas le seul ; quel mal y avait-il ? La légende existait bel et bien, ainsi que les lumières, et il y a des gens qui croient aux fantômes. D'autres se contentent de jouer le jeu, pour attirer l'attention sur leur ville – ce qui est en l'occurrence plus qu'une nécessité.

Jeremy Marsh comprendrait son point de vue s'il gardait de bons souvenirs de Boone Creek ; sinon, il risquait de lui poser problème. Étant donné les circonstances, ce journaliste n'allait-il pas repartir le lendemain avec des impressions mitigées ?

— Le maire paraît soucieux, tu ne trouves pas ? constata Rodney.

Rachel tourna les yeux, assez fière d'avoir passé une grande partie de la soirée au côté du shérif adjoint. Il jetait parfois des regards furtifs vers la porte, dans l'espoir de repérer Lexie dans la foule, mais cela n'avait pas entamé leur bonne entente et il semblait réellement heureux d'être en compagnie de Rachel.

— Plus ou moins, admit-elle ; mais il a toujours cet air-là.

— Pas exactement. On dirait qu'il a de gros soucis en tête.

— Tu veux lui parler ?

Rodney y songea un instant. Comme le maire – et presque tout le monde apparemment –, il avait eu vent d'une querelle survenue à la bibliothèque, mais, à la différence des autres, il savait à peu près de quoi il était question. Il lui avait suffi d'observer l'expression de Gherkin : le maire s'inquiétait, c'était évident, de la manière dont Jeremy allait rendre compte de leur petit mystère au public.

Quant à la dispute, il avait tenté d'avertir Lexie qu'elle était imminente ; mais Lexie était la plus obstinée des femmes et incapable d'admettre ses erreurs. Parfois versatile aussi, et Jeremy l'avait sans doute remarqué à ses dépens... Il aurait souhaité qu'elle évite de se compromettre encore une fois, mais était soulagé en même temps que l'affaire se termine.

— Non, répliqua-t-il, je n'ai pas grand-chose à lui dire. Ça ne dépend plus de lui maintenant.

— Qu'est-ce qui ne dépend plus de lui ?

— Rien. Ça n'a pas d'importance...

Rachel observa Rodney un instant, avant de hausser les épaules. Un air se terminait, l'orchestre en entamait un autre, et de nouveaux danseurs envahirent la piste. Elle se mit à battre la mesure du pied.

Obsédé par le désir de parler à Lexie, Rodney ne remarqua pas les danseurs. En venant au bal, il était passé devant chez elle : les lumières étaient allumées et sa voiture stationnée dans l'allée. De surcroît, l'un de ses collègues lui avait signalé que le New-Yorkais et son copain cameraman installaient leur matériel sur la promenade en planches. Par conséquent, la fameuse querelle n'était sûrement pas une affaire classée...

Si les fenêtres de Lexie étaient éclairées, il pourrait passer la voir en rentrant chez lui, ce qu'il avait fait la nuit qui avait suivi le départ de M. Renaissance. Il avait l'intuition qu'elle ne serait pas totalement surprise. Elle le dévisagerait un moment avant d'ouvrir la porte, puis elle lui préparerait un café décaféiné, et, à l'instar de la dernière fois, il l'écouterait se lamenter pendant des heures d'avoir été aussi stupide.

En un sens, il la connaissait mieux qu'il ne se connaissait lui-même.

Mais il n'était pas encore prêt à aller la rejoindre ; il voulait lui donner le temps de réfléchir. D'ailleurs, était-il vraiment d'humeur à jouer au grand frère ? Il commençait à se sentir en forme, et peu enclin à terminer sa soirée dans la déprime.

L'orchestre n'était pas si mauvais, après tout, et même bien meilleur que l'année précédente. En se félicitant que Rachel ait recherché sa compagnie comme à la soirée organisée par le maire, il la regardait onduler au rythme de la musique. Elle avait toujours été plaisante, mais, depuis peu, il la trouvait de plus en plus jolie. Un tour que lui jouait son imagination ? N'empêche qu'elle était particulièrement charmante ce soir !

Se sentant observée, Rachel eut un sourire embarrassé.

— Désolée... j'aime cet air...

Rodney s'éclaircit la voix.

— Accepterais-tu de m'accorder cette danse ?

— Vraiment ?

— Je ne suis pas un très bon danseur...

Elle saisit sa main avec empressement.

— Je serais ravie de danser avec toi !

Quand Rodney la suivit sur la piste, il décida d'oublier un instant Lexie et de remettre à plus tard sa décision.

Assise dans le rocking-chair du séjour, les yeux tournés vers la fenêtre, Doris se demandait si Lexie allait passer la voir. Elle en avait l'intuition, mais elle aurait mille fois préféré se tromper. Sa petite-fille était bouleversée – c'était l'évidence même – à cause du départ de Jeremy !

Dans une certaine mesure, elle regrettait de l'avoir poussée dans les bras de ce journaliste et d'avoir favorisé ainsi une idylle vouée à l'échec. Était-ce parce que Lexie souffrait de la solitude ? Parce qu'elle était dans une impasse depuis son coup de cœur pour ce jeune homme de Chicago ? Et qu'elle semblait redouter de ne plus jamais tomber amoureuse ?

Lexie aurait pu apprécier simplement la compagnie de Jeremy. Cela aurait suffi. Jeremy était intelligent et charmant, et Lexie avait bien besoin de prendre conscience qu'il y avait des êtres comme lui de par le monde. Elle devait prendre conscience que tous les hommes ne sont pas des « Avery » ou « des jeunes hommes de Chicago ». Comment le surnommait-elle, celui-là ? M. Renaissance ? Elle tenta de se souvenir de son nom ; mais à quoi bon ? Seule comptait Lexie, et Doris se sentait anxieuse.

Du temps passerait, et Lexie surmonterait sa déception. Elle se ferait une raison, irait de l'avant. Peut-être finirait-elle par considérer cette expérience comme une bonne chose... Doris avait acquis depuis longtemps la conviction que sa petite-fille était une battante.

Elle soupira. Si Lexie était séduite, Jeremy n'était pas moins épris ; mais Lexie avait l'art de rompre et ensuite de jouer à « rien ne s'est passé ».

Le pauvre ! Il ne méritait pas ça.

Au cimetière de Cedar Creek, Lexie était debout dans un épais brouillard, près de l'endroit où reposaient ses parents. Puisque Jeremy et Alvin allaient filmer le pont sur chevalets et Riker's Hill depuis la promenade en planches, elle pourrait méditer en paix ce soir-là.

Quelque chose l'avait poussée à venir, même si ce n'était que rapidement. Elle avait eu cette réaction après sa rupture avec Avery ou M. Renaissance. En lisant le nom de ses parents, à la lumière de la lampe torche, elle regrettait terriblement de ne pouvoir leur parler.

L'image idéalisée qu'elle avait d'eux fluctuait en fonction de son humeur. Parfois elle les imaginait gais et volubiles ; à d'autres moments, paisibles et attentifs.

À cet instant, elle aurait préféré qu'ils soient des êtres sages et forts, dont les conseils l'aideraient à y voir clair. Elle n'avait pas su prendre sa vie en main, et, quoi qu'elle fasse maintenant, elle se préparait à commettre une nouvelle erreur.

De l'autre côté de la rivière, seules les lumières de l'usine de papier étaient visibles à travers le brouillard, alors que la ville flottait dans une brume vaporeuse.

Le train approchait – du moins selon les prévisions de Jeremy –, et Alvin vérifia une fois encore la caméra placée face à Riker's Hill. C'était sa prise de vue la plus délicate. Celle qu'il ferait du pont sur chevalets ne poserait pas de problème ; le relief de Riker's Hill étant, en revanche, à la fois lointain et noyé dans le brouillard, il regrettait de ne pas s'être muni d'une caméra longue distance. Jeremy aurait dû lui signaler ce petit détail avant son départ de New York ! Par chance, il avait emporté son meilleur objectif et un film à grande vitesse.

Mais Jeremy n'était pas dans son assiette depuis quelques jours ; il lui pardonnait l'oubli. Au lieu de bavarder, de plaisanter pendant les plans, Jeremy desserrait à peine les dents. Lui qui s'attendait à un tournage agréable et détendu – presque des vacances – venait de passer un moment d'autant plus pénible qu'il faisait un froid polaire. Ce n'était pas ce qu'il avait imaginé... mais tant pis... il se contenterait d'augmenter ses honoraires et d'envoyer la note à Nate.

Jeremy, les bras croisés, regardait les nuages défiler. Alvin fit une ultime tentative pour attirer l'attention de son ami.

— Je t'ai dit que Nate avait appelé ?

— Ah bon ?

— Il m'a réveillé, au milieu de la sieste, en hurlant que tu n'avais pas allumé ton téléphone portable.

Malgré ses préoccupations, Jeremy ébaucha un sourire.

— Je l'éteins le plus souvent possible.

— Tu aurais dû me prévenir.

— Que voulait-il ?

— Toujours à l'affût des dernières nouvelles ! Mais je vais te dire la meilleure : il demande si tu pourrais... prélever un échantillon.

— Un échantillon de quoi ?

— Des fantômes, je suppose. Au cas où ils laisseraient une trace... Il a dû se dire que tu pourrais la présenter aux producteurs, la semaine prochaine.

— Une trace ?

Alvin leva les mains au ciel.

— C'est *son* terme, pas le mien !

— Il sait pourtant qu'il s'agit de la lumière de l'usine de papier.

— Bien sûr qu'il le sait, mais il cherche à ajouter un peu de piquant... Il voudrait jouer le grand jeu pour impressionner les producteurs !

Nate avait eu des tas d'idées invraisemblables ces années passées, mais c'était un comble, se dit Jeremy, abasourdi. Il disait n'importe quoi, ce qui lui passait par la tête, quitte à oublier une seconde après.

— Il demande aussi que tu l'appelles.

— Je l'appellerais volontiers... si je n'avais pas laissé

mon portable à *Greenleaf*. Tu ne lui as pas parlé du dernier document, au moins ?

— J'ignorais moi-même son existence ! Souviens-toi qu'il a interrompu ma sieste et que tu m'as mis au courant plus tard.

Jeremy hocha la tête, songeur.

— S'il te rappelle, évite de lui en parler pour l'instant, s'il te plaît.

309

— Tu ne veux pas lui dire qu'il s'agit d'une arnaque du maire ?

— Pas encore.

— Pas encore ou pas du tout ?

La question était là...

— Je vais y réfléchir, fit Jeremy, après un silence.

Alvin colla son œil à l'objectif.

— Manque de pot ! Tu as peut-être de quoi écrire ton article... Ces lueurs existent réellement, mais je te signale que la clef de l'énigme n'a rien de passionnant.

— Explique-toi !

— Je me demande si les producteurs de télé seront captivés d'apprendre que le passage d'un train est à l'origine des lumières.

— Il ne s'agit pas seulement d'un train, objecta Jeremy, mais de réverbération des lumières de l'usine de papier, par le train, sur Riker's Hill ; et de la densité accrue du brouillard dans le cimetière en train de s'enfoncer...

Alvin ébaucha un bâillement.

— Tu disais ?

— Ça n'a rien d'ennuyeux ! s'indigna Jeremy. Te rends-tu compte du nombre de coïncidences nécessaires pour provoquer le phénomène ? Les carrières ont modifié le niveau des eaux et entraîné le tassement du cimetière... Le pont sur chevalets y est pour quelque chose ; les phases de la lune aussi, car les lumières ne sont visibles que si l'obscurité est suffisante. Il y a aussi la légende, l'emplacement de l'usine de papier, l'horaire des trains...

Alvin haussa les épaules.

— Rien de plus assommant... avec un A majuscule ! Franchement, il aurait mieux valu que tu ne trouves pas la clef de l'énigme ! Les gens qui regardent la télé adorent les mystères de La Nouvelle-Orléans, de Charleston, ou d'autres lieux romantiques. Mais comment peux-tu supposer que la réverbération de ces lumières à Boone Creek, Caroline du Nord, intéressera les habitants de New York ou de Los Angeles ?

Jeremy faillit le contredire, mais il se souvint que Lexie, qui était du pays, avait eu exactement la même réaction.

Alvin laissa peser son regard sur lui.

— Si tu tiens à bosser à la télé, tu auras intérêt à rendre ton histoire excitante ; le journal intime dont tu m'as parlé pourrait y contribuer. Tu pourrais raconter le déroulement de tes recherches et garder le document pour la fin. Avec un peu de chance, il y aura peut-être de quoi attirer l'attention des producteurs !

— Tu crois que je dois livrer la ville aux loups ?

Alvin hocha la tête.

— Je n'ai pas dit ça ! Honnêtement, je ne suis même pas sûr que le journal intime suffise. Mais tu n'as aucune « trace » à présenter ! Si tu ne veux pas passer pour un imbécile quand tu rencontreras les décideurs, tu dois réfléchir à l'usage que tu feras de ce document.

Jeremy détourna son regard : il savait que le train ne tarderait pas à passer.

— Dans ce cas, Lexie ne m'adressera plus la parole ; enfin, moins que jamais... Mais que me conseilles-tu ?

— Tout dépend de ce qui est important pour toi, murmura Alvin après avoir pris une longue inspiration.

19.

Jeremy dormit d'un sommeil agité à *Greenleaf*. Ils avaient terminé avec Alvin leur film – au passage du train, la lumière s'était légèrement réverbérée sur Riker's Hill – et, après avoir visionné le document, ils l'avaient jugé d'une qualité suffisante pour être convaincant. À moins de se procurer un matériel plus perfectionné...

Sur la route de *Greenleaf*, Jeremy avait eu pourtant du mal à se concentrer sur le mystère des lumières et même sur son volant. Les dernières journées n'en finissaient pas de défiler dans sa tête. L'apparition soudaine de Lexie au cimetière et les propos vifs qu'ils avaient échangés à la bibliothèque. Leur déjeuner à Riker's Hill, les instants passés sur la promenade en planches, l'incroyable réception organisée par le maire en son honneur, et sa stupéfaction lorsqu'il avait vu les lumières du cimetière pour la première fois...

Mais il se souvenait surtout du moment où il avait eu la révélation qu'il était amoureux.

Comment tant de choses avaient-elles pu se produire en si peu de temps ? Lorsqu'il était entré dans sa chambre, il était en train d'essayer de déterminer l'instant exact où tout avait commencé à tourner mal. Il ne pouvait jurer de rien, mais il avait maintenant l'impression que Lexie se défiait de ses propres réactions, et pas uniquement de lui. Quand avait-elle pris conscience de son attirance pour lui ? À la réception, elle aussi ? Au cimetière ? Avant, dans l'après-midi ?

Il était dans une confusion totale. Il n'avait qu'une certitude : il l'aimait et ne supportait pas l'idée de ne plus la revoir.

Les heures s'écoulèrent lentement ; son avion décollait de Raleigh à midi, il quitterait donc bientôt *Greenleaf*. Levé avant six heures, il boucla ses bagages, qu'il chargea dans la voiture. Après s'être assuré que la lumière était allumée dans la chambre d'Alvin, il se rendit au bureau d'accueil, dans l'air glacial du matin.

Jed avait l'air renfrogné. Hirsute, affublé de vêtements froissés, il sortait apparemment de son lit, pensa Jeremy en déposant sa clef.

— On est au calme chez vous, fit-il. Je recommanderai votre adresse à mes amis.

Il adressa un sourire aimable à l'hôtelier plus revêche que jamais.

Au moment où il regagnait son bungalow, les phares d'une voiture, remontant lentement l'allée gravillonnée, transpercèrent le brouillard. Peut-être Lexie... Il eut une lueur d'espoir, mais dès que la voiture apparut, ses illusions se volatilisèrent.

Gherkin, le maire, emmitouflé dans une lourde veste et un foulard, émergea du véhicule. Où était la belle énergie dont il avait fait preuve lors de leurs précédentes rencontres ?

Il s'approcha en tâtonnant dans l'obscurité.

— Sur le départ, je suppose...

— Je viens de boucler mes bagages.

— Jed ne vous a pas assommé avec sa facture ?

— Non ! À propos, je vous remercie...

— Il n'y a pas de quoi ! C'est vraiment la moindre des choses... J'espère que vous avez bien profité de votre séjour dans notre charmante ville.

— Certainement, fit Jeremy, impressionné par le visage soucieux du maire.

Pour une fois, Gherkin semblait peu loquace. Le silence devenant gênant, il rentra son écharpe sous sa veste.

— Je tenais à vous dire que mes concitoyens ont été vraiment ravis de vous rencontrer. Je parle au nom de notre ville : vous avez fait une forte impression sur tout le monde...

Jeremy fourra ses mains dans ses poches.

— Pourquoi cette arnaque ?

— Vous parlez de la visite du cimetière, en complément à la visite guidée ?

— Non. Je voulais dire que votre père a donné la clef de l'énigme dans son journal... Vous me l'aviez caché !

Un nuage de mélancolie assombrit les traits de Gherkin.

— Effectivement, mon père a trouvé la réponse, mais ça n'a rien de surprenant... Savez-vous pourquoi il s'est intéressé à l'histoire de notre ville ?

Jeremy hocha la tête, perplexe.

— Eh bien, reprit Gherkin, pendant la Seconde Guerre mondiale, mon père, un simple troufion, a combattu sous les ordres du lieutenant Lloyd Shaumberg. Nous avons du mal à imaginer, aujourd'hui, que la plupart des combattants étaient de petites gens : des boulangers, des bouchers, des mécaniciens. Shaumberg, un historien d'après mon père, était prof dans un lycée du Delaware ; mon père le considérait comme un officier exceptionnel... Il égayait les soldats en leur racontant l'ancien temps, de vieilles légendes qui calmaient leur angoisse. En Italie, Shaumberg, mon père et le reste de la section ont été encerclés par les Allemands. Shaumberg a donné l'ordre de battre en retraite, en cherchant à mettre ses hommes à l'abri. « Je n'ai pas le choix », a-t-il dit. C'était une mission suicide ; tout le monde le savait, mais qu'y pouvait-il ?

Gherkin resta un moment silencieux avant de conclure :

— Finalement, Shaumberg est mort, et mon père a survécu. À son retour de la guerre, il a décidé de devenir historien lui aussi, en souvenir de son ami.

— Pourquoi me racontez-vous cela ? s'étonna Jeremy.

— Parce que je n'ai pas eu vraiment le choix, moi non plus. Chaque ville doit avoir un patrimoine dont ses habitants sont fiers. À New York, vous n'avez pas à vous inquiéter ! Il y a Broadway, Wall Street, l'Empire State Building, et la Statue de la Liberté. Mais chez nous, après la fermeture des usines, j'ai compris qu'il ne nous restait qu'une légende. Une légende n'est qu'une survivance du passé. Il en faut plus pour permettre à une ville de survivre... Mon unique ambition était de garder Boone Creek en vie ; c'est alors que vous êtes apparu.

Jeremy se souvint des planches clouées sur les devantures des magasins, qu'il avait remarquées à son arrivée, et des commentaires de Lexie à propos de la fermeture de l'usine de tissus et de la mine de phosphore.

— Vous venez m'exposer, avant mon départ, votre version des événements ?

— Non, je voulais vous avouer que c'est moi qui ai eu l'idée de la visite. Le conseil municipal et les gens d'ici n'y sont pour rien ! J'ai peut-être eu tort, et vous n'approuvez pas nécessairement mon initiative, mais je pensais agir dans l'intérêt de la ville et de mes concitoyens. Quand vous écrirez votre article, souvenez-vous, je vous prie, que personne d'autre n'est responsable. Si vous voulez me faire porter le chapeau, je ne trouverai rien à redire. Mais je pense que mon père m'aurait compris...

Gherkin tourna les talons sans attendre la réponse de Jeremy, et regagna sa voiture qui disparut bientôt dans le brouillard.

À l'aube, sous un ciel gris plombé, Jeremy aidait Alvin à charger le reste du matériel, quand Lexie arriva, le journal d'Owen Gherkin à la main.

Comme la première fois qu'ils s'étaient croisés au cimetière, il remarqua son regard violet, indéchiffrable.

D'abord, ils se firent face, muets... Alvin, debout près du coffre ouvert, tenta de rompre le silence qui s'éternisait.

— Bonjour, marmonna-t-il.

— Salut, Alvin.

— Vous êtes bien matinale...

Lexie haussa les épaules, son regard rivé sur Jeremy.

— Je vais faire un dernier tour dans ma chambre, annonça Alvin, sentant sa présence importune.

Dès qu'il fut parti, Jeremy inspira profondément.

— Je ne m'attendais pas à te voir...

— Franchement, je n'étais pas sûre de venir !

— Je suis content que tu sois là.

La lumière grise rappelait à Jeremy leur promenade sur la plage, près du phare. Fou d'amour et de chagrin, il faillit s'approcher de Lexie ; mais son attitude l'incitait à rester sur ses gardes.

Elle hocha la tête en direction de la voiture.

— Déjà prêts à partir ?

— Fin prêts !

— Vous avez tout filmé, Alvin et toi ?

— Tu es venue pour me parler de mon travail et de mes bagages ? fit Jeremy, irrité par la banalité de leur conversation.

— Absolument pas !

— Alors, pourquoi es-tu là ?

— Pour te présenter mes excuses ! Je n'aurais pas dû me comporter ainsi à la bibliothèque, hier. Tu ne l'avais pas mérité...

— Ça va, je m'en remettrai ; je regrette moi aussi...

Lexie tendit le journal d'Owen Gherkin à Jeremy.

— Je t'ai apporté le document, au cas où tu en aurais besoin.

— Pourtant, tu ne tenais pas à ce que j'en fasse mention.

— C'est exact.

— Alors, pourquoi me l'apporter ?

— Parce que j'aurais dû te parler de ce passage, et je ne voudrais pas que tu repartes avec une mauvaise impression. Ne t'imagine pas que notre ville a cherché à te manipuler ! Il s'agit d'une offrande de paix, et je peux t'assurer que tu n'as pas été victime d'un complot...

— Je sais, trancha Jeremy. Le maire est passé me voir ce matin.

Lexie baissa les yeux, puis leurs regards se croisèrent. Jeremy crut un instant qu'elle allait lui parler, mais elle se contenta de murmurer, les mains dans les poches de son manteau :

— Eh bien, voilà... Je te laisse terminer tes préparatifs... D'ailleurs, j'ai horreur des longs adieux.

Jeremy tenta de soutenir son regard.

— C'est donc un adieu ?

— Avons-nous le choix ?

Les sourcils froncés, Jeremy passa brusquement ses mains dans ses cheveux.

— Tu es venue m'annoncer que c'est fini entre nous... Je n'ai même pas mon mot à dire ?

317

— Nous avons déjà fait le tour du problème, Jeremy, fit Lexie d'une voix presque sereine. Je ne suis pas ici pour
discuter, ni pour te provoquer... Sache que je suis navrée
de t'avoir traité avec si peu d'égards, hier, et que... cette semaine a beaucoup compté pour moi.

— Mais tu as décidé de rompre ? articula Jeremy, déchiré par ses paroles.

— Je veux être réaliste.

— Et si je te disais que je t'aime ?

Elle le dévisagea un moment, avant de tourner la tête.

— Ne dis pas ces mots-là !

— C'est pourtant vrai. (Il s'avança d'un pas.) Je t'aime, et c'est plus fort que moi.

— Jeremy, je t'en prie...

Plus sûr de lui à chaque pas, Jeremy s'avança encore : il sentait que les défenses de Lexie allaient finir par céder.

— Je voudrais trouver une solution...

— Il n'y en a pas.

Il contourna la voiture.

— Mais si, nous en trouverons une !

— Non, déclara Lexie, en reculant.

— Pourquoi ?

— Parce que je vais épouser Rodney.

— Qu'est-ce que tu racontes ? s'exclama Jeremy, figé sur place.

— Hier soir, il est passé me voir, après le bal, et nous avons parlé longuement. Il est honnête, sérieux, il m'aime, et habite ici, lui...

— Je n'y crois pas, fit Jeremy, livide.

— Eh bien, tu as tort !

Jeremy resta muet devant le visage impassible de Lexie. Après lui avoir tendu le journal, elle esquissa un vague salut d'une main, et s'en alla à reculons – comme le jour de leur première rencontre au cimetière.

— Adieu, Jeremy ! lança-t-elle, avant de monter dans sa voiture.

Toujours sous le choc, Jeremy la vit tourner la tête en démarrant ; il s'avança alors et posa une main sur le capot pour essayer de la retenir. Mais sa main glissa sur la surface humide, et il n'eut qu'à s'effacer au passage de la voiture.

Un instant, il crut apercevoir des larmes dans les yeux de Lexie. Elle détourna aussitôt son regard et il eut l'horrible certitude que leur séparation était définitive.

Il faillit lui crier de s'arrêter, lui promettre de rester. Il pouvait rester, et même *souhaitait* rester, car il ne supporterait pas de la perdre en regagnant New York. Mais les mots se figèrent dans sa gorge, et la voiture passa lentement devant lui, avant de prendre de la vitesse le long de l'allée.

Debout dans le brouillard, il la regarda s'éloigner dans la nuit, jusqu'à ce que seuls les feux arrière soient visibles ; puis elle disparut totalement, et le grondement du moteur s'évanouit dans les bois.

20.

Le reste de la journée s'écoula... Jeremy y assistait en simple spectateur. Triste et irrité, il suivit machinalement Alvin sur l'autoroute menant à Raleigh, mais jeta plus d'une fois un coup d'œil sur l'asphalte noir, espérant distinguer au loin dans son rétroviseur la voiture de Lexie. Elle lui avait annoncé sans ambiguïté son intention de rompre, mais il sentait une décharge d'adrénaline le traverser quand une voiture lui rappelait la sienne, et ralentissait aussitôt pour mieux voir. Alvin disparaissait alors à l'horizon, et il se reprochait de passer davantage de temps à regarder derrière lui qu'à travers le pare-brise.

Après avoir rendu la voiture de location, il fit les cent pas dans l'aérogare, puis se dirigea vers la porte d'embarquement. En dépassant les magasins bondés, parmi les voyageurs pressés, il se demanda encore pourquoi Lexie avait pris la décision inébranlable de renoncer à tout projet d'avenir.

À bord de l'avion, la voix sarcastique d'Alvin, en train de glisser son sac de voyage dans le casier au-dessus de lui, l'arracha à ses pensées.

— Merci d'avoir fait en sorte que nous soyons assis côte à côte !

— Hum ?

— Les sièges... Je pensais que tu t'occuperais de nos places au contrôle. Si je n'avais pas posé la question quand on m'a donné ma carte d'embarquement, je me retrouvais assis au fond de l'appareil.

— Pardon, marmonna Jeremy. J'ai dû oublier...

— En effet !

Alvin s'affala sur le fauteuil près de Jeremy.

— Tu veux que nous en parlions maintenant ?

Jeremy hésita.

— À quoi bon ?

— C'est ce que tu m'as déjà dit, mais je crois comprendre que ça te ferait du bien. Tu n'as pas regardé les talk-shows
à la mode ? Exprimez vos sentiments, libérez-vous de votre culpabilité, cherchez et vous trouverez...

— Je ne suis pas encore prêt.

— Comme tu voudras ! Si tu refuses de parler, c'est ton droit. Je vais faire une petite sieste.

Il se cala, ferma les yeux, et dormit pratiquement jusqu'à la fin du vol. Jeremy laissa errer son regard à travers le hublot.

Dans le taxi qu'il prit à La Guardia, il fut assailli par le bruit et le rythme trépidant de la ville. Hommes d'affaires stressés, attaché-case à la main ; mères de famille entourées d'enfants en bas âge, chargées de sacs à provisions ; gaz d'échappement ; coups de klaxon, sirènes des voitures de police. Rien de plus normal ! C'était le monde qu'il avait toujours connu. En regardant à travers la vitre afin de se remettre dans l'ambiance, il s'étonna d'avoir une pensée pour *Greenleaf* et le silence absolu qui y régnait.

Dans le hall de l'immeuble, sa boîte aux lettres débordait de publicités et de factures. Il les empoigna et gravit l'escalier d'un pas traînant. Chez lui, tout était resté tel quel : magazines éparpillés à travers le séjour, bureau en désordre, et trois bouteilles de Heineken au frigo. Il rangea la valise dans sa chambre, ouvrit une bière, et déposa l'ordinateur et sa sacoche sur le bureau.

Les éléments qu'il avait rassemblés depuis quelques jours s'y trouvaient : notes, photocopies d'articles, appareil numérique avec les photos du cimetière, la carte de la région, et le journal intime d'Owen Gherkin. Il commençait à déballer ses affaires quand un paquet de cartes postales oubliées glissa sur la table : il les avait achetées le jour de son arrivée à Boone Creek. La première représentait la ville, vue de la rivière. Il les regarda attentivement une à une : l'hôtel de ville, une vue brumeuse d'un héron bleu dans les bas-fonds de Boone Creek, des voiliers par un après-midi ensoleillé. Au milieu du paquet, une photo de la bibliothèque attira son attention.

Il repensa à Lexie, avec nervosité et avec la conviction qu'il l'aimait.

Mais c'était une affaire classée, se dit-il, en continuant à scruter les cartes postales. Une vue d'*Herbs*, étrangement grenée, une autre de la ville depuis Riker's Hill, et enfin un cliché du centre de Boone Creek, sur lequel il se concentra un moment.

Cette carte était un retirage d'une ancienne photo en noir et blanc, prise vers 1950. Premier plan : le théâtre avec des spectateurs élégants, attendant au guichet ; arrière-plan : un sapin de Noël illuminé, dans le petit espace vert de l'autre côté de la grande rue. Sur les trottoirs, des couples admiraient les devantures décorées de guirlandes, ou déambulaient, la main dans la main. Jeremy imagina les jours de fête à Boone Creek, cinquante ans plus tôt. Là où des planches étaient maintenant clouées sur les vitrines, circulaient des femmes portant des châles, des hommes coiffés d'un chapeau, et des enfants montrant du doigt des glaçons qui pendaient sous un pilier.

Jeremy eut alors une pensée pour Gherkin. Il avait sous les yeux non seulement une vue de la petite bourgade, un demi-siècle plus tôt, mais l'image du monde que souhaitait recréer le maire. Un monde comme celui du peintre Norman Rockwell, agrémenté d'un parfum du Sud. Il garda la carte en main un long moment, puis songea à Lexie, en se demandant comment il allait rédiger son article.

Le rendez-vous avec les producteurs de la télévision était programmé le mardi après-midi. Jeremy retrouva d'abord son agent à son grill-room préféré, *Smith et Wollensky*.

Toujours plein d'entrain, Nate paraissait à la fois enchanté de revoir Jeremy, et soulagé de pouvoir le tenir à l'œil maintenant. À peine assis, il fit l'éloge de la séquence tournée par Alvin : des images « fantastiques », qui lui rappelaient la maison hantée d'Amityville. Les producteurs seraient séduits... Jeremy l'écoutait en silence, mais quand une femme brune – dont la coupe de cheveux était exactement la même que celle de Lexie – sortit du restaurant, il dut s'éclipser aux toilettes, la gorge serrée.

Quand il revint, Nate était plongé dans le menu. Jeremy ajouta de l'édulcorant au thé glacé qu'il avait commandé ; puis il parcourut le menu et déclara qu'il souhaitait manger de l'espadon.

— Nous sommes dans un restaurant spécialisé dans les viandes grillées, objecta Nate.

— Je sais, mais il me faut un plat léger...

Nate passa d'un air absent la main sur son estomac, en se demandant s'il ferait le même choix. Il reposa finalement le menu, les sourcils froncés.

— Je prendrai un steak grillé. J'en ai eu envie toute la matinée... Mais où en étions-nous ?

— Le rendez-vous, lui souffla Jeremy.

— Il n'y a donc pas de fantômes ? fit Nate, penché en avant. Tu m'as dit par téléphone que tu as aperçu les lumières, et que tu as une idée assez exacte de leur origine.

— En effet, il n'y a *pas* de fantômes.

— Alors, de quoi s'agit-il ?

Jeremy sortit ses notes et passa les minutes suivantes à exposer ce qu'il savait : la légende et les étapes de sa recherche. Nate écoutait son débit monotone, en hochant la tête ; un pli barrait son front quand Jeremy se tut.

— L'usine de papier ? J'espérais qu'il s'agissait de secrets d'État, ou de l'essai d'un nouvel avion de guerre... Si seulement c'était un train militaire ! Ce qui touche à l'armée plaît aux producteurs de télé... Les programmes d'armes secrètes, etc. À moins que tu aies entendu parler de phénomènes paranormaux...

— Désolé, répliqua Jeremy d'une voix blanche, il ne s'agit que de la réverbération de la lumière sur le train. Je n'ai pas entendu de rumeurs particulières...

Il commençait à y voir clair : son agent avait, apparemment, un sens de l'événement beaucoup plus aigu que son rédacteur en chef.

— Ça ne va pas bien loin, grommela Nate. As-tu trouvé la version authentique de la légende ? Tu pourrais la présenter sous l'angle racial...

Jeremy hocha la tête.

— Hormis la légende, je n'ai aucune preuve de l'existence d'Hettie Doubilet. Nulle mention de son nom dans les documents officiels ! Et Watts Landing n'existe plus depuis longtemps...

— Honnêtement, je te conseille de gonfler tes données si tu veux que ça marche avec les producteurs. Comment peux-tu espérer les intéresser si tu manques toi-même d'enthousiasme ? Tu me comprends, oui ou non ? Mais avoue qu'il y a autre chose, n'est-ce pas ?

— Qu'est-ce que tu racontes ?

— Quand Alvin m'a déposé les vidéos, je l'ai questionné, pour connaître ses impressions sur l'affaire. D'après lui, tu aurais fait une trouvaille intéressante.

— Une trouvaille intéressante ? répéta Jeremy, imperturbable.

Nate prit un air satisfait.

— Ce sont ses propres termes ; mais il n'a pas précisé sa pensée. Il dit que ça dépend de toi... J'en déduis que c'est important.

Les yeux rivés sur Nate, Jeremy croyait sentir le tissu de sa sacoche se consumer au contact du journal d'Owen Gherkin.

— Hum ! grommela-t-il, sentant que l'heure du choix avait sonné ; puis il s'interrompit.

Nate, qui manipulait nerveusement sa fourchette, se pencha en avant.

— Oui ?

Ce soir-là, après la rencontre avec les producteurs, Jeremy était assis, seul, dans son appartement, et regardait d'un air absent le monde extérieur. Il commençait à neiger, et une masse de flocons tourbillonnait dans l'air. Une vraie séance d'hypnose à la lueur d'un réverbère...

La réunion avait bien commencé. Chauffés à blanc par Nate, les producteurs étaient fascinés par les images qu'il leur présentait. Il leur avait parlé ensuite de la légende, et constaté leur intérêt croissant au sujet d'Hettie Doubilet et des péripéties de son enquête. Quand il avait émaillé l'histoire de Boone Creek d'une évocation d'autres phénomènes paranormaux, il les avait vus à plusieurs reprises échanger des regards, en se demandant comment introduire ces données dans leur émission.

Mais une fois seul, le carnet posé sur les genoux, il avait la sensation de courir à l'échec. Son enquête – sur le mystère du cimetière de Boone Creek – ne valait guère mieux qu'un roman palpitant qui tourne court. L'issue était trop élémentaire, trop banale, et il avait senti poindre la déception de ses interlocuteurs lorsqu'ils s'étaient dit au revoir.

Malgré leur promesse de garder le contact, il ne se faisait aucune illusion ; quant au journal intime, il n'en avait pas touché mot, pas plus qu'avec Nate.

Un peu plus tard, il appela Gherkin pour lui faire une simple proposition. Boone Creek ne promettrait pas à l'avenir, aux touristes des visites guidées, l'apparition de fantômes au cimetière. Le mot « hanté » serait banni de la brochure, ainsi que l'affirmation d'un rapport quelconque entre les lumières et le monde suprasensible. En revanche, l'accent serait mis sur la légende, et l'on annoncerait aux visiteurs qu'ils allaient assister à un spectacle grandiose. Certaines personnes pourraient se demander si les lumières étaient les fantômes de la légende, mais les guides bénévoles seraient priés de ne rien suggérer de tel. En conclusion, Jeremy demanda au maire de retirer les tee-shirts et les tasses en vente dans son magasin du centre ville.

Lui, de son côté, s'abstiendrait de toute allusion au cimetière de Cedar Creek, à la télévision, dans sa chronique ou dans d'autres articles. Il n'évoquerait jamais l'intention du maire de transformer sa ville en une nouvelle version de Roswell, au Nouveau-Mexique ; et personne ne saurait qu'il n'ignorait rien de la vérité depuis le début.

Gherkin accepta sa proposition. Aussitôt après avoir raccroché, Jeremy appela donc Alvin, à qui il fit jurer de garder le secret.

21.

À la suite de la réunion décevante avec l'équipe de la télévision, Jeremy fit son possible pour reprendre le train-train quotidien. Il eut une conversation avec son rédacteur en chef du *Scientific American*. Il avait pris du retard dans son travail et se souvenait vaguement de la suggestion de Nate : il accepta donc d'écrire une chronique sur les éventuels dangers des régimes sous-dosés en hydrates de carbone. Il passa également des heures sur Internet, à parcourir un nombre incalculable de journaux, en quête de sujets dignes d'intérêt.

Non sans amertume, il apprit que Clausen – avec l'aide d'une agence de publicité haut de gamme de New York – avait totalement survécu à la tempête provoquée par son passage à *Primetime*, et qu'il était en cours de négociation pour son propre show télévisé ! Frappé par le paradoxe de la situation, il déplora longuement la crédulité des humains.

Peu à peu, il se remettait en selle ; du moins l'espérait-il. Tout en pensant souvent à Lexie et aux préparatifs de son mariage avec Rodney, il s'efforçait de chasser ces pénibles pensées et de renouer avec sa vie d'avant. Le vendredi soir, il alla en boîte, mais sans en tirer un plaisir particulier. Au lieu de se mêler à la foule et de reluquer les femmes, il passa son temps, assis au bar, à siroter une bière ; et il partit beaucoup plus tôt que de coutume. Le lendemain, il alla dans le Queens, rendre visite à sa famille : la vue de ses frères et de leurs épouses, jouant avec leurs enfants, raviva son chagrin.

Le lundi soir, tandis qu'une autre tempête de neige sévissait, il décida qu'il fallait tirer un trait sur son aventure avec Lexie. Elle ne l'avait pas appelé, et lui non plus. Ces quelques jours de bonheur n'avaient-ils été qu'un mirage ? Le fruit de son imagination ? Ne trouvant pas de réponse, il s'assit à son bureau, et, après avoir jeté un coup d'œil une fois de plus sur les cartes postales de Boone Creek, il en épingla une sur le mur, derrière son bureau.

Pour la troisième fois de la semaine, il commanda un repas chez le traiteur chinois au coin de la rue. Comme il attendait la livraison, en se demandant si Lexie était en train de déjeuner en même temps que lui, le grésillement de l'interphone interrompit ses pensées.

Son portefeuille à la main, il s'approcha de la porte, et entendit une voix féminine à travers les parasites de l'appareil.

— C'est ouvert, montez ! fit-il.

Il eut à peine le temps de sortir un billet de vingt dollars, que l'on frappait déjà à la porte.

— Vous êtes rapide... En général, ça prend...

Sa phrase resta en suspens, car la personne qu'il venait d'apercevoir sur le seuil, n'était autre que Doris. Ils se regardèrent un moment en chiens de faïence.

— Une surprise ! dit enfin la visiteuse, un sourire aux lèvres.

Jeremy écarquilla les yeux.

— Vous ?

Elle secoua la neige de ses chaussures.

— Une vraie tempête de neige, ma parole. Avec le verglas, je n'étais pas sûre d'arriver jusqu'ici. Le taxi n'arrêtait pas de déraper sur la route...

Jeremy, sidéré par cette soudaine apparition, vit Doris faire glisser la bandoulière de son sac le long de son épaule.

— Vous allez me faire attendre sur le palier ou m'inviter à entrer ?

— Oui, bien sûr, entrez... Je vous en prie...

Doris s'engouffra dans l'appartement et déposa son sac sur la table basse, près de la porte. Après avoir regardé rapidement les lieux, elle retira sa veste et fit le tour du séjour.

— C'est joli chez vous... Plus grand que ce que j'avais imaginé... Mais l'escalier m'a épuisée... Il vous faudrait vraiment un ascenseur.

— Oui, je sais...

Doris se posta devant la fenêtre ;

— La ville est grandiose ! Et si animée... Je comprends que certaines personnes aient envie de vivre à New York.

— Que faites-vous ici ?

— Je suis venue vous parler, naturellement.

— Me parler de Lexie ?

Doris se contenta de soupirer, puis murmura d'une voix sourde :

— Oui, entre autres.

Jeremy fronça les sourcils.

— Vous pourriez peut-être m'offrir une tasse de thé, reprit-elle en haussant les épaules. Je grelotte encore.

— Mais...

— Nous allons avoir une longue conversation, et je sais que vous aurez des questions à me poser... Alors un thé serait le bienvenu...

Jeremy alla réchauffer de l'eau dans le micro-ondes de sa kitchenette, puis jeta un sachet de thé dans une tasse.

Doris, assise sur le canapé, avala aussitôt une gorgée.

— Désolée de ne pas vous avoir prévenu ! Vous devez être assez surpris de me voir, mais je tenais à vous parler personnellement.

— Comment avez-vous eu mon adresse ?

— Je l'ai demandée à votre ami, Alvin.

— À Alvin ?

— Oui, hier. Il avait donné son numéro de téléphone à Rachel ; je l'ai donc appelé, et il a eu la gentillesse de me dire où vous habitiez. Je regrette de ne pas l'avoir rencontré lorsqu'il était de passage à Boone Creek. Un vrai gentleman...

Jeremy préféra garder le silence ; ces menus propos trahissaient la tension croissante de Doris. Elle cherchait à gagner du temps avant d'en venir au vif du sujet.

L'interphone sonna une fois encore.

— C'est mon déjeuner, annonça Jeremy, contrarié par cette interruption.

De la porte de son appartement où il était posté, il vit Doris lisser sa blouse, puis s'agiter sur le canapé. Paradoxalement, sa nervosité avait un effet lénifiant sur lui.

Il alla sur le palier accueillir le livreur qui émergeait de l'escalier ; et comme il posait le sac en papier sur le comptoir de la cuisine, elle le rejoignit.

— Qu'avez-vous commandé ?

— Bœuf aux brocolis ; porc au riz frit.

— Ça embaume !

— Si je sortais deux assiettes ? proposa Jeremy, amusé par l'intonation de Doris.

— Je ne veux pas vous priver.

— Il y en a plus qu'il n'en faut. Et puis, vous m'avez dit que vous aimez bavarder en prenant un bon repas !

Jeremy prépara les plats qu'il posa sur la table. Ils mangèrent en silence pendant quelques minutes.

— Délicieux ! dit enfin Doris. Je me suis passée de petit déjeuner, et je mourais de faim. C'est une expédition d'arriver ici. Je suis partie à l'aube, mon avion a été retardé à cause du mauvais temps. Un peu plus, il ne décollait même pas ! J'étais assez anxieuse aussi : c'est mon premier vol.

— Oh ?

— Lexie m'avait proposé de lui rendre visite quand elle vivait à New York, mais mon mari avait des ennuis de santé ; donc, je n'ai pas pu venir. Quand elle est revenue à Boone Creek, elle était très déprimée. Vous la prenez certainement pour une femme forte et c'est l'impression qu'elle veut donner. En réalité, elle est comme tout le monde. Sa rupture avec Avery l'a bouleversée. Elle vous en a parlé, je suppose...

— Oui.

— Elle a souffert en silence. Elle faisait bonne figure, alors qu'elle n'avait vraiment pas le moral. Je n'y pouvais rien... Elle était toujours affairée et sociable, comme quoi il ne faut pas se fier aux apparences. Vous savez, j'étais navrée...

— Pourquoi me racontez-vous tout cela ?

— Parce qu'elle se comporte de la même manière maintenant.

— Ce n'est pas moi qui ai rompu, Doris.

— Je sais...

— Alors, pourquoi me parler à moi ?

— Lexie ne m'écouterait pas.

— Vous me prenez pour un lâche ? fit Jeremy, narquois.

— Non, mais j'espère que vous êtes moins têtu qu'elle.

— Même si je reviens à la charge, la décision lui appartient.

Doris regarda Jeremy avec la plus grande attention.

— En êtes-vous sûr ?

— J'ai essayé de lui parler... Je lui ai dit que je voulais trouver une solution pour notre avenir...

— Vous avez déjà été marié, n'est-ce pas ? risqua Doris, indifférente à sa remarque.

— Il y a longtemps. Lexie y a fait allusion ?

— Non, je l'ai deviné dès notre première conversation.

— Un phénomène de télépathie ?

— Absolument pas ! C'est à cause de votre comportement avec les femmes. Vous avez une confiance en vous qui les attire... Mais même si vous les comprenez, il me semble que, pour une raison ou pour une autre, vous refusez de vous donner complètement.

— Je ne vois pas où vous voulez en venir.

— Les femmes adorent les contes de fées. Pas toutes, bien sûr, mais la plupart rêvent d'un homme qui ne recule devant rien pour leurs beaux yeux, quoi qu'il arrive... Comme le jour où vous avez été rejoindre Lexie près du phare. C'est pour cela qu'elle vous aime.

— Elle ne m'aime pas.

— Je vous assure que si !

Jeremy faillit protester, mais il se contenta de hocher la tête.

— Quelle importance, puisqu'elle va épouser Rodney ?

— Mais non ! Et n'allez pas croire qu'elle vous a raconté ce bobard pour vous éloigner ! Elle voulait surtout éviter de passer des nuits blanches à se demander si vous alliez revenir un jour ou l'autre.

Doris resta un moment silencieuse pour donner plus de poids à ses paroles.

— D'ailleurs vous ne l'avez pas crue, n'est-ce pas ?

Jeremy se souvint de sa réaction immédiate, lorsque Lexie lui avait annoncé son mariage avec Rodney : effectivement, il n'en avait pas cru un mot.

Doris tendit un bras à travers la table pour lui prendre la main.

— Vous êtes un homme bien, Jeremy, et vous avez droit à la vérité. C'était la raison de ma visite ! Maintenant, adieu ; je dois reprendre l'avion. Si je ne suis pas de retour ce soir, Lexie va soupçonner quelque chose. Je préférerais qu'elle ignore mon escapade !

— Vous auriez pu m'appeler au lieu d'entreprendre un si long voyage...

— Je tenais à avoir votre visage sous les yeux.

— Pourquoi ?

— Pour savoir si vous l'aimez vous aussi.

Doris alla chercher son sac dans le séjour, après avoir tapoté la joue de Jeremy.

— Doris ?

Doris fit volte face.

— Oui ?

— Avez-vous maintenant la réponse que vous souhaitiez ?

Doris sourit de bon cœur.

— Dites-moi plutôt si *vous* l'avez ?

22.

Jeremy marchait de long en large dans le séjour. Il voulait réfléchir, peser le pour et le contre avant de prendre une décision.

Il passa ses mains dans ses cheveux : sachant ce qu'il savait, il n'avait plus le droit d'hésiter. Il devait repartir à Boone Creek par le premier avion et parler à Lexie. Il la convaincrait de sa sincérité : il n'avait jamais été aussi sérieux que lorsqu'il lui avait déclaré son amour. Il ne supporterait pas de vivre sans elle, et ferait tout ce qui était en son pouvoir pour ne plus jamais la quitter.

Quand Doris héla un taxi, devant son immeuble, il appelait la compagnie aérienne. Après une attente qui lui parut interminable, un employé le renseigna.

Le dernier vol de la journée en direction de Raleigh partait dans quatre-vingt-dix minutes ; même par beau temps, le trajet en taxi pouvait durer trois quarts d'heure. C'était donc maintenant ou jamais !

Après avoir empoigné un sac de voyage dans la penderie, il y jeta deux jeans, quelques chemises, des chaussettes et des sous-vêtements. Il enfila une veste, fourra son téléphone portable dans sa poche, sans oublier le chargeur posé sur le bureau. L'ordinateur portable ? Non, il s'en passerait.

Quoi d'autre ? Ah oui ! Il courut vérifier, dans la salle de bains, le contenu de sa trousse de toilette, ajouta un rasoir et une brosse à dents. Puis il éteignit les lampes et l'ordinateur. Il fouilla dans son portefeuille et constata qu'il avait assez d'argent liquide pour aller jusqu'à l'aéroport. Parfait, pour l'instant !

Du coin de l'œil, il aperçut le journal d'Owen Gherkin, sous une pile de papiers. Après l'avoir fourré, avec la trousse de toilette, dans son sac de voyage, il réfléchit une seconde – à tout hasard – et prit ses clefs sur la table basse, près de la porte. Il promena son regard autour de lui une dernière fois, tourna la clef dans la serrure et fonça dans l'escalier.

Il héla enfin un taxi, annonça au chauffeur qu'il était pressé, et s'affala en soupirant à l'arrière. La neige ralentissait la circulation. Comme le taxi était bloqué sur le pont traversant East River, il jura entre ses dents et retira sa ceinture, qu'il jeta dans le sac de voyage avec ses clefs ; il gagnerait ainsi du temps au contrôle. Le chauffeur le dévisageait dans le rétroviseur – l'ennui suintait sur son visage – et conduisait vite bien qu'il ne fût pas dans l'urgence. Jeremy se mordit la langue pour ne pas l'irriter par une remarque intempestive.

Plusieurs minutes s'écoulèrent. Les rafales qui s'étaient interrompues brièvement reprirent, et la visibilité devint minimale. Plus que quarante-cinq minutes avant le décollage.

Nouveau bouchon ; Jeremy soupira en consultant sa montre une fois de plus. Plus que trente-cinq minutes... Dix minutes après, ils arrivaient à l'aéroport et prenaient la direction de l'aérogare.

Le taxi à peine arrêté, il ouvrit la portière et lança deux billets de vingt dollars au chauffeur. Après une pause devant l'affichage des départs, il alla prendre son billet électronique à la porte indiquée, où, miraculeusement, peu de gens attendaient. Il eut un coup au cœur à la vue des longues files qui piétinaient devant le contrôle de sécurité, mais une nouvelle file s'ouvrit alors. Une partie des voyageurs dériva dans cette direction ; il en devança trois dans sa course.

Plus que dix minutes...

Il se mit à marcher à grands pas, puis courut à travers la foule, et sortit son permis de conduire tout en comptant les portes.

— À temps ? fit-il, une fois parvenu à la sienne, essoufflé et en nage.

— Oui, grâce à un léger retard, répliqua la femme au comptoir, devant son ordinateur.

L'employé, en faction près de la porte, lui jeta un regard noir en prenant son billet, et referma l'accès dès qu'il descendit la rampe.

Jeremy, toujours à bout de souffle, pénétra dans l'avion. Le steward lui fit signe de passer.

— Nous allons bientôt décoller... Puisque vous êtes le dernier, vous pouvez choisir la place qui vous convient !

Ravi de son exploit, il s'engagea dans le couloir entre les sièges et opta pour un fauteuil près d'un hublot. Il glissait son sac de voyage dans le casier, quand il aperçut Doris, trois rangées derrière lui.

Ils échangèrent un regard en souriant.

L'avion atterrit à quinze heures trente à Raleigh. Jeremy traversa l'aérogare avec Doris.

Arrivés aux portes de sortie, il lui fit comprendre qu'il allait louer une voiture.

— Je vous emmène dans la mienne avec plaisir, répliqua-t-elle. Nous allons dans la même direction !

Le voyant hésiter, elle lui annonça son intention de le laisser conduire.

À une moyenne de cent trente kilomètres-heure, il écourta de quarante-cinq minutes le trajet, habituellement de trois heures. Le soleil se couchait lorsqu'ils parvinrent aux abords de la ville. Il n'avait pas senti le temps passer. Des images de Lexie flottaient dans son esprit. Qu'allait-il lui dire, et que répondrait-elle ? Il n'en avait pas la moindre idée. Eh bien, tant pis ! Il n'en menait pas large... mais quelle autre solution aurait-il pu imaginer ?

À l'approche du centre-ville presque désert, Doris se tourna vers lui.

— Pourriez-vous me déposer chez moi ?

Jeremy s'aperçut qu'il lui avait à peine adressé la parole depuis l'aéroport.

— Vous n'avez pas besoin de votre voiture ?

— Pas avant demain. D'ailleurs, il fait trop froid pour que vous marchiez dehors ce soir.

Suivant les indications de Doris, Jeremy se gara devant un petit bungalow blanc ; le journal attendait sagement déposé contre sa porte. Un croissant de lune brillait au-dessus du toit... Dans la pénombre, il glissa nerveusement sa main dans ses cheveux : quelques minutes encore, et il verrait Lexie.

Doris lui tapota la cuisse.

— Tout ira bien, Jeremy. Vous pouvez me faire confiance.

— Un dernier conseil ?

— Aucun. Je n'ai rien à ajouter, puisque vous êtes là !

Jeremy hocha la tête et Doris se pencha pour l'embrasser sur la joue.

— Bienvenue chez vous, souffla-t-elle.

Jeremy fit demi-tour, et ses pneus crissèrent sur l'asphalte tandis qu'il fonçait vers la bibliothèque. Lexie ne lui avait-elle pas signalé qu'elle ouvrait tard pour les gens qui venaient après leur travail ? Oui, mais à quelle occasion lui avait-elle donné cette précision ? Le jour de son arrivée ? Le lendemain ? Il soupira : le besoin obsessionnel de récapituler leur histoire n'était qu'une façon de se calmer les nerfs.

Avait-il bien fait de venir ? Serait-elle contente de le voir ? À mesure qu'il approchait, sa confiance se dissipait.

Le centre-ville lui sembla plus animé que dans ses souvenirs brumeux. Une demi-douzaine de voitures stationnait devant le *Lookilu*, quelques-unes devant la pizzeria. Un groupe d'adolescents traînait au coin d'une rue ; il les crut en train de fumer, avant de comprendre qu'il s'agissait simplement d'un effet de condensation : leur souffle dans la fraîcheur de l'air...

Il tourna et vit les lumières de la bibliothèque briller aux deux étages. Après avoir garé la voiture de Doris, il prit une profonde inspiration et marcha à grands pas jusqu'à la porte d'entrée.

Personne à l'accueil. Il jeta un coup d'œil à travers les portes vitrées du rez-de-chaussée : Lexie ne se trouvait pas parmi les visiteurs.

Elle était donc soit dans son bureau, soit dans la salle principale. Au premier étage, il fit un tour d'horizon, et remarqua de loin qu'aucune lumière ne filtrait sous la porte du bureau. Il s'assura que la porte était fermée à clef, explora les couloirs, et s'approcha de la pièce réservée aux livres rares.

Fermée à clef !

Il zigzagua à travers la salle principale, sans se soucier des regards inquisiteurs des gens qui le reconnaissaient certainement, puis redescendit.

Près de la sortie, il s'aperçut qu'il n'avait pas vérifié que la voiture de Lexie était garée en bas. Pourquoi cet oubli ? Les nerfs, lui répondit une voix intérieure.

Puisqu'elle n'était pas là, il la trouverait sans doute chez elle !

L'une des bénévoles d'un certain âge approchait, les bras chargés de livres. Son regard s'éclaira en le voyant.

— Monsieur Marsh ! Je ne m'attendais pas à vous revoir. Mon Dieu, que faites-vous donc ici ?

— Je cherche Lexie.

— Elle est partie depuis une demi-heure environ. Je crois qu'elle comptait passer chez Doris : sa grand-mère ne répondait pas quand elle l'a appelée, un peu plus tôt.

— Hum ! marmonna Jeremy, impassible.

— Doris n'était pas non plus à *Herbs*, d'après ce qu'elle m'a dit. Je parie qu'elle est allée faire des courses, mais Lexie s'inquiète toujours. Une vraie mère poule ! Parfois, ça énerve Doris ; c'est pourtant une preuve d'affection, de la part de sa petite-fille...

La bénévole s'interrompit. Elle allait demander à Jeremy la raison de sa visite, quand il la devança.

— Je me ferais un plaisir de bavarder un moment avec vous, mais je dois absolument parler à Lexie.

— À propos de l'histoire des fantômes ? Je peux vous aider. Voulez-vous la clef de la pièce réservée aux livres rares ?

— Non, ce n'est pas nécessaire... Merci quand même !

Jeremy s'éloigna de quelques pas.

— Si elle revient, dois-je lui signaler votre visite ?

— Non, fit-il en se retournant. C'est une surprise.

Il frissonna dans la nuit glacée et regagna la voiture en courant ; puis s'engagea sur la grand-route et contourna la ville. Le ciel devenait de plus en plus sombre, et, au-dessus des arbres, scintillaient des milliers d'étoiles ; des millions... À quoi ressemblaient-elles, vues du sommet de Riker's Hill ?

Arrivé devant chez Lexie, il regarda la maison, et faillit craquer : les fenêtres n'étaient pas éclairées, et sa voiture n'était pas garée à proximité.

Si elle n'était ni à la bibliothèque ni chez elle, où se cachait-elle ? L'avait-il croisée sur la route menant au domicile de Doris ? Autant qu'il s'en souvienne – mais il n'avait pas fait spécialement attention – il n'avait vu aucune voiture. Du moins, il aurait reconnu la sienne.

Il décida de passer chez Doris pour en avoir le cœur net : toujours à l'affût, il fonça en direction du bungalow blanc.

Au premier regard, il comprit que Doris était déjà au lit ; mais il s'arrêta devant chez elle pour réfléchir. Dans la petite bourgade, les possibilités étaient restreintes. *Herbs* n'était pas ouvert le soir. Il n'avait pas aperçu la voiture de Lexie devant le *Lookilu* – et nulle part ailleurs en ville. Restait l'hypothèse de quelques courses banales : achats au supermarché, cassettes vidéo à rendre, vêtements à chercher chez le teinturier... ou bien...

Et, soudain, il devina où elle était.

Agrippé au volant, il tenta de rassembler ses forces en prévision de ce qui l'attendait. La poitrine oppressée, il était à bout de souffle, comme au début de l'après-midi en s'asseyant dans l'avion. Le matin même, il pensait ne plus jamais revoir Lexie, et il était maintenant à Boone Creek, sur le point d'accomplir ce qu'il avait cru impossible ! Il circulait dans les rues sombres, angoissé à l'idée de sa réaction en le voyant surgir.

Au clair de lune, le cimetière prenait une coloration bleuâtre, et les pierres tombales, presque incandescentes, paraissaient éclairées de l'intérieur. Les grilles en fer forgé ajoutaient une touche sinistre à l'atmosphère éthérée du lieu.

Jeremy aperçut la voiture de Lexie, près de l'entrée. Il se gara derrière et entendit le cliquetis du moteur en train de se refroidir. Des feuilles crissaient sous ses pieds... Une main sur le capot, il sentit la chaleur se diffuser à travers sa paume : elle n'était donc pas arrivée depuis longtemps.

Il franchit la grille et vit le magnolia aux feuilles sombres et luisantes. Après avoir enjambé une branche, il se souvint de la nuit de brouillard où il avait traversé le cimetière à tâtons. À mi-chemin, le hululement d'une chouette s'éleva dans un arbre.

Il contourna à pas lents une crypte à demi effondrée. Au-dessus de lui, la lune semblait avoir été cousue à grands points sur un drap noir. Il crut entendre un discret murmure, et s'arrêta, tétanisé. Le moment fatidique approchait, et il devait être prêt à affronter la suite des événements.

Il escalada la petite butte, sachant que les parents de Lexie étaient enterrés de l'autre côté ; il la verrait dans un instant, et tout allait se dénouer à l'endroit même où ils s'étaient rencontrés.

Nimbée d'une lueur argentée, Lexie était exactement là où il l'avait imaginée. Elle arborait une expression mélancolique, mais ses yeux violets brillaient dans la nuit. Pour affronter le froid, elle portait un foulard autour du cou, et des gants noirs qui donnaient à ses mains l'apparence d'ombres diffuses.

Ne pouvant distinguer les mots qu'elle articulait à mi-voix, il se contenta de l'observer. Tout à coup, elle s'interrompit et leva les yeux. Immobile, elle soutint son regard un long moment, avant de fixer à nouveau son attention sur les tombes.

Que pouvait-elle bien penser ? Il redoutait maintenant d'avoir commis une erreur en venant la rejoindre.

Réflexion faite, il était certain qu'elle ne voulait plus de lui.

La gorge nouée par l'angoisse, il allait rebrousser chemin, quand le visage de Lexie s'éclaira d'un petit sourire malin.

— Tu ne devrais pas me dévisager comme ça, murmura-t-elle. Les femmes apprécient les hommes capables d'une certaine subtilité.

Rasséréné, il s'avança d'un pas. Quand il fut assez près pour la toucher, il posa une main sur sa hanche. Au lieu de reculer, elle s'abandonna miraculeusement à son étreinte.

Doris avait vu juste : sa place était là.

— Non, souffla-t-il dans ses cheveux. Les femmes aiment les hommes prêts à les suivre au bout du monde, et même jusqu'à Boone Creek...

Tout en l'étreignant, il orienta son visage vers lui pour l'embrasser. Il savait maintenant que plus jamais il ne la quitterait.

Épilogue

Des lumières blanc et jaune, émaillées de rouge et de vert, semblaient scintiller, tandis que des volutes de fumée s'échappaient des cheminées. Noire comme du charbon liquide, la rivière reflétait le ciel. Au loin, les lumières de l'usine de papier se propageaient et illuminaient le pont sur chevalets.

Blottis côte à côte sous une couverture, trois jours après le retour de Jeremy à Boone Creek, ils laissaient tous les deux planer leur regard sur la ville en contrebas. Ils n'avaient pas cessé de parler depuis leurs retrouvailles. Lexie s'était reproché d'avoir menti en prétendant épouser Rodney ; elle avait confié à Jeremy que leurs adieux, sur la route gravillonnée de *Greenleaf*, l'avaient profondément bouleversée, et que leur semaine de séparation avait été sinistre. « Pour moi aussi », avait répliqué Jeremy. Nate n'appréciait guère son départ, mais son rédacteur en chef du *Scientific American* acceptait qu'il travaille à Boone Creek, s'il s'engageait à revenir régulièrement à New York.

Jeremy ne dit mot de la visite éclair de Doris ; d'ailleurs, le second soir, Lexie l'avait emmené dîner chez sa grand-mère.

— Je ne voudrais pas lui donner l'impression que je suis intervenue dans sa vie, lui confia Doris, après l'avoir pris à part.

Et elle ajouta, les yeux brillants :

— Bizarrement, elle me trouve un peu trop indiscrète...

Il avait parfois du mal à croire qu'il était auprès de Lexie ; mais, à d'autres moments, il s'étonnait plus encore d'être reparti quelque temps à New York. La présence de la jeune femme lui semblait naturelle, comme si elle était le port d'attache qu'il avait toujours cherché. Elle semblait partager ce sentiment, mais n'avait pas souhaité l'héberger sous son toit. « Histoire d'éviter les ragots », lui avait-elle dit. Finalement, il s'accommodait de *Greenleaf*, bien que Jed n'ait pas daigné lui décocher un sourire.

— Tu penses que c'est sérieux entre Rodney et Rachel ? fit-il.

— J'en ai l'impression. Je les vois souvent ensemble ces derniers temps. Elle rayonne chaque fois qu'il fait une apparition à *Herbs*, et je te jure qu'il rougit ! Je crois qu'ils sont faits pour s'entendre...

— Comment as-tu osé me raconter que tu allais l'épouser ?

Lexie donna un petit coup d'épaule à Jeremy.

— N'en parlons plus ! Je t'ai déjà présenté mes excuses et j'aimerais ne plus jamais entendre parler de cette histoire.

— Une si bonne histoire...

— Parce que tu as eu le beau rôle et moi le mauvais ?

— Bien sûr !

Elle l'embrassa sur la joue. En la serrant dans ses bras, il vit une étoile tracer un sillage dans le ciel.

Un silence plana, puis il la questionna :

— Es-tu libre demain ?

— Ça dépend de tes intentions.

— Mme Reynolds, que j'ai appelée, doit me faire visiter plusieurs maisons. Pourrais-tu m'accompagner pour me conseiller ?

346

— Avec joie !

— J'aimerais aussi t'emmener à New York, d'ici une quinzaine de jours. Ma mère meurt d'envie de te connaître.

— Je serais ravie de la rencontrer ; d'ailleurs, j'adore cette ville. On y croise des gens particulièrement sympathiques.

Jeremy roula des yeux éberlués.

Des nuages s'effilochèrent devant la lune, et Jeremy sentit l'orage approcher. D'ici quelques heures, la pluie tomberait, mais ils avaient largement le temps de rentrer chez Lexie. Ils écouteraient les gouttes marteler le toit, en sirotant un verre de vin dans la salle de séjour.

Au bout d'un moment, elle se tourna vers lui.

— Merci d'être revenu. Merci de t'installer ici. Merci pour tout...

— Je n'avais pas le choix. On fait d'étranges choses, par amour.

— Je t'aime, Jeremy.

— Oui, je sais.

— Mais tu ne me dis toujours pas que *tu* m'aimes !

— Est-ce bien nécessaire ?

— Absolument indispensable ! Tu dois me le dire du fond du cœur et en mettant le ton.

— Je t'aime, Lexie.

Jeremy sourit en se demandant si elle l'obligerait à « mettre le ton » jusqu'à la fin de ses jours.

Au loin, un train siffla, et un éclair lumineux traversa le paysage nocturne. Par une nuit de brouillard, les lumières du cimetière n'auraient pas tardé à apparaître.

— Monsieur le journaliste scientifique, fit Lexie, perdue apparemment dans ses pensées, doutez-vous toujours de l'existence des miracles ?

— Je te l'ai déjà dit, tu es mon miracle.

La tête sur son épaule, elle lui prit la main.

— Je te parle de *vrais* miracles ! Des choses qui se produisent alors qu'on les croyait impossibles.

— Non, je n'y crois pas ! J'estime qu'on peut trouver une explication, à condition de bien chercher.

— Et si un miracle nous concernait personnellement ?

— Qu'est-ce que tu racontes ?

Lexie prit une profonde inspiration, avant de murmurer :

— Aujourd'hui, Doris m'a annoncé une bonne nouvelle...

Tandis que l'hésitation, la joie et l'espoir se lisaient tour à tour sur les traits de Lexie, Jeremy la dévisagea, incrédule. Le regard rivé sur lui, elle attendait sa réaction, mais il ne parvenait pas à y croire.

La science et l'irrationnel étaient deux univers qu'il s'était toujours efforcé de réconcilier. Il vivait dans le réel, se moquait de la magie, et s'apitoyait sur la crédulité de certains individus. Comme il cherchait à comprendre, il sentit pourtant son assurance habituelle chanceler.

Ce que semblait vouloir lui annoncer Lexie ne s'expliquait pas et ne pourrait jamais s'expliquer ! Si son intuition était juste, la nouvelle ne pourrait être qu'un défi à toutes les lois de la biologie et remettrait en cause son identité profonde. C'était tout simplement impossible...

Mais quand elle lui prit la main pour la placer doucement sur son ventre, il crut soudain, avec une merveilleuse euphorie, en ces mots qu'il ne pensait jamais entendre :

— Voici notre miracle : c'est une fille...

Remerciements

Comme toujours, je remercie ma femme, Cathy, pour son soutien tandis que j'écrivais ce livre. Je n'aurais rien pu faire sans elle.

Je rends grâce à mes enfants tout simplement d'être là : Miles, Ryan, Landon, Lexie et Savannah. Béni soit le jour où chacun de vous est venu au monde. Je suis fier de vous !

Theresa Park, mon agent, mérite des salves d'applaudissements pour tout ce qu'elle fait pour moi. Bravo pour ta nouvelle agence – Park Literary Group – et tous les écrivains en herbe qui en font partie. Je suis très honoré de te compter parmi mes amis.

Je dois beaucoup à Jamie Raab, mon éditeur, parce qu'elle publie mes romans bien sûr et m'accorde de surcroît une immense confiance. Je ne sais ce que serait devenue ma carrière sans toi. Merci pour ta générosité et ta gentillesse.

Larry Kirshbaum et Maureen Egen sont des amis avec qui j'ai le privilège de travailler. Les meilleurs professionnels dans leur domaine !

Que Denise Di Novi reçoive mes plus chaleureuses pensées pour les films qu'elle a tirés de mes romans, et pour ses coups de fil opportuns qui ensoleillent mes journées.

Merci à Howie Sanders et Dave Park, mes agents d'UTA, ainsi qu'à Richard Green, mon agent de CAA.

Ma gratitude à Lynn Harris et Mark Johnson, qui m'ont aidé à faire des *Pages de notre amour* un merveilleux film [1]. Merci d'avoir eu foi en ce roman.

Je tiens à rendre hommage tout spécialement à Francis Greenburger. Il sait pourquoi – et je lui dois beaucoup.

Bravo enfin à tous ceux qui travaillent si dur dans les coulisses et sont devenus, au fil des années, une véritable famille. Emi Battaglia, Edna Farley et Jennifer Romanello du département publicité ; Flag qui a fait merveille, une fois de plus, avec la couverture ; Scott Schwimer, mon avocat ; Harvey-Jane Kowal, Shannon O'Keefe, Julie Barer et Peter McGuigan. C'est une chance pour moi de collaborer avec vous tous !

1. *N'oublie jamais*, de Nick Cassavetes.

De l'amour au cauchemar...

Le gardien de son cœur
Nicholas Sparks

Quatre ans après la mort de son mari, Julie est prête à aimer de nouveau. Mais elle hésite entre Mike, son ami de toujours, et Richard Franklin, un homme séduisant et cultivé, installé depuis peu dans sa ville. Si le premier aime Julie depuis de nombreuses années sans oser se déclarer, le second fait preuve de beaucoup d'imagination pour la séduire. En décidant finalement d'éconduire Richard, Julie ne sait pas ce qui l'attend : ce prétendant se révèle sous un jour inattendu... et inquiétant. Heureusement, un ange gardien veille sur elle...

(Pocket n° 13265)

Il y a toujours un Pocket à découvrir

Achevé d'imprimer sur les presses de

BUSSIÈRE
GROUPE CPI

à Saint-Amand-Montrond (Cher)
en avril 2008

POCKET - 12, avenue d'Italie - 75627 Paris Cedex 13

— N° d'imp. : 80668. —
Dépôt légal : mai 2008.

Imprimé en France